餘地

顧玉玲——著

目錄

推薦序

在並不慷慨的歷史中　童偉格　6

若即若離能動性　張亦絢　11

餘人　游靜　17

「不要被世界改變得太快」　韓麗珠　20

喚醒　25

第一部

未來已經來到眼前　28

離岸之水　41

以後才不敢亂來　58

虛構的謎面 73
詩允許不承認 84
夢是你的，你說了算 95
時間倒退走 105
黑雨落下來了 116
鬼都記得，只是不說 126
現在全是歪掉的 139
文字真的很危險 149
收買 160
被留下來的人 175

第二部

對歷史可以溫柔一點 190
背叛青春 202
痛苦不可以忘記 213

要打獵要先學會飛 229
時光堅硬如石 246
花也瘋了 261
大家都需要藉口 272
謎底早就揭曉了 286
會忘記的是體諒 299
好的人生 314
森林沒有輸贏 328
沿著虛線走 340
慢一點，沒關係 354
後記 366

推薦序

在並不慷慨的歷史中

童偉格

「外面真的太危險了。」新媽看向陽台外熟悉又陌生的街景，有幾分膽怯地說。

「就是啊。」

「我們出去走一走好嗎？」

「好。」

有一些年了，不時，我會想起顧玉玲的《回家》（2014）。這部紀實作品，對後續相關移工書寫的啟迪和重要性，已自不待言。我印象深刻的，還有其中，作者對個人書寫論的有力實踐。也許，對顧玉玲而言，所謂「他者」，本來就不是一個純粹抽象的學術詞彙，也不是可以由「我」來絕對旁觀，並疏離再現的存有。而所謂「進入他者的脈絡」，總意謂著彼此的感性共享，也總不可分割地，交織了「我」想理解彼的熱望，和對彼之熱望的切身解讀。《回家》因此，對我而言，是一部特別活絡的雙向越界之作：其實，當「我」代述他者的體驗時，他者，同樣也進入了「我」的脈絡裡。因為不是別人，正是離鄉之「我」，方能為彼深描出為何，「回家總是艱難」。

感性共享的初徵，可見《回家》書寫的起始點：阿草，這位推算起來，應該是和作者同齡的越南移工。也就是說，顧玉玲是以最可解的「同時性」，來繫連阿草及其「姊妹」（當然，也有「兄弟」）們的經歷，由此，輻散出對我們而言，既遠也近的他者拓樸學。或者，作者帶我們指認的，首先是鄰近異鄉裡，我們的「同代人」：向過往看去，越南的戰亂未遠，改革開放更近，在全國均齡竟才二十五歲的新共和國境內，他們，是兩種意義的先鋒——在集體制終結後，需得獨力照養父母的第一代人；同時，也是在國界開放後，出國販賣苦勞的第一代人。

往未來望去，則無論各自際遇如何別異，他們攜回的一身積餘，或傷廢，總不免使他們，成為劇變故土裡，不再可能還原如初的另類人。矛盾的是：是國家臣服的跨國資本主義，席捲他們向海外；卻也正是海外各自的見歷，讓他們在歸鄉以後，一體成了國家眼裡，最當然的異端。

顧玉玲細寫共時裡的差異，試圖召喚的，絕非單向而簡化的同理。《回家》更深的觀照，也許，是在這般解讀過後，「他者性」（Otherness）對彼此的可能還原。簡單說來，這接近顧玉玲在書中代述的，（重新）成為「完整的人」的盼望：必然，人不是只為了活著，必然也為做自己想做的事；必然，也想自行的此事，與不同於「我」之彼，能得所關聯。一種主體修復的深願。就此而言，所謂完整的「我」，本來就事關他者的實存。

我猜想，這個盼望或深願，同樣記存在顧玉玲新作，小說《餘地》（2022）裡。因為開始，是時間座標的創生：在《回家》裡，是繫連彼與「我」的共時；在《餘地》中，則是原鄉，和原鄉之人廖惜，共同的歷時。從一場兒時幻夢，小說喚醒主角廖惜，由她以老成視角，澹看小說將述的昔往，與最終將要抵達的現此時。她是「零年」之人：生於終戰是年，對空襲，或更迢遠的戰火，絕無個人的見歷。然而，一如原鄉許多尋常人：未袪的戰爭，卻以特別冷然的氛圍，滯留在她周遭，形同必得熟習的日常。

她熟習丈夫張進善，因正是他，在共同家屋裡，有能力令「沉默像冬霜罩土，封鎖任何生機」，也不時失控暴怒，也曾濫賭，直至將要毀家的程度。冬霜深埋的，是他抑鬱的一生：戰時高座海軍少年工，跨語時期的失語，師院結社白恐案，以及餘生裡，更其漫長的自廢或自譴。張進善：終戰以來，台籍知識分子精神史的切面其一。廖惜用自己的方式，去熟習這種沉默，意謂對這個精神史的不解之解——也許，特別是日夜與共的她，不再需要去追究丈夫，一生履歷的明細了。熟習這種不解之解，當然，也意謂攜手相陪於封鎖的外邊：決然與丈夫相異，廖惜總是健朗營生，維持了自有溫度的家居。

隨台灣戰後的社會發展，廖惜家居，由鄉鎮遷徙到了城市，並非從來不變；而隨生活磨輾，愈見醇粹本質的，毋寧正是廖惜本人。可以說：在與原鄉共同的歷時裡，廖惜，既是自己原鄉如何變異的始終體解者，也因全程親解，而成了自己原鄉的，最獨特的他者了。這也許是小說裡，對將述的往昔，所預示的反證：特別亦是廖惜，已不再需要去深掘，那些埋藏往歷的霜土了。

這正是小說裡，欲解開自己身世之謎的謝真，所造訪的安靜家屋：五斗櫃上有全家福，冰箱裡有養樂多。廖惜的家，唯有再尋常不過了的生活與念想。奇特的，自然不是這次初訪，兩人坦然的互動方式。奇特的只是初見謝真，從他的長相，廖惜即知他想追問的答案為何。彷彿解答，從來不會是別的，正是追問者謝真自身。彷彿，對廖惜而言，一切猶然受困、或受惑於往歷之人，毋寧都相仿如是——包括廖惜自己在內，最終，她也會發現自己「就是解答」、「就是提問」。整部《餘地》由此，就敘事設計而言，在布下懸疑機制的同時，已經就及早令過往無疑了：廖惜式的感性，她的並不強迫的訴求，她的毋須動問的知解，終爾，成為小說裡，也許是所有角色共享的感性。

於是，當我們走出這個安靜家屋，且隨小說敘事，走探角色各自的時間歧徑時，我們可知：並非解謎，而是廖惜式的並無惶惑，或許，才是《餘地》環繞的重點所在。對我而言，這部小說延異的，因此首先是一種認識論：像廖惜那樣，在時移事往後，成為自己歷史的他者，意謂著一個人，不一定要用歷史規定的方法，來理解自己。

從這個認識論開始，再一次，顧玉玲輻散了個人的他者拓樸學。這是說：以最可解的懸疑機制，作者繫連了三個家族與世代之人的各自經歷，而她的關注，對我而言，確實溫煦如斯——是在既驗的、或將臨的史詮之外，為曾伴行角色各自一段時程的我們，還復他者相對不文的、對自己生活的切身見解。也是再一次：小說裡，單一角色的完整，從來事關其他各異角色的實存。

也於是，作為讀者，我格外鍾愛《餘地》末章（〈慢一點，沒關係〉）。對我而言，這是當卸下小說可能觸及的歷史認識論、階級與疾病辯證、白色恐怖敘事，與鄉土想像等，也許不免厚重的話語之後，小說主角，更其自在的漫行。或者，哲學家班雅明會比喻說：這是卸下唐吉訶德之後，桑札•潘丘的終於自由。這裡有河堤的清風，也有遠處沙洲上，隨風展翅的白鷺鷥。

這是大疫警戒中的酷暑空城：另一種形式的，對於生機的封鎖。但這裡有人，如新媽，在被迫隱形、最終遭解雇的大學校園裡，許下「我已經好了」的深願。一心的深願，或許總不免隨生活磨折，而長久見偽。但這裡亦有另一人：是向來默存了不解的廖惜，那般和好地，識知了從來如實的，新媽之「我」。這個「我」：一種但望修復自我的主體。在現實需求的面前，紀實與虛構的界線，常常顯得微不足道。這是當書寫《回家》之時，顧玉玲碰觸到倫理難題。在《餘地》裡，虛構則悍然穿過現實，指向對人而言，該當更其可欲的所在。

這是說：因為歷史並不總是慷慨待人，也總是成就現實裡，人的持續受迫，所以小說存在，為了記憶將被遺忘的空景，憑此，寬延惘惘再臨的暴雨。此即顧玉玲的小說《餘地》：最終，這一角一切厚重話語，盡皆留白了的靜謐空地，亦在「我」與彼之間，留存了溫暖的共感與光照。一種情誼。也許正是因此，即便恐懼，即便熟悉形同陌異，陌異迫人熟習，「我們」無論如何，卻敢於再次前行。

•本文作者為小說家。著有《王考》、《無傷時代》、《西北雨》、《童話故事》等。

推薦序

若即若離能動性：略論《餘地》的記憶暫緩與加速

張亦絢

顧玉玲的長篇小說《餘地》是個難易交錯的書寫，我讀到不少非常有意思的東西。不過，因為故事有一定的懸疑性，有些我就不完全說破。

從最外觀來看，家族、性別與台灣敘事三元素都是書寫的起點，這樣的嘗試，在長篇小說的景觀中，乍看並不奇特。然而，細看起點到終點的路徑，所形成的圖樣，我們會很驚奇，小說仍呈現了強烈的不可替代性。也許不到「逆襲」三元素的地步，但說「游離」應該還算適當，這種「若即若離」，也可說是「能動性」——我馬上想到的是同樣熱愛推理小說的布萊希特，他曾經強調，通俗小說的「套路」未必都是壞的，要看怎麼用。

關於穢褻的悲哀預感

故事從已是老婦，有著兩個成年媽寶女兒的廖惜開始。寫廖惜童年，喜與母親一同「採茶、醃菜、洗碗」——只要母親在忙碌之中對她一笑，就「足以使她挺直腰桿」——此種筆觸實在非常雋永。這並非空泛的懷舊。所有「重構雙世代共事意義」的人類學家與女性主義者，與送童工去血汗工廠或強制女性家事勞動不能混為一談。前者提醒我們的是，一旦這類記憶邊緣化，會使我們對「主流現代化」太過單一的社會組織與經驗再現，失去批判力。

廖（母）張（父）、謝（父）、余（父）三家究竟有什麼糾葛與祕密？在美國出生的謝幼純之子謝真，帶著內容成謎的信件來台，他以為是他父親的，真是他父親嗎？謝真的身世，包含的是哪一種「醜聞」？「醜聞」還會擴大嗎？

張愛玲在小說〈沉香屑：第二爐香〉裡，早以冷淡沉著的口吻說道：「說到穢褻的故事，〔……〕，但是我知道那結果一定不是穢褻的故事，而是一個悲哀的故事。」《餘地》沒有這種開宗明義，但驅動力有點相似——儘管有這種預感，我們都還是會想知道，悲哀究竟是從什麼環節脫落，成為面目全非的穢褻？——不怕肥皂劇似的狗血（協尋親父）後面，還流不出的清淚是什麼？

欲不速而達：在欲望加入記憶的路徑上

和解與記憶，這兩個當代讀者可能都要厭膩的主題，我還是要提。把《餘地》視為對此二的全盤思考重整，某種多重版本的疊形呈現，應該是相當有意義的。至今仍有人會問，和解表示要遺忘嗎？如果我綜合已有的研究做個簡單的延伸，回答會是：遺忘是和解最不需要的——相反地，要達到和解，必須生產出足以納入和解雙方記憶核心的第三種記憶。因此，和解或許不是記憶得更多，但卻絕對必須記憶得更好。

如果沒有第一第二記憶，第三記憶不會憑空生出。如果我的理解無誤，《餘地》的獨特性，即在對「加速轉型正義」的焦躁，提出了並非反對的另一可能：慢慢來，比較快。因此，雖然我們感覺到小說瀰漫有「和解記憶轉（型）」的氛圍，小說真正的建樹，卻是提出「可以暫緩和解與記憶」的方案——這個「緩兵之計」，並非敷衍推託，它更像願意先細心深化第一第二記憶的異質性，以使得繼之生產而出的第三記憶，不會過分粗略。

小說的第二代，芬芳、幼純與余齋「彷彿鐵三角又彷彿二加一」的一段，場景設在英語補習課。從整體來看，這個段落具有某種「突兀」又「搶戲」的成分在，像某個小說所言，「畫像中的金黃色」——如果說這是「青春本色」，三人幾乎很快就「變色或褪色」。所謂「關心社會的熱情」，可以那麼高漲又那麼容易背過身去？該說「理想」很虛或「凝聚之中」還有「另一種力量」？余齋的「之後的放逐」是到體制中，幼純是「異地異國」，芬芳則更複雜，從「社會組轉自然組」到「只賺錢不參加任何社團」，都顯示了戲劇化的抗拒。由此牽引出的討論非常值得注意，也是「社運體驗」中，少有不將焦點只放在文化啟蒙、並對欲望「免憶脫逃」進行檢視的例子。

芬芳此時期對性的「凍原性」（無法好奇與施行）與幼純的「烈火性」——以及從後者身上帶出的「女中校刊事件」，拓建了一個「白色恐怖邊緣」與「性少數」的平行對照。這裡我被小說啟發而覺得可以擴大使用「性少數」的概念，亦即它可納入的不只是性傾向的少數，也包括早發的、不與戀愛結合的、或「不能意識性欲」等性型態。在《餘地》裡，我們因此有了「（還）不是政治犯的政治犯」與「（還）不是同志的同志」，兩種「難以出櫃的出櫃」。

為通訊的不均現象而寫：如何看見紅顏色？

有人曾說，遺忘即是對自我的通訊失敗。「徒勞的通訊」、「誤遞的通訊」、「不通的通訊」這類現象，在小說中輾轉出現。從「轟炸機」移情到「賽鴿」，是「詩人」又是「家暴女兒者」的廖惜之夫張進善，顧玉玲也在他身上，結晶了「通訊欲求」的問題意識叢，包括它負面的謬誤、危險、退化替代與正面的轉譯、改遞溝通、暴力昇華等，可說在這個主題上，極為豐厚的贈禮。也因為有這個人物的「通訊形象」，我們得以對照出其他的「通訊不能」，比如幼純去國後的沉默。

以上是我覺得這部小說，還算易讀的部分。但《餘地》有一條線，是相對沒那麼容易的。它牽涉台灣從冷戰到香港反送中以來，從未清楚梳理的「何謂共產黨問題」。儘管我們有個回答「最喜歡的作家是馬克思」的前文化部部長，但威權時代反共洗腦的遺緒，使得抱有厭共情緒的民眾，恐非少數。公眾人物將白恐受難者的左派愛或共產黨身分，簡化為理想主義，俏皮一點，會說「加入共產黨」根本因為「當時那很潮」——而對思想部分，常避而不談或挑釁發言，比如「反對白色恐怖就應支持中共統一台灣」——這都使得還原不同顏色的「雪中紅」，格外困難。

在《餘地》中，顧玉玲挑戰了這個難度，勾勒作為思想犯而非只是熱血好青年的受難者面容。繞開統獨，不時點出白恐與冷戰（美帝或麥卡錫）的關係。在余父對余霽的「原權路線」中斥中，說立委余霽「只會爭取原住民母語教學，卻不敢碰土地和經濟問題……。」我不禁為描繪老左派的活靈活現，會心一笑。左派史家霍布斯邦老後，叨念的方向也很像。在同意或反對之前，這份了解，仍深有其必要。當第三代小文問：「余爺爺你是紅的嗎？」他拐了彎——這可有非常多詮釋。但其中之一，也包括了「通訊不能」——而被想像的發送與接收困難，其實是迫切的歷史資訊不均問題。受白恐左派培育，進民進黨任職——這在台灣，並非孤例。是否應有違和感？或以更深的理解譴責或接受？政黨政治的世俗化或「頻頻脫左」問題，是小說較為懸置的部分。

三跨精神與敢撩

在這部以家族、性別與台灣為發端的小說中，如何在三者之中，翻轉出跨家庭、跨性別與跨台灣的新意，一種「不厭舊也不懼變」的「敢撩（禁忌）」書寫策略，實有太多可觀之處。誠摯推薦——「敢撩閱讀」之。

• 本文作者為小說家，著有《我討厭過的大人們》、《感情百物》、《永別書：在我不在的時代》、《性意思史》等。

推薦序

餘人

游　靜

有一個地方，有一條河，把地分作兩邊，兩個河岸。兩邊傲於自己風景的優美，嘲笑對方的貧瘠，看不見河床底一樣，和不一樣的泥土，看不見河如何連接海，如何與溪流匯聚，如何受其他的河衝擊，動植物在河床的生長與互動。兩邊只看見對岸，都把看不順眼的風土，丟棄、放逐到對岸，埋怨從你們那邊漂過來的，汙染了我們。河的邊界在哪？水漲，河邊被吃掉成河床。水退時，兩岸更緊張了。沒了河，何以言。

河在流，風景、水土，生生不息。每一種風景都說，就是你們上一代的水土，窒礙了我們的發展，害慘了我們這邊。某一邊、某一代、某一種，總有錯。你頷首微笑，抽菸拼酒，低頭滑過；你不小心想言說，有人跳出來大叫，還說三道四，叫我們情何以堪。若餘地不留，每一棵樹，都錯。

我常常搞不清楚，聽到的「你們」、「我們」，指的是誰。認識顧玉玲，源自一本叫《我們》的書。書中，為了維護一些「我們」的「正常」運作、健康孝順、GDP，選擇不把一些人看成「我們」的一部分。這書稍稍地，把我們站著的那方塊移動一下，讓那個框住我們的引號漸漸浮現。我上課常用這本書，希望可以讓學生每次說「我們」、「你們」的時候稍微想一下，究竟自己站著的那塊地，用以維護自己或擊倒對方的那個框，是否真的這樣，理所當然。

眼前這本大書以廖惜的夢境，她與女兒遙遠、芬芳的小日子開頭、打岔，並以廖惜與新媽的閒遊作結；這些女性似乎「沒什麼發生」的尋常互動，成為追溯、回顧已逝的丈夫／父親張進善一生的底色，不斷賦予讀書人一步步踩進泥淖的錯愕，卻又容讓從深陷的歷史情景中抽身而出，最後回到已然非關對錯、沒有輸贏的寬厚坦然。讀者首先被設於跟不以故事主線扣連的，與中老年女性靠近的位置，反而與在推動情節發展、從美國空降過來的年輕介入者謝真，形成某種相互拉扯的張力。

但美國作為台灣歷史自我尋根的中介，實是不可或缺。謝真不一定找到他要的，他也不一定留下來，但他的現身作為一種顯影液，正是讓離散的個體得以重聚、埋沒的創傷出土、時間重新接合的關鍵。他的名字「真」，正指向他作為中介的虛，虛心不假。

小說中我最喜歡但可能是不太起眼的段落，是在太平洋戰爭後期，進善自願去日本當少年工建設轟炸機，他經歷的政治感情變化。為了一種超越自身的愛的情操，為了成為比詩人、比台灣次等人更有用、更受尊敬的人，為了搏取日本老師女兒純子激賞的目光，進善為建立亞洲人的亞洲捱凍捱餓，成為偉大的戰爭中的螺絲釘。在這亞洲夢破滅的一刻，要慶祝脫離殖民統治還是哀怨被遺棄？抑贏，抑輸？無論如何，只有恥辱是你的。作為地理科老師，肯定與河床親近。這感情，這位置，於我來之地，我之為我，何其熟悉。一時一命，懸於一念之間。

如何不受政治正確的立場展演、道德高地爭奪的誘惑所動，學習看見並珍惜，早被歷史與日常碾壓或固化的，柔軟深處，是這二十萬字不斷敲問的。一如不少經歷鉅大歷史創傷，透過書寫以消化並超克的小說家（我在想，嗯，米蘭，昆德拉），顧玉玲迫使平庸的善惡二元對立變得陌生；所謂惡，或善，是否只是彼此的延伸？

歷史除了製造輸贏，更大量產出，連輸贏都沒份的，餘下的人。這些餘人，僅能立足的方寸，就是餘地。

• 本文作者為香港作家，現任教於國立中央大學英文系。

推薦序

「不要被世界改變得太快」——關於《餘地》

韓麗珠

我跟顧玉玲只見過一次，卻非常深刻，多年來，那交會一直藏在我心裡的某個角落。

那是二〇〇九年的香港書展，顧玉玲為了《我們：移動與勞動的生命記事》舉行講座。這本書拓闊了當時我對於報導文學的想像，也被台灣移工的處境和弱勢深深觸動。當時我在想，這是以小說的心理描繪來刻劃真實的移工狀況，內裡有許多細節和轉折，是文學的手法，但所描述的卻是活生生而血淋淋地發生在真實世界裡的事。我讀後的震撼，帶著一種不安——那是，洞穿日常假象的不安感。對於講座的內容，我大部分都已忘記，只記得，顧玉玲提及，參與社會運動和寫作報導文學所需要的放下自我。「放下自我。」當時的我，想到的只是，作為作家，在創作中所必須保有的自我。當年的香港，跟今天相比，繁華安定，社會運動只是星星之火。那時候，我向顧玉玲提出了一個問題，如何在文學裡放下自我？

十多年過去了，台灣和香港的狀況，以當初不可預想的方向，急遽地改變。顧玉玲交出了另一部小說作品《餘地》。我對於文學裡的自我的理解，已從個人的自我，過渡至眾人的自我，拼貼成微觀的歷史。帶著這樣的目光，翻開小說。小說的開首，是廖惜夢中的鹿，那鹿是被暮年的她夢到幼年的自己所遇到的動物，醒來後的廖惜，從那鹿想到多年未見的女兒同學幼純。小說以一個夢展開，似乎暗喻著，在漫長的歷史洪流裡，個人的生命是什麼？是被另一個人所夢到的片段，還是，夢中之夢？是記憶拼湊，還是失憶後所剩下來的扭曲的理解？

故事以張進善和廖惜的家庭為中心，旁及幾個家庭、幾代人，以至不同的階層。小說裡眾多的人物的觀點，都是一塊微觀歷史的碎片，藉由這些碎片，拼湊出台灣不同世代的經驗。

歷史不是背景，而是核彈，它爆炸過，仍會持續地爆炸，而留下的影響，一直烙在目前、不久後，以至很久之前的未來。

日本的太平洋戰爭，以及緊接而來台灣白色恐怖時期的大搜捕，都是歷史留下的尖銳碎片，一直留在張進善的心裡，他往後的人生，即使在繼續，其實只是青少年時期所經歷的這兩件事件——戰爭和被拘留審訊——的回響。在安定的年代，他仍然活在死亡陰影和出賣詩社同伴的愧疚感之中。比他年少十四歲的妻子廖惜，所經驗的台灣，則是另一個世代，他們密不可分地生活，而創傷的後遺卻是一株在日常中蔓生，同時無法直接碰觸和處理的侵蝕性植物。

兩人的女兒芬芳和同學謝幼純成長於戒嚴前後時期，社會風氣仍然保守。芬芳和幼純所面對的是社會運動方興未艾，而青春的身體，所要探索的則是女性情慾自主的邊界。她們各自作出了選擇，而且為這選擇付上代價。幼純為了意外懷孕的孩子當上了年輕母親，移居陌生國度重新開始；芬芳則懷著告密者的內疚和自責，升學、戀愛、成家、酗酒，同時再也無法真正愛上任何人。她獨自在暗裡感到被背叛、受傷、報復，而真正加害的對象，其實是她自己。多年後，飽歷了生活風霜的幼純，可以理直氣壯地為自己成為母親的決定承擔責任，而表面上一帆風順的芬芳，只能在無人知曉的暗角，承受著一次又一次的內心潰爛。在這裡，芬芳延續著進善所背負的家族業力，他們同樣隱忍著創傷，因為他們所記得的超出了心靈負荷。

跟張進善一起被捕的詩社同仁余啟正，被關押在綠島之後，重回台灣，一生仍活在被特務跟蹤和監視的陰影之下，即使在晚年，出現腦退化症狀，記憶顯得破碎而重疊，他始終感到特務如影形隨。記憶建構了對世界的想像，即使是親密的家人，也是活在不同世界的人。

《餘地》所展現的世界，表面運作如常，而在日常的表象下，各人都懷抱著無法與別人分擔或分享的黑洞。因為每個人所分得的歷史碎片並不相同，在那碎片中，他們不免是孤獨的。把他們連在一起的，只是無法以言語清晰地指出的潛意識：廖惜夢中的鹿，或，在死後走進廖惜夢裡的進善。

在我看來，小說的敘事者如此熟悉，跟《我們：移動與勞動的生命記事》的敘事聲音和價值觀，幾乎是一致的。《餘地》的視野，包納了社會上各有差異的人——年邁者、原住民、從美國到台灣尋根的年輕人、精神病患的勞動階層、移工、女同性戀者、婚外戀人、種族清洗倖存者的後人。敘事者有意讓日常生活中被無視的，在小說裡被看見。然後，我又想起了多年前在書展講座上向顧玉玲提出過的問題：「一個作者如何放下自我？」我現在想到的是，一個人無論多麼想要達到無我，終究並不可能，而《餘地》的敘事者的自我，或許，是由社會上眾多被邊緣化的生命所構成。

作為香港讀者，讀到《餘地》裡所呈現的微觀歷史，譬如詩社同仁因為白色恐怖時期的文字獄而被抓捕，拘留審問，嚴刑迫供，各種拔指甲、禁止睡覺、絕水絕糧等殘酷對待，竟然感到，熟悉的可怕。要不是已經經歷，就是正在經歷，或將會經歷。歷史的核彈是公平的，在不同的時間點，落在不同的國家或城市。在時間的洪流裡，不同國族的人，終究會經驗這一切。如果台灣已被炸過，香港則仍在爆炸之中。

我一直記著小說中幼純對兒子謝真說的話：「我相信你，但世界要改過來很慢，也很難。你要很小心，小心找到你的同伴，不要落單，不要讓自己被世界改變得太快。」這句話是黑暗中的燭光、嚴寒裡坐在大腿上的貓，以至，在驚惶中抓緊彼此的陌生者的手。

- 本文作者為香港小說家，著有《半蝕》、《黑日》、《失去洞穴》、《離心帶》等。

喚醒

這是千真萬確的。

六歲的廖惜和大人一起上山撿拾木柴。正午時分，啄目睡（愛睏想睡）的她被包在一只褪色的大花布裡，放在樟樹下沉沉入眠，隱約聞到樹稍散發日曬後的清香，花都開了。不知睡了多久，她醒來，看見不到五公尺遠（童稚時她的形容是，走過三棵樹才會到）的溪流邊，一隻小鹿在溪邊飲水、順毛。

莫非是幼鹿？鹿茸未長，無以分辨雌雄。一線墨色劃開背脊兩側，點狀白紋散布在滑順的黃褐細毛上，白絨屁股緊蹶蹺高，細長蹄子踮著、蹬著，好像隨時要開跑。那倨傲，那敏感，那光澤，無比華美，栗色倒影被清澈的水流分成十條、一百條、一萬條波紋，迴圈般蕩漾開，又聚攏。

那鹿盯著她，靠近她，沾濕嘴角輕輕修飾自己的毛髮，嗅聞廖惜的全身，溫潤的毛邊滑過她裸露的臂膀，長睫毛捲簾般輕刷她發癢的鼻尖，黑圓突出的雙眼彷彿吸走所有的光，令周遭黯然失色。廖惜動彈不得，連顫抖都來不及，她變成風，變成水，變成空氣，變得透明，再無一絲重量。也許過了一千年，只有她與鹿，或者只有鹿，她渺小如蟲蟻，如塵埃。

大人們回來時，阿姆喚醒廖惜，笑她當死睡（睡死了）被野狗叼走都不知道。原先蓋在她肚子上的舊格子紋頭巾，不知怎的竟在溪邊尋獲，濕漉漉沾滿泥沙。很多年很多年以後，當廖惜已然成為老婦，她才可以很確定地說，那是她生平僅見的絕美神獸，輝煌至無以匹配，驚怖至不可思議。

第一部

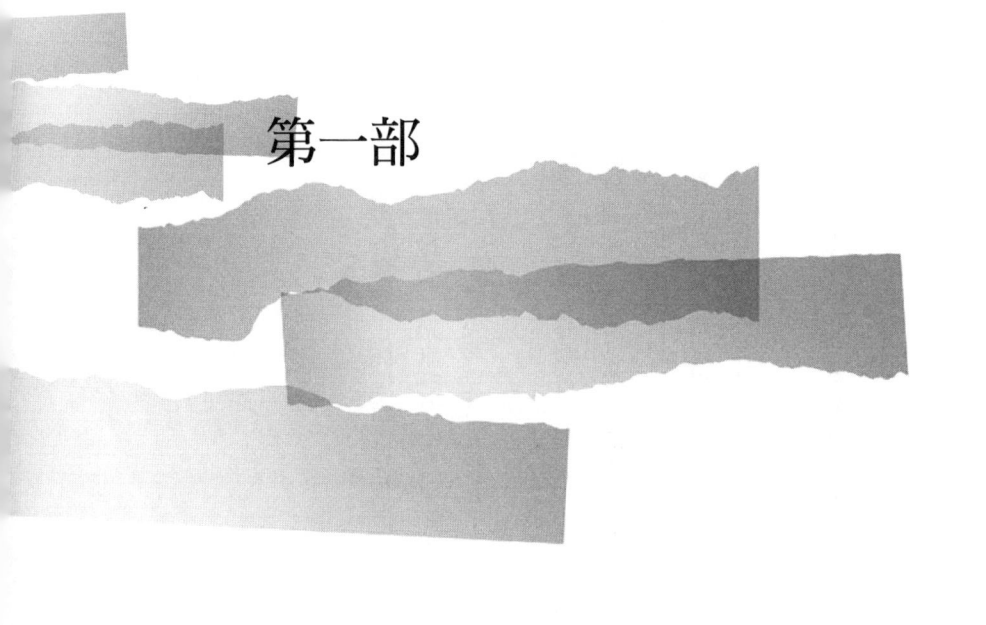

未來已經來到眼前

逆光，像小鹿般奔走如跳舞的身影，從遠處搖晃趨近。

廖惜瞇著眼，以掌遮額向前探看。是誰啊？背景光照太滿，周遭景致全被吃掉了，立體空間失去距離感，倒像是一張白紙上，小鹿晃著晃著就變大了。輕盈的，活潑的，也許竟是快樂的，那個誰？

還來不及看清楚，就醒了。廖惜靜靜躺著，眼前一片黑，她不必開燈也猜得到是半夜兩點，老人淺眠，下半夜要再入睡就難了。近來多夢，醒來還留有殘影像斷片似的，閃過又閃回，色彩豐饒，意象紛雜，配樂是低音鼓和細微響鈴，不喧賓奪主，卻也不曾斷線，有時以為是全然靜謐了，鈴聲又緩緩浮出。唯一確定的是，總有個小鹿般跳躍的人形，每次都近一點，多一點，玩耍似地愈走愈近，前來相認。她戀戀不捨地溫習了一下夢裡的光亮，像曝曬過的水泥地，帶著夏日餘溫。那小鹿般的身影也是暖的。

滿漲的膀胱催促起床，廖惜磨蹭著找出適當角度施力，才不至於因腰骨痠痛而撐不起身。腳踩上地磚，早已入秋了，夜半冷寒，她哆嗦著彈回懸空，再嘟囔了幾句才踩定。壁光微微，廖惜摸索著進了廁所，蹲坐馬桶半晌，有氣無力流了幾滴尿，心中懊惱又讓虛弱的膀胱給騙了。老了就是這樣，做點小事耗盡力氣，多是徒勞。

徒勞無功的氣惱，好些年了，還是沒能讓她習慣。廖惜自小就聰明能幹，國小還沒畢業就能下田採茶，眼色好，手也快，茶簍裡漂漂亮亮找不出誤採的殘葉，後續的曬茶、挑茶也一學就上手。除了揉茶氣力不足，廖惜什麼事做來都俐落，收尾漂亮，不曾煩勞大人善後。她且最喜歡蹲在牆角陪同媽媽醃菜乾，聽媽媽一一點名各式菜種，再幫忙換算しょうわ（昭和）為民國紀年，在一整排圓圓胖胖深甕前的水泥地上，用白色粉筆寫下年號，一個年號對上一甕醃菜，如立界碑，等待熟成，豐盈的未來。

但未來是說不準的。未來已經來到眼前。

眼前是一個老婦蹲坐馬桶才多久呢，雙腿已然發麻如針刺，幾乎站不起身。老化是這麼具體而不可逆，她抵抗著，堅持什麼都自己來，動作慢了，但做事的秩序不能亂。那秩序是她一輩子實做習來的，看別人打亂就恨不能挺身操作示範。

但示範給誰看呢？兩個女兒沒一個幹練如她，她每每想將一身的家務密訣傳授下去，總被那明顯不當一回事的表情挫折。芬芳打小愛讀書不做家事，掃地、洗米都潦草，廖惜搶過來再做一次，意思是你跟著我做，但芬芳聳聳肩：「好吧，你比較會。」轉身回到書桌前。遙遠性格溫和，什麼都肯做，就是毫無章法，煎個蛋弄得蔥撒灶台、油濺鍋蓋，混仗一場，只能喝令她不准再進廚房。到頭來，最忙的還是廖惜。

也不只一次，當她獨自在家，隻身爬高換燈管而跌了一跤，女兒們氣急敗壞要她別忙了，這些事留給孫子輩的小文或大言來做就好。但哪個誰會主動修理呢？別說動手了，恐怕燈壞了半個月都不會有人發現。或者她提醒了，拖拖拉拉不知何時才會叫修，彷彿別的事都重要一百倍。只有她，目光逡巡全在這個家裡。

家裡也無非就剩下遙遠。遙遠的房門於是總是關著的，定格在不回頭的背影。遙遠的工作時間長，輪休不固定，臥房亂得像戰區，若不是廖惜趁她上班時進出清理，還能住人嗎？廖惜心裡叨叨念念，忍不住就說出口了，伴隨小幅度手勢，像身邊圍繞著隱形觀眾席，內心戲必須用視覺可見的方式展演。半夜裡的浴室迴盪著她的自言自語，倒像一來一往吵架似的。

走出浴室時，瞥見遙遠的房門閃了一線燈光又迅速熄滅，大抵猜得到是遙遠才剛入睡就被吵醒了，開燈看鐘又蒙頭睡去，也許還有她聽不見的一聲咒罵。廖惜嘴角揚起一抹笑意。

橫豎是睡不著了，廖惜躺回床上，把今日工作全在腦子裡預習了一遍。陽台還有幾件待手洗的貼身衣物，但水流擾人清夢，半夜晾衣平白沾了露水也沒意思。她估算著天亮後先去買菜，遙遠今年發願吃素了，她也跟著少肉少油，但小文大言的晚餐又不能太清淡。還有，若今天日照好，下午就該換床單了，以免天涼多陰不好收拾。電扇也該一併洗淨了收納。

今年暑氣特盛，熱得不尋常，她每見陽光曝曬便想著採收夏茶的悶熱。也約莫是夜半時分就該下田了，採到上午十時收工，以避開炙陽烈烤的中午，在田邊的茄苳樹下吃飯、小憩，有時阿姆要她跑回家餵雞，到日頭西斜了才返來接續採茶。

往事近在眼前，觸手可及。她勤快、懂事，阿姆會特地遞涼水給她喝，沒說出口的稱讚她都讀到了。家裡九個孩子，她排行第七，能輪到被寵愛的時間很有限，沒什麼擁抱、哄眠、說故事的溫情時刻。她喜歡挨著阿姆做事，採茶、醃菜、洗碗，阿姆得空時以肩頭的毛巾一角草草擦拭她汗濕的額頭，對她笑，就足以令她挺直腰桿。

彷彿也有夢裡那樣的逼人光照，主屋前的禾埕遍布昨日才採收的新茶，遠方傳來重機引擎，快速旋轉的機槳如鏽鏈般破碎作響。阿姆一把摟緊她返身進屋，忙亂中踢倒了昨日才剛封口的醃菜脯，乾扁略有發黃的白蘿蔔條四處散落，夾雜在深色茶葉上像一條條蟲蛹。後來才知道美國機這次不是來轟炸的，而是護衛第七艦隊巡航台灣海峽的維和軍機。那年廖惜才四歲半，未曾經歷戰爭，但阿姆不久前躲慣了米國轟炸機，聽到直升機螺旋槳就反射性驚懼藏匿，哪裡知道原來才不到幾年，貼著同樣國旗的飛機就由敵軍變成友軍，風雲一夕變色哩。

那大抵是廖惜這輩子唯一躲空襲的經驗。多年後，經過記憶篩選停格的視覺印象，竟是屋外散落一地已然髒汙了的白蘿蔔乾。好可惜啊，阿姆說那一甕等她長大結婚就要當嫁妝送她，到時老菜脯都變黑金色了，煮雞湯非常清甜呢。還有氣味。阿姆衝過來摟緊她，轉身搶進屋內神桌下面躲藏，肥厚的乳房和肚腹連成柔軟的臥丘，廖惜被擠在熟悉的女體裡，有悶香，是忙了一早上採收夏茶摻著汗漬的香氣。

阿姆的眉目深邃，皮膚曬了就紅，紅了脫皮後過一個冬天又恢復白晰，在客家庄特別不一樣，有種神祕感。一直到十幾年前，遙遠帶廖惜到歐洲旅行，在萊茵河畔往來的高加索人身上，她依稀看到阿姆模樣的復刻版，那容易曬紅的脆弱白膚，鼻翼兩側浮動的雀斑，闊肩長身，黃褐鬈髮。也許是荷蘭人來台時，祖先曾混過血吧？不知在哪一代？不知經過多少變異？基因以神祕不可考的跳接遺傳下來，像是祖母特別恩寵，指名了遙遠，以外顯形貌印證祖先們雜交混血的漫長歷史。遙遠個子高瘦健壯，有淡淡的雀斑和深陷的眼窩，她年幼時以淡棕色瞳孔注視著大人時，廖惜常有錯覺是阿姆回來了，摟抱她像代替與阿姆間罕有的親密。

躺不住，她想起衣櫃該換季了，輕薄夏衣可以摺疊妥收到深櫃，把長袖衣褲翻出一一掛上衣架。

五斗櫃上方有一張加框的全家福，顏色都褪成昏黃。廖惜將一疊夏衣收進櫥櫃下方，失神望著相片。全家福相片是三十年前拍的了，彼時遙遠才七歲，偎在她身邊像個洋娃娃，粉紅色亮片紗裙，是遙遠自己挑的衣服，但如今她一見就說老天爺啊丟死人了。芬芳站在爸爸旁，兩個人都細瘦，進善眉頭微皺，視線總是失焦，常年呈現一種迷路的神情。芬芳的身體略向後傾，一臉忍耐，盯著前方像生著氣。她長得像爸爸，濃眉英氣，細目秀緻，身量削瘦不長肉。個性倔強也像爸爸。

芬芳和爸爸有好長的時間不曾說話，關係凍結成硬土，柴斧也敲鑿不開。同一個屋簷下，沉默像冬霜罩土，封鎖任何生機。一直到芬芳大學畢業那天，才主動對老爸開口：對不起。

進善拍拍她的肩，像兄弟一樣：沒事了。

父女在陽台抽菸，茫霧四起。

真的沒事了嗎？廖惜觀察著父與女，一個模樣的削瘦，依舊不多話，生活裡的應對進退都恢復日常，好像日照霜花，融冰也只在一瞬間。不曾見他們對質過往，沒有和解前的爭執、和解後的溫情，就是淡漠地、恆常憂愁地繼續過日子。偶爾一起在陽台抽菸，彷彿他們共享一個拋不去的龐大鬱結，因知情而無言，因無言而靠不靠近都無所謂。不必說。也許是不能說。

進善過世都二十幾年了，若不是當年遭校方處分而自請離職，他會活得比較久嗎？他不曾用力辯解，不曾大聲喊冤，連私下的埋怨也沒有。他向來不是個快樂的人，眉宇間的鬱悶，內在的憤懣，日子長了就如地雷，任何人近身都要提防隨時被炸開。有時他自噩夢驚醒，到後院抽菸，黃長壽的嗆味久久無法散盡，最終因心血管疾病過世，得年六十四。這歲數，爾今想來也還是壯年，進善相片裡的模樣都比她年輕了，永遠不會再老。

相片裡的進善，和芬芳一樣盯著前方，表情淡漠，但眼神似有期待，像望著遠處的誰。也許那裡有一隻小鹿？蹦蹦跳跳就要來了。

進善本姓張，在高中教地理，學問好，日文好，中文也好，常被學校派去出考題、編教科書。初識時，廖惜跟著鄰人叫他張老師。張老師單身，住學校宿舍，每兩週來買一次米，模樣俊挺，談吐斯文，不知道為什麼條件這麼好的人拖到年近四十還未成家。

廖惜是苗栗農村長大的客家人，國字寫得漂亮，算數也頗有天分，但家裡孩子多，她不敢奢想再升學，小學畢業後就待在家中幫忙農事。十六歲，滿姑（小姑姑）來家裡央著阿姆要一個女孩到市區的米店當學徒，幫忙補貨交易、計帳找零。阿姆說惜妹最聰明，算錢從來不出錯，幫她打了一床新棉被，就這樣送進城了。

張老師為什麼會看上她呢？她實在想不透。他來買米，一次買五斤，分量少，沒多久又來。她記住他淡漠又有幾分憂悒的神情，襯衫領口未洗淨的汗漬。家裡沒人照顧吧？她想，耳朵莫名紅起來了。

說起來，還是她主動的吧。聽聞張老師在編寫初級中學的地理課本，她活潑調皮，主動丟球：

「張老師，你說說看，中港溪流過哪幾個城鎮？」

她自小在中港溪流域長大，田裡灌溉的水全來自大安溪或中港溪支流，上下流域間算是有幾分認識。說實話是沒真想考倒他，不過是遇上有學問的人，費盡心思想開個有來有往的話題。她來到城市多年，在米店應付各種人，開了眼界，也長了臉皮，附近的年輕人常藉故買糧來搭訕，偏張老師只買米不說話。她好奇他，丟了他擅長的問題好引他開口，賣弄學問都行。

「呃，」他停了腳，陷入苦思，臉上浮現痛苦的表情，遲疑道：「苗栗南庄？頭份？還有後龍嗎？我不知道。」

出乎意料，這倒像是她存心刁難了。廖惜體恤地說：「我以為地理就是河川啊田地什麼的，隨便亂問，不好意思呢。」

「對對對，河川田地都是，都是地理。」

他已然長出皺紋的額頭冒了汗，原本的淡漠轉向凝重，像要哭了似的。他看著她，宛如久別重逢，千言萬語俱化為沉重告解：「是我比較憨慢，考試不必考的都沒教，教的都是我不知道的。」

「不知道也能夠教書啊？」她暗自氣惱想換個話題，又很好奇為什麼他這麼難受，小心追問：「我沒讀過初中，不知道地理課都念什麼？」

「鐵路、河川、首都、水壩，很多很多。」他喪氣地說：「我也不知道是真的還是假的，幾十年的老資料了。」

幸而周遭沒人。她感覺話說到一個界線，再下去就危險了。但她不想停下總算開啟的對話，俏皮地說：「那你借我一本地理課本，我讀讀看。」

他像是大夢初醒，慌忙說好。

借書，還書，寫筆記，問與答。這些，都是廖惜發動的。張老師也許以為是自己追求她，其實是她尋思找機會，假作不經意地開路，讓他走進來。

地理課本確實沒什麼好看，黃河再如何澎湃，追究到沿岸城市的排列順序，也實在太無聊了。還有數不清的鐵路交錯，背誦車站名稱是要去買票搭車嗎？倒是世界地理的課本有趣多了，她特別喜歡雪花、颶風、海底冰山、龍捲風等亞熱帶小島不曾經歷過的地球知識，買了中學生的筆記本摘錄發問。

張老師鼓勵她多看多寫，見面送她書，說「惜」字好，父母真會取名字。她的字寫得瀟灑有力，落落大方，全力展現聰明好學的那一面。下次見面，張老師真心實意稱讚她：「你的字真好，有女俠氣。」

她開朗地接受讚美，求知慾旺盛：「世界上的海水比陸地多，為什麼我們很少看到海？」

「你好會問，」張老師沉吟半晌，用閩南語輕聲說：「擱問到重點。」

下次再見，張老師在返還她的筆記裡，放了一張學校便簽，寫了些海洋知識，像詩一樣美麗，問她要不要去觀音看海。

掏出藏在枕頭套裡的一點積蓄，她到隔壁巷子狠心裁了一件布料，不好挑太張揚的嫩黃色，只能選了典雅的淺灰藍，但請裁縫師在連身洋裝的左肩繫上一只布紮蝴蝶，青春可愛。心中隱隱約約浮現阿爸的親授家訓，自小聽熟了便宛如烙印在身。但這烙印藏身何處呢？平日未能覺察，一有危機便隱隱干擾，也許就一逕狡猾地窩藏腳底吧？不顯眼，不麻煩，甚至有助於站得更穩健了，但只要稍有磕絆，走著跳著忽然擋了腳，便知是犯忌了。

阿爸愛講古（說古），廖氏家譜根植在他的記憶倉庫裡，每一代故事都歷歷在目，每說一次便增生更多宛如在場的細節，活靈活現。廖家祖先自西漢時期從中原出走，一路墾荒，一路遷徙，一路作客，也一路落地新生，各式求生祕笈多封存在醃漬食物的古法中，也建制了種種家族禁忌，成為祖譜不可或缺的口述番外史。第十三世祖先從廣東啟程，艱辛渡海來台，彼時生存艱辛，與鄰近的陳姓人家爭水、爭地至雙方家族大打出手，甚且死了人。祖先曾跪在自家門前，當著整個家族的面，高舉菜刀，一把割去頭髮，對天發誓，未來子孫絕對不與陳家婚配，莫忘世仇。不得聯姻的，非仇即親，一家人分枝四散為簡、廖、張姓，各自發展，但同本同源，也不得聯姻。家中女兒雖未列名祖譜上，但還是代代相傳，當心莫要犯了禁忌……

說什麼姻不姻呢？廖惜看著圓鏡裡未施脂粉已然粉紅撲頰的自己，笑死人了，只是去看海啊。

他們搭火車到中壢車站，再轉客運，走長長的路到觀音，登上白沙岬燈塔鄰近的高處，遠遠望著海。夏日的海，波浪翻騰，藍色被活潑地演繹成青紫灰黑白，一千種水藍天藍玻璃藍與鐵鏽藍，眼睛都被洗得清亮透明了。綿延的沙灘在烈日下，曬成一匹白光，廖惜忍不住央請再走近海一點，再一點，沒踩踏過沙灘呢。張老師明顯也是生手，但兩個人就朝向潮水的聲音走，穿越無數的混生林投、海茄苳與黃槿，沿途多是甘藷與花生田，偶有圳水潺潺流過，有時拐進了紅瓦疊頂的三合院，總有數隻老狗近身嗅聞，也不吠叫。

過了防風林，就是軍事管制防線，不得不停腳在鐵網外，隔著被菱格狀切碎的視框，望向遠處的浪濤、沙灘，以及沙灘上被綠色網線與爬藤植物覆蓋的石砌雕堡。無法近身接觸，廖惜還是聞到了海水加鹽的味道，苦楝與木麻黃的枝椏都偏伸到海的反方向，夜以繼日被海上來的風撲打。

那日張老師特別活潑，一路解說台灣的山與海，說觀音沿海的沙丘與礁岩、林相與石頭、濱海棲地與潮間帶，還有這燈塔的建構工法很厲害，れんがづくり，煉瓦石造，就是用耐火的紅磚石材雙層打造，戰爭時候遭盟軍戰機掃射過好幾次，你看燈塔還是站在那裡不會倒，真厲害呀。

這些廖惜不曾聽聞的知識，輔以近身親歷的及時感，散發不可思議的魅力，令人激動。

張老師聲音低沉有韻，有很重的閩南腔，國語咬字很慎重，太慎重了而顯得不擅言詞，帶點土氣。他說著海，港口的海，海岸線的海，還有汪洋中的海，都不一樣。海上行船一點也不浪漫，數百個人擠在甲板下艙，有人吐了就鎮日瀰漫著嘔吐物的酸腐氣味，原本不暈的人也都吐了。

你也吐了嗎？

吐了。海風吹一吹醒了，太陽曬又吐了。

搭船去哪裡？

神奈川。

啊！我沒有出過國。

她看著他。他看著路的盡頭。

回程的火車上，張老師說起戰後才學中文，很辛苦，有時還用得不準確，學生也會笑。靜默。他讀詩，也寫詩，好久沒寫了，怎麼說呢？靜默許久，像千頭萬緒無以言說。一直到告別，他都沒牽她的手。

晚上廖惜梳洗過，盯著鏡中被陽光曬出一臉雀斑的自己。有什麼關係呢？他姓張，但他又不是客家人。

婚後，張老師搬出教員宿舍，和廖惜在市區購置新房。隔年廖惜標下一個會，批了些文具、參考書，前院加蓋再隔出半個客廳當店面。生活過得風火熱鬧，她能持家，也能賺錢，中小學的課本她都讀熟了，知道哪個版本的參考書和哪個學校的考題最相近，有的班級會一起偷偷訂購再分批來取。她的字寫得豪邁大方，長串的書目油印好放在門口宣傳，總有不少人讚美。

她自認把進善照顧得妥適體面，每一件穿出門的襯衫都有燙過的摺痕，只是好幾次她半夜醒來尋不著人，卻在闇黑的客廳看見一縷白煙飄散，閃爍的紅菸頭夾在進善的指間。他青著臉面無表情僵直坐著，碰不得，她悶悶掩口壓下一個忍不住的呵欠，返回雙人床，沾枕即眠，清晨上學時分就要開店呢。

張老師本來就話不多，沒什麼親友往來，為了避免在店裡遇見學生尷尬，更常躲在店後家屋內，甚少外出，話更少了。直到芬芳出世，張老師的日常多出新任務，好似被莫名的初生或希望之類的，激勵了。

文具店的後院堆放雜物，一株苦楝樹張開大傘，形成日曬東移的涼蔭。進善抱著女兒芬芳，在院子裡找石頭、認花木，下雨天搬出所有水桶接簷下的雨水，有的拿來沖馬桶，有的長了苔痕與小蟲，澆花也很好。他抱著芬芳讀報紙，指著粗黑體的標題教她識字。如此，芬芳未及學齡前就已經熟悉許多國字，且多有難字：國、慶、蔣、年、美、稻、中、暨、誕、災、華、婦、匪……，那些黑體字方方正正，間夾不時飄落油墨上的花瓣，像一朵朵紫色的雲霧。

芳芬四歲的某日，經過一夜風雨，開滿枝頭的苦楝花齊莖切斷，一束束花葉掉落滿地。廖惜一莖莖撿進屋內，以高低不齊的杯碗盛水插花，桌面、櫃角、窗檯都擺上紫花綠葉，整個屋裡瀰漫隱微香氣，有如過年時節的喜慶感。芬芳特別開心，繞著花瓶轉來轉去，沾得一身芬芳。

清晨時分，進善如常抱著芬芳在樹下讀報，紫花與碎葉不時掉落在報紙上，遮去字跡。芬芳小手捏起花瓣，一一掀開如見謎底，她認得「民族」，這是常見字，「星」字也曉得，但不識得前面的「救」字，還有更難的，她指著「崩殂」二字問是何意？不曾見過的生詞。

進善不發一語。春日的花香隱隱。

文具店批進大量的黑毛線及黑紗布，廖惜連夜絞成8字型的小黑花，或是兩片摺疊的黑紗，用別針串起來，一朵一朵販售。放學時分，小學生們像螞蟻般湧進店口，嘈嘈嚷嚷各自帶走一朵黑紗，再湧進另一批中學生。真好賣啊，連著好幾天都趕工製作黑紗，賺了一筆外快，廖惜喜滋滋地幫芬芳添購了一雙紅皮鞋。

自小被餵食國際新聞與社會重大事件，芬芳稚嫩的眉頭不時緊蹙，學習父親深思的模樣，漸漸在眉宇間有了一道直痕，總像是還在思索什麼，什麼超出她年齡或時代所能解答的謎題。

離岸之水

嗶嗶嗶！捷運到站了。

謝真側身讓給下車人潮湧出，在車門關上的最後一秒才大步跨出車廂。這是他的小遊戲，台北捷運的車門開關時間充裕，站間距離有限，不像紐約地鐵不等人的快節奏，時常一個不留神就錯過了，錯過了活該下站又是遠途。這裡也不像上海地鐵站，常不由自主被推著走，愈走愈快，速度感不是閘門決定的，每個人都急。

台北捷運的乾淨、明亮，排隊乘客的禮貌、守規矩，經常讓他不習慣。謝真搭車時，總默默走到隊伍外側晃蕩，趕最後一個上車，拖最晚一個下車，若即若離地挑戰秩序的邊界。這緊張像一種內建程式，幾乎成為慣性，製造一點點緊張感，保持在陌生地的警覺性，其實仍保持在安全秩序內。頂多就是偶有失手，下一站再搭回轉。

反正他不急。時間是謝真最不吝嗇的事。

他已經來台灣十個多月了。從觀光簽證，延長停留，到如今的工作居留。兒童美語班的差事不難找，雖說他拿的是美國護照，但華人血統注定了起薪比起白皮膚的德國、法國同事都少一半。

這事也不稀罕，前一年他待在陝西、北京、上海也一樣，華人地區的美語班對膚色最講究，同源同種永遠排序最低。不過這樣也好，符合他不想被視為外國人的本意。他如今看來和任何一個台灣青年都差不多，用詞早已在地化，口音甚至不會洩露太多祕密，多虧了外婆銀花堅持送他進假日的華語學校，他跟著中國來的老移民習得一口捲舌北京腔，又跟著外婆練得閩南語式漏風的發音，恰恰好的不正統，適足以融入台灣特有的語言環境。

初抵台灣，他在嘉義竹崎待了大半年。那是外婆長成的地方，田地很零碎，起伏的丘陵切斷視野，少有一望無際的遠眺。夏日酷熱，山區裡舉目盡是檳榔樹，瘦伶伶毫不遮蔭，幸而西北雨也下得爽快，豪雨連刷半小時後，隨即陽光普照。南台灣的變天總是出手豪奢，毫無保留。

熱鬧的市鎮，公車班次卻無比稀缺，偶有老人因著年紀足了搭車免費，會看準時間一起結伴進城蹓躂或看病，其他時候也罕有人候車。他很快觀察到，平常人們往來多靠機車，連到巷子口買包檳榔也鑰匙一拎就走，才兩分鐘不到的來去車程，停靠時不熄火，雙輪完全是衍生的左右腳。他小時候看過哪吒踩風火輪的漫畫，原來是真的，連早晨的市場裡都有機車擦身來去，發燙的排氣管如凶器般閃躲不及。謝真著實花了點時間才學會騎五十CC的摩托車，把修長的身量摺成一半，雙膝外開安置妥適，拿國際行車執照上路。

首次騎機車進嘉義市區看電影的那日，他知道他真的生活下來了。也許就這樣繼續住下來也沒什麼不好，他的機車里程數快速累計，上山下海，縣市交界來來去去，走過外婆走過的路，到過外婆年少時擠過的廟會與公園，甚至和接送孩子來補習的西西莉亞談了個戀愛。西西莉亞在菲律賓有老公和女兒，她來台灣照顧中風坐輪椅的阿嬤，也被要求順便照顧雇主的雜貨鋪，以及兩個學齡間的孩子。

鄉下地方沒什麼祕密，他在假日載西西莉亞返回住處兩次，補習班主任就來找他談話了，拐彎抹角說是民風不同，西西莉亞畢竟是已婚的女人名聲也要顧。他大發雷霆，這是連戀愛的自由都沒了嗎？下班後的時間還歸雇主管控嗎？當然主任沒為難他，但西西莉亞就被仲介遣返了。談戀愛了還有心工作嗎？和孩子的老師有一腿以後怎麼放心她去接送？更何況是婚外情，對小孩教育不好。談戀愛成了汙點，與看護工作勝任與否無關。

老外和外勞還是不一樣。西西莉亞沒埋怨，不平等的對待早就習以為常，仲介沒把偷情訊息傳回家鄉就好，她畢竟是天主教徒。真正耿耿於懷的，還是她的合約未完就遭中途解僱，仲介費的損失可大了。謝真匯了兩個月的薪水，補足西西莉亞的財務損失。她收下了，開始申請到香港的工作，祝福他未來平安快樂。

補習班和家長都沒怪他，他中英文都好，作風斯文，教學活潑，向來很受好評，何況他單身，沒踩到道德地雷。年輕帥氣的華裔美國人來台灣，主動送上門的女孩本來就不少，一點緋聞算什麼？只能怪西西莉亞不守婦道。謝真辭了工作，賣掉機車，待不住了。

來到台北，彷彿有事待辦。可能是這一趟旅程的目的。可能不是。設定目標太難了，沒那麼重要。但還有什麼是重要的呢？

謝真的行李夾層中，有一疊雲朵般的天藍色信箋，收件者全是他的母親謝幼純。三十年前的航空信件，為了省郵資，信封與信紙都薄，寫信的人運筆有力，每個字都力透紙背，凸痕明顯。發信者的字跡端正，太端正了，像學寫字的孩子努力要寫好，像和文字還不熟，每個字都要費盡心力寫，缺乏流暢的熟練感。內文也是，太正式而顯得生疏，名字加注稱謂、代稱以敬語表達更是生分，說不上來的陌異感。倒是語氣中流露真誠的關心。

幼純小姐：

多年未見，十分掛念。您一切平安嗎？

初來台北時，正值無住屋運動，繁華的忠孝東路竟然要價一坪五十萬元，令人吃驚，也為年輕人擔憂。數年下來，台北房價愈發沒有節制，連郊區的山坡地都大片開挖蓋房子。原本繞道而上的山路，如今剷出筆直斜坡的柏油路，林木與土層被重新翻攪過，下大雨時沙石滾滾，我們的老公寓也感到轟隆震動。菜園已歷經三次遷移，常蒙灰沙，看來也是種不長久了。我與妻私下盤算，若賣去舊屋竟可賺入二倍有餘的價錢，但貸款未完，且賣了也買不起新的電梯大樓，時有困坐危城之感。世界變化快速，下個世代要承擔之前累積的後果，面對更困難的環境。我這樣的老人沒能做出改變，卻常感無力，實在很羞愧。

謝真應已滿六歲，這年紀的小孩已開始有完整記憶，我相信您會是一個好母親，成為他的榜樣。我不曾忘記，您在年少時便展露了罕見的勇氣與意志，那必然使您不懼怕任何磨難，追求更好的未來。

這應該會是我的最後一封信，由於私人因素，日後無法再寄信給您，但請相信我一直對您衷心祝福，願您與孩子平安健康、幸福快樂。

進善敬上

民國八十四年一月三十日

這確實也是進善寫給幼純的最後一封信，之後再無其他。從一九八九年至一九九五年，總計有五封來自台灣台北的信件，飄洋過海寄到加州舊金山灣區。一樣制式的天藍色航空信封，圍繞紅藍交錯的斜條紋，一樣輕薄的航空信紙，一封兩頁，不多不少，客氣又關心，生分又真誠。每封信必提及謝真，像是為了謝真才有了信件，又或者，謝真是彼此連結的一個約定。

幼純回信了嗎？這些信的節奏緩慢，不像有立即性的對話，每封信都摺疊整齊，收攏在壓箱底的位置。謝真七年級時無意間看見了，此後不時翻看。他揣測著進善與他之間的關係，這裡面有什麼曲折身世的祕密嗎？他繃緊神經一頁頁細讀，再一張張摺回原狀，返回箱底時注意上覆冬衣的角度與皺褶，就怕被母親發現。

一年又一年，他開始懷疑，小心翼翼回復原狀終究只是個無人檢驗的獨角戲。他故意留下破綻，藏匿了一封信，把原本全數翻面的信件打散，錯落幾封向上，只要翻開多年不用的冬衣就會發現，就會起疑，就會追究，就會心驚膽顫。但沒有。一次也沒有。數個月，數年後再翻，凌亂的犯罪現場如故，從來沒有人，除了他，再重新閱讀這些信件。

這些壓箱底的信，與其說是珍藏，不如說是遺忘。謝真成了進善唯一的讀者。他同情進善。這個老派的人！人們已經開始使用電子郵件了，他還在貼郵票寄信。也許他家裡甚至沒有電腦吧。

幼純很少提及謝真的父親，只說有台灣原住民血統，這解釋了他的深輪廓與好體能。父親哪裡去了？死了。年少的戀情，男孩車禍死了，懷孕的女孩遠赴他鄉待產，畢竟當時的台灣社會容不下一名高中女孩未婚生子。她甚至沒見過他的家人，也毋須再見。

進善說的對，幼純從來就不缺勇氣與意志力。但如果進善祈願她成為好母親、好榜樣，這可就大錯特錯了。謝真還不到三歲，幼純就掙脫了全職育兒的束縛，出外打工了。受限於語言能力與學歷，她多待在旅館、餐廳等並無底薪的低階工作，以長工時換來較多小費，在特定季節輾轉到國家公園、賭城等觀光旅店密集勞動。她長年流離在外，雙手長出老繭，腰頸粗厚僵硬，錯過謝真的生日、畢業典禮，以及所有的家長會。

不懂英文的外婆銀花，從來不忘準時現身謝真學校的家長會。她信心十足地準備了一夜拿手好菜，帶著大包小包的滷味到現場擺盤，直到發現那些汙黑油光的食物到活動結束時，還是原封不動、乏人問津。銀花並未喪志，她很機敏上道地學會西式烘焙，下次帶來小鴨小熊造型的餅乾和冰棒，還附上足量的外帶點心盒，大大為謝真掙回面子、贏得友誼。

外婆的娘家在台灣嘉義，謝真小時候去探過親，親戚稱謂多到令人沮喪，還分生家、養家，人人都搶著來捏他和表姊喬安的臉，最後他們兩人都假裝聽不懂中文。幸而探親也就這麼一回，顯見並不親近。

外公謝蔚海只存在於家庭黑白老相片裡。謝真滿二十歲時，幼康舅舅送出的生日禮物，竟是安排舉家旅遊至中國陝西祭拜祖墳。據說蔚海一直到死都沒機會返鄉，像大部分戰後來台的老兵一樣。

那次陝西行，一如後來的謝真生日，正值旅遊旺季，幼純工作走不開，沒能跟上。嶄新的客運巴士沿著筆直大道前行，兩側多有不同樹種的植披，顯見多年綠化有成，雖然沿途也突兀地出現好幾個高樓聚集卻一片死寂的無人社區，像黃土地上平白長高一百倍的墓碑群。短短的二十年間，遼闊的黃土高原，被種下許多原本不屬於這裡的綠樹與高樓，只有夾帶飛砂的大風，來來回回吹過樹叢，在樓與樓之間迴盪，發出嗚咽的高音。

接待他們的是蔚海大哥的長子，獨占家族男子的「老謝」稱號。老謝還不滿七十，已經沒有農田耕作很久了。他每天搭電梯從八樓到地面，在新興社區附近的黃沙路走來走去，新植的路樹都還沒長高，無以成蔭，走著走著就滲汗了。偶爾，老謝在高樓社區裡遇見其他沒田可耕的農民，他們聊聊天氣與城裡的孩子，或靜默抽菸，菸蒂丟了一地。下午會有大樓清潔工來收拾。

老謝還是小小謝的時候曾見過蔚海，記得這個叔叔為人慷慨，送他一支鉛筆和一只橡皮擦，囑咐他要認真學習。老謝幼時吃了苦，小學讀完就沒能再升學，主因是家族裡有個國民黨軍人，親人們不免全受了牽連。改革開放以後，海外關係水漲船高，輾轉聯絡上的親人後代，居然還是美國歸僑，更是錦上添花。老謝家裡急忙粉刷了牆面，衛浴也接了全新的蓮蓬頭，在沿海打工的子孫輩也全召回來了，難得團聚，熱烈歡迎親人返鄉掃墓。

這是老謝生平第一次見到美國人，心情激盪不已。他連聲血濃於水血濃於水啊，拭著淚說幼康和他父親簡直一個模子印出來的，回來了就好，回來了就好，陝西老鄉到哪裡都是老鄉。

蔚海父母的墳，蓋在山坳裡，要走上半小時的山路。粗糙的墓地幾乎淹沒在雜草叢中，一公尺寬的混凝土石板上，淺淺刻著先人姓名，共有五個兒子一個女兒落款，謝蔚海排行老四。

如今，墓碑上的人，全都死了。

「我爸以前常常說，家鄉很窮，一眼看到盡頭都是黃土，他當兵就是想去看看海。」幼康說。

「那剛好呀，」喬安笑著說：「台灣四面全是海。」

可是，我們從來不去海邊。幼康嚥下這句話，轉頭對老謝說：「我覺得，我爸早就知道世界變化很快，要看遠一點。」

「就是。」老謝說。他的菸癮大，實實在在吐了兩口煙，才足夠他抒發年少失學的怨氣似的。他沒責備誰，只扯著嗓門大聲說：「出去好，出去才有出息。」

銀花帶領大家一起拈香祭祖，以不甚流利的台灣通用國語對著未曾謀面的公公婆婆說話，像他們就在眼前一樣親切：「爸爸媽媽，你們要保佑這些子孫，祝大家平平安安，順順利利。蔚海一定很高興，他的孫子特別回家鄉來拜祖先。」

她說孫子，不是兒子。

當地人不時興祭祖，老謝從超市裡買來的紙錢，尺寸都非常大，有傳統貼金貼銀的，也有印製成人民幣及美鈔，厚厚一大疊全捲起來，包在塑膠袋裡。

銀花有條不紊地打點流程，指示兒子媳婦孫子孫女將紙錢對摺了，再點火燃燒：「金紙拜神，銀紙祭祖。先燒金，再燒銀，鬼不能和神搶。」

「神鬼殊途，神鬼殊途，這不就是金銀有別、各自歸位嗎？真有道理。」老謝對這個井然有序的儀式大表驚奇，豎起佩服的大拇指，笑出一口銀牙：「再說了，兩邊的貨幣也不能流通嘛，是不是。」

濃厚的鄉音，只有幼康完全聽懂了，他笑著讚許老謝的機智，遞出一把點燃的香：「大堂哥，以後就拜託你們了。」

山坳裡金紙銀紙盡化為灰燼，謝真想著沒見過面的外公，如今飄洋過海都只是一瞬間吧？蔚海在這裡，也在那裡，既和父母團聚，也與子孫相伴。也可能，他早就走遠了。

銀花前後有兩個丈夫。之前的老公姓林，是個農人，台灣戰後的土地改革，讓這個佃農之子有機會取得自有田地。那也許是一連串通貨膨漲、民生物資缺乏、國家暴力鎮壓後，開始有一點點指望的時候吧？身分轉為自耕農，確實讓林爸爸鬥志昂揚了一陣子，但肥料貴、糧價低，生活並無改善。最後死於肺病也很難怪罪誰，醫療對窮人來說，有太多無法企及的難處。銀花帶著遺腹子幼康就此成為寡婦。

真苦啊那時候，外婆總是說，笑瞇瞇像個勛章，意思是苦過來了，而不是要抱怨。她從農村遷移到城裡，每天煮了大鍋粉粿，摻黑糖、山梔子調味調色，斜切成塊，推到市場裡叫賣。幼康就在攤子與攤子邊玩得一身泥，常有賣吃食的人會好心餵飽他。兒子該入學時，銀花經媒人介紹再嫁了。

寡婦再嫁，自然是沒得計較，也確實要對上合適時機。戰後十餘年，數十萬戰敗來台的士兵分批除役轉業，婚姻禁令也解除了，低階士兵能挑選的工作及對象都很有限，湊和著能成婚都算幸運了。謝爸爸名喚蔚海，生平頭一回見到海就是退敗來台，從廈門出航，在底艙暈吐一地，枕著穢物昏睡進入旗津港，亮閃閃的南台灣日頭澎湃來襲，眼前盡是白光，什麼穢物髒汙都隱身了。他是陸軍，二戰後才跟著復員軍隊跑，說實話是為了離開家鄉往外闖，他沒真打過日本人，倒是一省過一省節節敗退來台。戰場所見多是狼狽，別的老兵愛話當年勇，他總說不就是逃嗎說什麼說呢，菸抽了一根又一根。結婚後，銀花立即鐵腕政策不許謝爸爸再抽菸，擔心又死了個老公在外名聲不好聽。

謝真對外公的認識，多來自舅舅幼康。蔚海是個農民之子，學歷不高，見識不多，一路跟隨軍隊撤退來台，被退輔會安排投入橫貫公路、蘇花公路的建設工程，炸隧道時被火藥擊碎的岩塊削斷了左腳，拖延數日才輾轉下山開刀，拿出碎爛在肌肉裡的骨頭，左腳因而短了數公分。

「幸好我不必坐輪椅。這叫大難不死，必有後福。你懂這意思吧？」蔚海一跛一跛牽著幼康上學途中，常這麼說。

他提及小時候家鄉裡有個鄰人挖井到一半，崩塌被埋了數個時辰，雙腳都截了肢。鄉下的路哪裡推得了輪椅？他母親每日早晨抱他坐在門前一張有靠背的木椅上，一坐就是一天，跟看門狗一樣，小孩子調皮去偷摘他家的果樹，他看了也不叫，笑嘻嘻還幫忙指點哪裡還有熟的。蔚海搖頭嘆氣說：「我們吃了水果，還拿果皮丟他，他也不氣，笑嘻嘻的。」

「他是個大白癡。」

「胡說！當時年紀小不懂事，現在想想，他是想要交朋友吧？」

腳瘸了，蔚海只能到砂石廠當警衛，中年娶到銀花，附帶一個五歲兒子，已然是中了意想不到的大獎。數年後，經由過往軍中同僚轉讓，一家三口遷入眷村，他請村子裡會寫毛筆字的副參謀長，用紅紙寫下「堂上謝姓歷代祖考妣之神位」，貼在客廳主牆上，逢年過節帶著妻兒一起祭拜。終於落地生根了，他默默流下淚來。

銀花感激蔚海一起扶養孩子，待他總有幾分敬意，伺候周到。幼康聰明好學，市場長大的孩子不怕生，初見就纏著蔚海問東問西，汗汙小手拉住蔚海的小指頭，用閩南語問他門框上的春聯紅紅的說什麼，斷了門牙的童音轟風不分地學著讀音，蔚海說一句，幼康跟一句，手指拉手指牽著不放。蔚海離鄉十餘年，若說成家，大抵是幼康才真正給了家的感受。

他寵溺幼康，有求必應，從來捨不得打。

一回幼康考試成績滑出前三名，銀花氣得一巴掌揮出，考這樣好意思回家嗎？

稚嫩頰面浮出紅痕，幼康忙躲到爸爸身後。蔚海忙打圓場，考不好就算了，我也不懂得教。

銀花一把揪出幼康，氣急敗壞。還躲？爸爸不嫌棄你，是你有福氣。以後還敢不敢？

哇一聲幼康就跪下哭了，蔚海大驚，這這這，左右跺腳沒地方站了。

銀花丟了掃把，嚴厲指著幼康：你記住，長大以後要孝順你爸爸。

那天下午，蔚海好似被擊垮了般，瞬間老了十歲。他一語不發地坐在板凳上，皺紋深陷，肩脊塌縮，目光遲滯，像一片枯葉掉落在路的盡頭，不踩也是碎了。

傍晚時分，銀花低聲要幼康去叫爸爸來吃飯。

爸……，幼康才開口，蔚海竟爾嚎啕大哭。像過往的戰亂、離散轟隆隆全回流了。誰嫌棄誰啊，他搞不定要對誰生氣：不孝順就不是我兒子了嗎？

那約莫是蔚海僅有一次大發脾氣。幼康成績好，自小到大沒補過習，畢業想念軍校，像村子裡許多少年一樣。但蔚海不准，他的軍旅生涯是內戰，打的全是自己人，不戰而逃其實很符合他的心境，終究只是要平安過日子。軍隊裡的貪汙腐敗他看了不少，沒信心把兒子再交到國家手裡，堅持小孩若能讀書儘量讀，大學畢業有能耐就出國去，開開眼界。

夫妻倆在村子口擺了個麵攤，兼賣大江南北各式滷味，蔚海晚上還去附近的砂石廠，輪值大夜班的警衛。幼純出生時，幼康都上高中了，那一年，台灣失去聯合國席位，如臨國殤，黑市黃金價格上揚百分之四十，「莊敬自強，處變不驚」的口號隨即漆在村子衛生所的圍牆上。

外交處境艱難，換來的是島內愛國心高漲。隔年又是台日斷交，舉國沸騰，幼康激情地隨著班上同學交出身分證，就要申請入黨。爸爸攔了下來：

「等你上大學再說，不知道的事不要隨便作決定。」

像當時最聰明的學生一樣，幼康選讀物理系，預官期間就發憤考托福，申請有獎學金的美國大學。去看看外面的世界，這幾乎是爸爸根植在他的求學生涯裡的主要選項，向外走，不管去哪裡。出國留學前一年，台美斷交引發逃難般的骨牌效應，村子裡官階較高的人家默默移民了，島內的三家電視台鎮日播放〈風雨生信心〉的歌曲。爸爸又說話了：

「趕快出去，趁還有機會。你懂這意思吧？」

出國前夕，蔚海曾偷偷拿家人的信給幼康看過，那是繞了好幾圈，輾轉自軍中同僚介紹的滯港同鄉人寄來的。未曾謀面的中間人，於五〇年代從陝西逃到香港定居，等到邊界略有鬆動了，就藉著返鄉之便，幫忙在台灣的陝西同鄉祕密通訊。軍中同僚特地遠道自台北來到家中，與父親面對面悄聲說話，這線索不知真假，但轉介的是頗有分量的將領級人物，應該不會出事，就算出事了上面還有人擋著呢。蔚海陸續託人匯過一些錢返鄉，換來一封粗紙寫就的短信：

蔚海姪兒，

您寄來的五百元美金，已查收。修建您爹娘的墳墓，所需費用尚不足二百元。

姑母　錦鏞

一九七九年二月十六日

「這是真的假的啊？」幼康翻看信封上的香港郵戳，土黃色大紅格線的信紙，不以為然地評斷：「你姑姑不是種高粱的農民嗎？能識字寫字嗎？三十多年沒聯絡，哪有人只談錢連聲問好也沒有。」

「信件就是訊息，農村不就是找有知識的人代筆嗎？代筆費論字計算，能囉嗦嗎？」蔚海珍重地把信紙摺回信封，搖搖頭，又點點頭，他看向牆壁像穿透眼前的白石灰，幾乎是自言自語地嘀咕：「這一來一往，是容易的嗎？」

當然不容易，而且危險。被發現就完了。

隔絕三十年，什麼音訊都像假的，就只怕萬一是真的卻錯過了。旅居香港的陝西老鄉，也不知轉手了多少匯款？幼康心中默默盤算，中美關係正常化了，鐵幕鬆動了，如果未來從美國直接聯絡陝西，可能速度更快一些，準確度更高一些，說不定等到他在美國取得新的身分了，父親直接從美國返鄉祭祖也未嘗不可。

離開台灣，很多不可能都有可能了。他確實有移民的打算，畢業後順利在灣區找到工作，薪水與發展都比台灣強得多，就是種族歧視像空氣一樣圍繞，久了不免麻木，只剩力求上進一條路，妄想著擠上人跡較少的高位，就可以好好呼吸了。上進無非是錢賺多了，生活不再瞻前顧後，車庫裡停的車裡有一輛費而不惠的流線形跑車。所謂揚眉吐氣。移民是為了安排家人們依親團聚，這已然是幼康彼時所能想像最成功的人生了。

但等不及功成名就，爸爸過世了，塵肺症。銀花管得緊，蔚海偶爾喝點小酒，菸倒是不碰的。但銀花沒料到的是，蔚海當警衛的那個砂石廠，翻砂打石的粉塵暴露，就像礦坑一樣。終究還是肺病奪走了她第二個先生。

幼康出國以來，第一次返家就是奔喪。爸爸的遺言沒對他提出任何要求，沒有要他移民，也沒要他返鄉，就只是交代他好好照顧家人。倒是媽媽，堅決要他有好的工作就留在那裡，別辜負了爸爸一番苦心栽培。隔年他娶了台灣同學會的學妹，也就順勢留下來了。原就規劃將媽媽與妹妹接來同住，但還是比預期中意外提早了，但剛好女兒也快出生了，銀花適巧可以同住照顧孫子，而且是內外兩個孫子。

父親的骨灰與牌位都從台灣迎到美國。幼康特地請了一天假，開車戴著骨灰罈走一號公路，從北到南沿著海岸線，歡迎蔚海來到新大陸的首日遊。開車累了，他停車看海，想像父親已然自由自在隨心所欲了，竟替他感到寬心。沙灘上有成群的海象翻身露出圓肚子曬太陽，或左右蠕動直往沙裡鑽，趴臥半晌又倒捲入海中泅泳，或兩兩相對似是愛撫也許竟是對打，磨蹭不休。幼康看了入迷，被曬紅了半邊臉頰，渾然不知移動。

大嘴鳥和銀白海鳥優雅滑翔，盤旋不去，斷斷續續的鳴叫聲，像從遠方傳來不確定召喚，一聲又一聲。

聖荷西一帶華人多，銀花很快學會開車。平日裡，她兩手各牽著謝喬安和謝真的小手，在飄著檸檬香的社區裡散步，週末日送他們進市區的華人學校補習中文，自己也在僑社裡交了些朋友，有自己的社交圈。她在台灣賣麵的本事，來到僑居地，成為無往不利的交際通行證。僑社舉辦節慶派對，銀花自製的滷味大受歡迎，她得意又謙遜地說很簡單啦哪有什麼食譜，配料在華人超市都買得到。

麵食和滷味都是蔚海教她的。那些年少離家的阿兵哥，都在軍隊裡學了一身蒸煮絕活，口味融合大江南北。正宗的台式家鄉味，無非是混雜隨機，就地取材。謝真最愛滷牛腱，大紅辣椒混著洋蔥片和打碎的薑塊下鍋煮沸，再小火燉燒兩小時，放涼冷藏至滷汁全入了味，撈起牛腱分裝冷凍，嘴饞時只消退冰切片灑上細芹菜，正餐或零食都合用。

銀花帶孩子特別有耐心，管教方式卻很老派，她沒法子查看功課，無法訂下什麼嚴格的標準，就是苦口婆心講道理。她看待人世，總溯源回到最初，因為這樣那樣，所以對人對事多了些同情與理解，每個為難處都被她關照到了，怨不得，怪不得，評價不了。

哼，太虛偽了！喬安和謝真毫不掩飾地翻白眼，直接使用最惡毒的話咒罵對方，下一秒又玩在一起。

來美國二十多年，銀花的英語沒什麼長進，倒是跟著肥皂劇一知半解學會一點美式幽默，挑眉聳肩雙手一攤，肢體語言豐富。她最跟上西方作風的，大抵是不膩著朝前途奔去的兒孫們，穿著排汗外套參加社區活動，主動報名短程旅遊，和僑社朋友組團到優勝美地健行。生氣勃勃的銀花，看起來完全不顯老。但還是老了。她死於心肌梗塞，沒受太多拖磨。

八十二歲高齡死亡，以華人圈的標準來說是喜喪禮。銀花的靈堂布置成粉紅色調，成為這個移民家庭第一個埋葬新故鄉的親人。

謝真挑出衣櫃底層的信，收入行李箱的夾層。外婆死了，他與遠方血緣連結的線索，好像只到這裡，風一吹就飄走了。他是被母親帶在肚子裡飄洋過海的一顆種子，或塵埃，沒有人要他償還什麼，沒有人期待他上下求索，追根溯源。但他已然工作數年，累積了一點自主遷移的條件，決定送給自己一個長假，走向未曾想要抵達的遠方，探索那些評價不了的為難，可能他會多知道一些，也可能不會。

以後才不敢亂來

鬧鐘一響，張遙遠反射性右手一揮，立即按啞。

她習慣再賴一下，像個抹除起床氣的儀式。先是銳利的鈴聲撕破靜謐，再猛然切斷，爾後保持死寂如高手對峙，數分鐘後鈴聲再起，她按兵不動直至現實感漫溢意識面，終究要繳械棄守，就該起床了。不過這個張力的掌握分寸要非常小心，若鬧鐘響了超過三聲，約莫就要換媽媽來敲門了。

媽媽習慣清晨四五時起床，整個房子乒乒乓乓、碰碰鏘鏘全是聲響。廖惜做事向來奮力，聽力老化後愈發奮力，洗衣掃地煮食拉紗門晾衣服，這些例行性的早晨勞作，每一項都做得虎虎生風。遙遠早已習慣了清晨家務的宏大聲響，先於天光發出預警，那已是淺層睡眠時期，周遭的環境音很容易編織入夢，唯有靠鬧鐘撕裂夢的邊角，她才好為甦醒作準備。

輾轉反側，再賴幾分鐘，將頭埋進枕被，順勢揚手拉開窗簾迎進一室黯淡。陰天。

草草梳洗後，遙遠挑了一件不對稱剪裁、V領的深色洋裝，暗自嘆口氣，三十五歲以後腰身就瘦不下來，衣櫥裡倒有一半都不能上身了。再挑了件針織外套，都已經入秋了，百貨商圈的空調還是維持低溫，專為消費者逛街三小時也不滲汗的設計著實貼心，但對於一整天都在狹小空間內移動的櫃姐來說，就真的是太冷了。她有時不免覺得多儲存點脂肪在肚腹間，也是自救保暖的手段，放縱自己再夾一塊 Joyce 工坊的生巧克力，止飢也抵寒。

早餐沒時間吃了。幸而她膚色白晰不必上粉，化妝包裡的隔離霜、眉筆、口紅、腮紅及眼線液，只能在捷運車廂裡慢慢補上。遙遠早已練就晃動車速裡不會畫歪的本事，也更早就發現，捷運上多數乘客都戴耳機、閉眼補眠，相較於有侵略性的濃郁香水，補妝已然是在大眾默許的禮儀範圍內。

房門外，廖惜搶在遙遠暫時滯留鞋櫃前的時間，準確地塞了一個貓咪圖樣的保溫袋給她。

「一定要吃早餐。」廖惜打開袋子讓遙遠端詳，裡面是兩個保鮮盒：一個是遙遠喜歡的熱騰騰蛋餅，附小包桔醬；另一盒是洗淨切好的三色水果，符合都會人的健康需求。

「謝謝媽。」遙遠接過袋子，嚥下一口嘆息，返身挑出灰黑中跟的麂皮包鞋，頭也不回地說：「以後別麻煩了，我們店樓下就是美食街，很多吃的。」

「自己做的才衛生。」廖惜完全不受規勸，逕下定論。她伸手順了一下遙遠的裙襬，不滿意地說：「成天穿得烏漆漆（烏七麻黑）仔，這樣好嗎？桃花都被你趕跑了。」

「黑色顯瘦，看起來比較時尚。」遙遠再嚥下一口嘆息，拎起保溫袋在廖惜眼前晃了晃：「你每天準備的早餐我都吃光了，還能不胖嗎？」

「嘐嘐哮（胡說八道），哪裡胖？你別學芬芳亂節食，只吃維他命怎麼行？是說她孩子都生了，你不一樣，身體不健康怎麼養小孩？」

這個話題可以扯上半小時。遙遠果斷地關上鞋櫃，把保溫袋和背包全掛上左手臂，空出右手潦草地攬一下廖惜的肩頭：「上班要遲到了，我先走，Bye。」

這約莫是每天僅有的母女對話。

遙遠小時候也是蹦蹦跳跳的一隻小鹿，活潑、自在、愛笑，毫不掩飾的直爽。如今的遙遠，已然長成她不認識的模樣了，每日穿著一身灰黑，長髮隨意挽著，總像沒睡夠就匆匆出門，入夜了返家就窩回緊閉的房間，唯有休假日才從容睡到自然醒，多半已是正午。遙遠的薪水不多，衣服倒全要搭配門面，都是有牌子的高級衣料，不能丟洗衣機洗也脫不得水，有些襯衫還得燙熨過穿來才有型。廖惜伺候這些衣服的心力，倒比和女兒相處的時間多。

中午廖惜給自己拌了碗麵線，燙點青菜，冰箱裡還有半盤紅糟鴨肉。

看完午間新聞，秋陽暖燥，她把後陽台早已晾得八成乾的衣服，連著衣架一件件拿下，分批移至客廳旁的前陽台，再一件件晾上去，西曬的陽光正好。城市裡難有全日照，但廖惜特別喜歡衣服收下時曬過陽光的氣味，覺得那才是殺菌、去潮、回暖的關鍵。每天在兩個陽台間，費力搬遷未乾的衣服輪曬太陽，成為她堅持的晾衣必要流程。搬到台北以來，盆地潮濕，木柵靠山更潮，家事於是自動倍增，忙也忙不完。

午後重播的連續劇，多半閩南語發音，她聽不來，只能鎖定國語老歌節目。半躺半臥，傳來

〈蘇州情歌〉，當年米店裡常常播放這首歌，有些客人家中沒有收音機，站著聽完歌了才離去。她閉著眼輕輕跟著哼起來，一雙手伸過來拉她起身，是進善！好年輕的進善，比她認識他的時候還年輕，開朗的容顏幾乎讓廖惜發怔。她不敢說話，怕聲音會破壞夢境。

當然是夢，進善早就死了。

都這麼多年過去了，死去的進善回到尚未與廖惜相遇的年紀，太年輕，也許還不到二十歲，英氣勃勃的神情，瞪大著眼望著遠方，像未來多麼值得期待。那個眉頭還未皺起，心思還沒抑鬱，目色尚無昏昧的進善，如何走入她的夢中呢？她心裡不是沒有怨懟，只是此刻他還太年輕，還沒犯錯，她反握住他的手，心情像個老母親，想安慰他似的。但沒有，她的手光滑潔白，成為和他一樣年少的她，腳一蹬就飛起來了。那輕盈她知道，是青春的流光，風一鼓動就漫溢遠方，謎一般的未來。

廖惜試著奔跑、跳躍，發現夢裡的身體竟是能量飽足，卸去歲月的拖累，她似乎可以掙脫老婦的身軀，使用少女的輕盈行走，甚至可以再快些，再快些，原來武俠電影的輕功是真的。但走這麼快要做什麼呢？她用腳跟踩煞車，太用力，停下時身體左右搖晃；改用腳尖，似乎動用腳趾輕巧踮尖，更方便操控行進速度。這個夢中的新身體太靈巧好使，她簡直著迷了，渾然不覺周遭事物流變。

快來！她飛到城市頂端，俯看人來人往，也不管進善是否跟得上。

先找淡水河，一條銀帶蜿蜒到西北角的出海口，像是她的目光把淡水河一路畫出來似的。平日她若要進台北市，多是搭捷運，無從想像城市屋頂排列的模樣，也對街道不熟悉。眼下的城市景觀，竟搭配著再現童時的農田山水，想來必是記憶的拼湊錯接。原來，夢境終究無法平白長出她所不知曉的視覺配置，想來想去都是舊時，不由得令人氣惱。

俯瞰台北，究竟是什麼樣子呢？她想及遙遠任職的店面，就在城市東邊的最高樓，地標清晰好認，一層一層堆疊著像杯子蛋糕，電視上常見，拉遠拉高的全景。才一動念，果然玻璃帷幕就在腳下了。她得意地指示進善，遙遠在那裡工作看到了沒有，他過世時還沒有這棟摩天大樓呢。

愈意識到在夢中，愈搜索著現實世界的痕跡，她執著地想下降到女兒的現實，身體像長了翅膀，毫不費力滑翔入城，靠近信義路時甚至要略踩煞車似地伸出腳跟才穩住身形，懸在半空中。半空中，可以低頭看見車流與人潮，比現實的色階暗兩號，像已逝去的殘影，也許是多年前大樓商圈剛開幕時，遙遠帶她來逛街的模樣，離現在都好久了。廖惜警覺起來，意識到早上出門的遙遠並不在這個夢境裡，這是昔日的造景，與現實並不在同一個時間軸。廖惜轉頭看向年輕的進善，像個失去地圖的導遊，心中徬徨無措，到底她該導引到哪裡去啊？也許還要往回走很多年才走得到現在吧？踟躕未定，醒了。

夢從來沒有結局，只有戛然而止。

做夢幹嘛還惦記著現實？難怪睡不好。廖惜躺著回想，夢裡的進善好開朗啊，眉宇清淨平滑，她幾乎未曾見過不皺眉的進善。有了芬芳以後，他雖仍是憂悒寡言，但也努力編教科書，吃力寫著給小朋友看的科普書籍。中學老師微薄的薪水交給家用，那些科普書教科書的稿費，大抵都默默捐出去。她從來不過問，她喜歡他認真思索的模樣，喜歡他的柔軟心腸，路上見了乞丐會慎重放下零錢，不會用扔的。

芬芳正式入學後，島內出現大逮捕、大審判的緊繃氣氛，他也不再帶著芬芳讀報了。約莫是那個時候開始，廖惜半夜起身，常見空了一半的眠床，尋都不必尋，就知道有個碰不得的人獨坐後院，把自己埋藏在菸霧之中，吐出去再吸進來，裡外都是混濁。

苦楝樹下終夜散不去的菸味，最廉價的黃牌長壽菸，味道又嗆又濃，晨起路過還聞得到。進善教著看不到實景的地理，漸漸不敢注視學生的眼睛，考試要測出名次只好愈考愈刁鑽，幾乎是整本地理課本都背下來了才能取得大學通行證。出考題那幾日，他的脾氣最是暴烈，小孩無心踩到地雷就是一陣咒罵，悶燒著無人知曉的怒氣。

也不知從什麼時候開始，他悄悄簽賭賽鴿，原只是購入白鴿在家中飼養，後來熱衷訓練鴿群飛翔，乃至於竟在外跟著簽賭，直到債主上門她才驚覺。那兩年大抵是家中最悽慘的時候，不知道如何熬過來。進善開始失眠。失眠的人對自己不滿意，連帶也對孩子嚴厲。青春期的芬芳敏感，察顏觀色後順著新局勢走，關著內心話不說，不討罵，也不交心。年幼的遙遠直率，不長心眼，最常惹進善發火拿起竹條就打。考不好，打；玩過頭，打。清晨的苦楝樹下，全堆滿了棄物，落花和菸灰混合踩入泥濘中。

從識字起，父親就是芬芳認識世界的導航，帶領她摸索花草鳥獸，岩石與樹木的紋路，溪與河的流向之分，還有砲聲隆隆的國際新聞。

參與科普叢書的撰寫時期，父親每寫完一個章節便念給她聽，用最簡單易懂的口語，說明地球上各種地形與氣候。有的是她知道的，例如颱風侵蝕、土石淹埋造成災難，電視和報紙的新聞裡都聽過了；有的是她親歷的，河岸高低落差過大會造成溪水迴旋與流瀑，父親帶她去河邊散步時印證過；更多是超乎經驗值的，例如暴風雪與龍捲風，父親比手畫腳形容，作出發抖的模樣說明雪地低溫，強風把電視機也捲到半空中，她驚詫不已，笑得眼睛都彎了，像她的母親一樣好奇、愛問，且每問必是重點。那本地理小百科，配上粗糙的彩色插畫，與其他老師編寫的自然科學合計三十本小學堂書系，出版在七〇年代台灣經濟起飛時期，隨即成了新興中產階級父母為幼兒投資的體面花費。

有時候父親讀詩，用芬芳聽不懂的語言。他寫了無數日文的、中文的詩，都鎖在闃黑的抽屜裡，像他對時事與知識的熱情一樣，慢慢褪色，終至完全失去熠熠神力。

對世界的挫折感，可能也是相互影響吧？就在張老師不再寫詩，臉色抑鬱讀報，沒事也咒罵小孩出氣的時候，張芬芳也經歷了杆格不入的學齡教育。她的自然科學知識向來超齡，但入學後才知道這完全無助於課堂考試。她想討論熱帶雨林的蓄水與生態，她好奇洪水摧毀山林的自然暴力與再生，但所有考題只求單一正確的解答。她悶悶不樂，似乎有點知道為什麼父親總是悶悶不樂。

幸而學校還有體育課。她的個子抽長得快，總坐在最後一排，和男生們玩球多是她痛宰別人。

她把髮辮盤在頭頂，跳高時才不會打到臉。玩躲避球時，她是超級殺手，隊友們傳球給她，她特地對準那些擅跑的男生直球下殺，不動聲色地繞過掩著臉亂跑的柔弱女孩。

小四那年，芬芳在自然科考卷上畫滿太陽系群星，位置全對了，但和考題毫無關連。老師給了零分，並以紅字表示考卷不得汙損，所有的答案罰寫一百遍，否則要罰站一天。她不喜歡罰站，第二天走到校門口自動調頭，轉進鄰近的公園看水池裡的魚，還有樹上的毛毛蟲。沒人搶坐的鞦韆玩起來真無聊。她連續四天背著書包出門，去了四個不同的地點遊蕩，幸而書包裡有便當，她坐在湖邊的鐵椅上把便當吃得一乾二淨，還分食給跟隨她流浪的野狗。

當時的家庭電話尚未普及，一個班級六十個孩子缺了一個也未引起慌張。芬芳從家中文具店的櫃台內摸走幾枚硬幣，窩到租書店看小說。看店的外省阿伯在上課時間見到一名小學生沒說什麼，任她踮腳或蹲踞挑書，任她同時捧了三本小說攤在地上瀏覽，以決定哪一本才是要付錢的。偶有幾個推菜籃的主婦、嚼檳榔的大叔來還書或借書，目光停駐在她的白衣藍裙制服，還是沒說什麼。芬芳默默轉入書店深處，選定倪匡科幻小說，對話多、敘事俐落、情節緊湊，可以一下午讀完。

阿伯走近時，日光燈被他的身形擋住，一時暗沉下來。芬芳側過身，將雙腿往光線直射處移動，眼睛仍捨不得離開攤在膝頭的書頁。阿伯將兩本玄小佛、瓊瑤的小說放在芬芳旁邊的矮凳上，說是免費借她很多女生都看這個。阿伯蹲下來，一隻手默默溜進她的裙襬，停留在大腿上。芬芳感覺光線又正常了，平視可以看到阿伯禿成海面島嶼的頭頂，有個棕褐色的胎痕，像一尾魚，困在稀疏水草間。她也許怔了兩秒鐘研究魚形，但還是禮貌地翻了翻那幾本免費的言情小說，禮貌地遞回去說不必了，站起來順勢擺脫那隻已然出汗的手。沒給錢就走出租書店，不覺得害怕，也不以為髒。

之後還回去租書，但多是放學人多時刻。阿伯看見她，面無表情似乎已然忘記了。也許同樣的事情發生過很多次，只是一點試探，也許可以這樣或那樣，如果對方更弱小更不知所措。

逃學四天，在公園被警察逮住送回學校，學校再請了父母到校。

母親關上文具店，抱著妹妹遙遠到學校。確實她不知道女兒竟然四天都沒到學校去，才國小四年級就會逃學，這可怎麼辦？她爸爸是老師，老師的小孩怎麼會這樣？好好好我們回家好好管教。

返家，芬芳交代行程，操場，公園，租書店，公園，公園，河邊，租書店，公園。這是她的愛麗絲夢遊仙境，校園外的行道樹就是暗號，它們排列齊整協助她避開了導護老師的視線，溜進廢棄的防空洞，那裡有兔子接應，懸空的貓臉引路，她忽大忽小，飛天遁地，被撲克牌王后追殺，蹲著餵黑狗吃排骨，趴在地上看蚯蚓鑽土洞，到河邊看淹水後卡在岸邊的拖鞋和衣架，在租書店穿越古今看見外星人。她說天道地，不著邊際，校外的世界變化莫測，怎麼樣都比罰站罰抄寫功課有趣多了。

「你要平安長大，不然以後怎麼辦？」沉默許久，進善說。

那可能是父親最後一次富含詩意的時刻了，還試著說理，還有意溝通。他加重語氣說「以後」，彷彿未來的重擔如此龐大，再也扛不起來似的。他看來十分疲憊，已然沒有力氣質疑。

芬芳想著爬在她裙內大腿上的濕熱的手，也許走開只是幸運，不然呢？她無從想像還有其他可能，因為無知。那隻流浪的黑狗，吃了夾肉鬆和油條的飯團並沒有雀躍，牠走到垃圾筒，繼續翻食已然餿掉的便當。這世界並非那麼友善。也許，她還需要時間再長大一點，長大到可以在公園好好觀察毛毛蟲順利爬上樹葉，不至於被警察拎了就走。她彷彿知道了一點點，一點點關於父親的不快樂。但現實是這樣，你要先平安長大。他們共同告別了她的童年，彷彿也告別了進善對世界最後一點抵抗。

「外面這麼亂，你再這麼任性，遲早會出問題。」進善又說，這話已經不是為了溝通。他鐵青著臉拿起一旁的竹掃帚，結實打在芬芳的小腿肚，不顧芬芳的尖叫、廖惜的勸阻，直到冒出一條一條腫脹的紅痕。

「痛，你才會記住，以後才不敢亂來。」進善甩門進房間前，丟下日後他教訓女兒們的慣用語。

廖惜掉著眼淚幫芬芳擦碘酒。那無法隱藏的累累紅痕，昭告著父母已然用力管教，竟使芬芳在學校未再多受苛責。

回到家裡，進善開始限制她的玩耍時間，為每一次考試不合格的分數震怒，像那些不允許犯錯的大人一樣。但大人一直在犯錯。新聞上接連爆出煤礦坑爆炸事件，礦工死亡數逾百人，她印象特別深刻，因為父親砸破一只慣用的玻璃杯，全身都在發抖。

沒隔多久，院子裡開始飼養第一對白鴿。清晨起床，常見父親打開籠門，久久凝視著在院子裡踱步的白鳥。牠們百無聊賴地啄食地面，頸腹間咕咕作響，好似不曾想過可以飛走。

日後，芬芳並沒有挨過多少打，她很快學會哄騙分數的伎倆，學會回到家不再坦誠下課後的遊蕩。她知道如何平安度過。她終於符合父母期待，考進女中，父親任教的學校。

彷彿要到這個時候，父女才得以短兵交接，毫無迴旋地直視對方為平安付出的代價。她長大了，會考試也會說謊，早就不看星象，不再都市叢林冒險。而他也只是一個疲憊的、並非重點科目的老教員，地理專業多年來在相同的教材裡打磨，已失去生猛邊角的創造力與感染力了，長期失眠使他的眼神混濁，賭局失利也令他黯淡退怯。她好想提醒他，明星花露水並無法遮掩他的體味，衰敗的氣味。

父親的怒氣只留在家裡，在校的他溫吞、怕事、平庸，教學還算認真，只是上課總像沒有觀眾的單口相聲，遠方的悶雷。

她仍是愛閱讀，下課後先到書店裡看《人間》和《南方》雜誌，左腳右腳輪流支撐重心，站著讀，若時間還夠就再翻一下《新新聞》。台灣解嚴了，社會的騷動不安宣告正在改變，她渴望知道更多報導裡說與沒說的現實，渴望更多的討論。她懷念童時與父親一起讀報的時光，那個久違了的父親，還有旋轉落下的一瓣瓣苦楝花，像切碎的夢似的，來不及枯萎就凋落，深的淺的捲的摺疊的紫色雲朵。

下課後，她特地繞路到公害抗爭現場。居民以混凝土築牆封閉化工廠的出入口，搭建棚子輪班圍廠抗爭。她騎著腳踏車，經過了又回頭，走了又繞回來。第三度經過竹架搭起藍白塑料的棚子前，被一名阿公喊停，放一張傳單在她的車籃裡，說明工廠排放的廢水飽含二甲基醯胺等有機溶劑，對人體與土地造成不可挽回的傷害。

夜間七時整的電視新聞，多半配著全家的晚餐同時吃下肚。芬芳看著新聞裡的暴民，與雜誌中無望直視鏡頭的黑白影像，也許是同一批人，兩張不同的臉。

「我今天經過水源里，有個阿公給我一張傳單，他說他們家的門口、窗戶都塞滿舊報紙，空氣還是臭死了，都是魚腥味，小孩咳嗽都不會好。」芬芳說，明顯是對著爸爸。

「空氣裡有魚？真的嗎？」剛上小二的遙遠插嘴，好高興晚餐有新鮮話題。

「你怎麼跑到那裡去？」進善眉頭深鎖。

「我們家也是喝頭前溪的水，難道不怕有毒嗎？」芬芳關上已進廣告的電視機，坐回餐桌，繼續說：「很多阿嬤守在工廠門口，一面聊天還一面做手工，有人煮大鍋飯，一直叫我吃飽了再走。」

「你吃了嗎？」廖惜忍不住問，腦子裡浮現少女時期採茶，正午時分，幾戶人家在田邊茄苳樹下開伙共食。她還記得大鍋飯的滋味，站著蹲著笑著說著吃，她實在很想知道抗爭的大鍋飯裡有什麼食材，人們也站著蹲著笑著說著吃嗎？水是乾淨的嗎？

「沒。」芬芳被鼓勵了，轉頭向著媽媽：「我想明天下課後再去看看。」

「你不要到處亂跑，警察多的地方很危險！」進善的聲音僵硬。

「警察很奇怪，有空不去抓排放毒氣毒水的人，卻跑去圍堵鄉民，真是莫名其妙。」

廖惜搶在進善說話前，對芬芳說：「電視新聞有在報，政府說要限期改善了不是嗎？」

「一邊說改善，一邊繼續汙染，要等到什麼時候？」芬芳現學現賣，使用傳單上的新名詞：「他們埋鍋造飯、自力救濟，也是不得已的。」

「年輕人不要自以為是，先弄清楚事情真相再說。」進善大聲喝斥。

遙遠瞪大眼，吞不下嘴裡的半口飯。廖惜夾了一個荷包蛋到她的碗裡，一滴醬油流到靜止的筷子上。

「坐在家裡會清楚真相嗎？」

「現場很多警察，你被抓走了怎麼辦？」

震怒的巴掌聲，一下，又一下。倔強無聲的反對，餐椅重重磨損地板，啪一聲傾倒。遙遠被嚇得大聲哭了起來。

夏日的校園操場，有淡淡的泥土香，沒有風。

「你想想看，天天被廢氣包圍，是什麼樣的生活？」芬芳倚著二樓欄杆，左掌心微微捂著臉，紅腫早已消褪，但依然傳來帶著麻感的刺痛。那隱隱的疼痛彷彿喚醒了她的意志：「不到現場真的不會了解，我才待沒多久就快要不能呼吸了。」

「今天下課後，我和你一起去。」幼純掏出一方淡綠色的手巾，側身在洗手檯浸濕絞乾後，疊成方塊鋪上芬芳的左臉。

芬芳閃躲不過，讓冰涼的手巾撫平疼痛，有幾分發窘：「別人看到會以為我哭了啦。」

「別人干我什麼事啊？」幼純露出可愛的梨渦：「我們去採訪汙染區居民好了，寫一篇報導投給校刊，幫他們宣傳一下。」

幼純瓜子臉，面容如畫，精緻瓷器似的脆弱嬌貴，窈窕的身量在白色制服下，像還沒發育完成，顯得純真而無害。她們是班上少數沒參加課後補習的學生，放學後有大把時間四處晃蕩，說不完的心事。中午用餐時間，幼純總不忘帶上家裡自製的滷味，幫芬芳加菜。

「你昨天說的情書在哪裡？」芬芳問。

「哎唷那個男生一開口根本還沒變聲，還是個小孩。」幼純說起假日圖書館裡被他校男同學搭訕的經過：「而且他居然等在我上完廁所出來，手都還是濕的，就把信硬塞過來……」

「信呢？」

「濕答答的晾在窗口，還來不及看就被風吹走了啦。」幼純面向芬芳，揚手作勢揮著水滴。

芬芳皺著眉：「你很壞。」

答案剛剛好。幼純滿意地轉身抓著欄杆面向天空：就很煩呀。

幼純的模樣清瘦、秀氣，特別挑動青春期少年的戀慕，紙條、搭訕不斷。反而是學校裡已然熟成的豐腴少女，幾乎沒有男孩敢追，彷彿注視她們的理當是男人，她們的性徵如此明顯，少年聞到她們的體香只能緊閉呼吸，但願鬆垮的長褲沒洩露發脹的跡象。喜歡幼純相對是安全的，直接映照少女茉莉般的純真，彷彿沒有性。異性間的試探、挑逗，幼純太拿手了，不必學。她的不回應、天真無邪，正是她保有上風的終極優勢。她冷著臉走過那些男孩的眼前，在眾多注視下，不以為意地說笑，那笑容不為了誰，因此更讓人著迷。

現在，芬芳也轉過身來和她併肩。模擬考期間，二樓下方的偌大操場，空無一人。

「好煩。」幼純轉頭看著芳芳，她矮了半顆頭，踮起腳尖把頭倚上芬芳的肩窩：「欸，這樣枕著你的肩剛好合用。」

自然鬈的齊耳短髮打散在芬芳的肩頸，刺刺癢癢的，有點疼，有點香。兩個白衣黑裙、白襪黑鞋的背影，靠著走廊欄杆，背對教室。

上課鐘響了，這一堂考國文。幼純還是沒有移動。

芬芳頭一回知道什麼是多愁善感。她是排球校隊的隊長，有時蹺了美術課來體育館摸摸弄弄，像在忙。老舊的體育館有一扇敞開的窗，陳舊的藍油漆剝落後露出原木的陳色，她像是被窗框吸引了靠近盯視，望向窗外。

九月的天空，雲聚雲散莫衷一是，有時午後的陽光轉烈，晴空像被洗過了，再不留任何蛛絲馬跡。

虛構的謎面

還是夢。廖惜在夢裡就知道了。

現實不斷分岔，夢境一再複寫，夢中的自己雖是身形活潑年少，但內心早已然是個老婦，經歷了這麼多，就算往事重來，也不可能會做出一樣的回應了。夢也許是現實的縫隙，承接那些終將流失的細節，容納無言以對的偏移。既在夢中，那就放膽遊走吧，再大的凶險也不過是夢，再荒謬的劇情也會醒來。重要的事都不重要了，要緊的事都不要緊了，輕重顛倒，所有難題與謎團都可以被容納、收攏，找到安置之所。

有時候她在夢中想，時間和空間都可以任意置換，再沒有這麼好的人生了，竟有幾分捨不得醒來。畢竟再好的夢境，也不可能重返，連如實描述都做不到。

逆光跳躍的小鹿少女不召即來，像個謎。今日夢境側面補了光，少女的眉目清新，從記憶之海打撈不到正片，熟悉的陌生人。她的模樣太新，沒惡意，沒恩怨，卻有種洶洶來襲的力道，幾近挑釁。

是誰呢？

臥室變大了，家具還是廖惜所熟悉的，排列她放心的秩序，但牆面向四方敞開，展向遠方，沒有盡頭。天空的顏色清澈透明，陽光和月光從四面八方灌進來，雲朵像七彩的果凍，香香甜甜。衣櫃後面，有一整排紅楓，再一排金黃的阿勃勒，再遠一點是高聳的紅豆杉。藍鯨從梳妝檯前的半身鏡游出來，泅泳於無邊無際的南方茶園。

這裡是夢的入口，虛構的謎面。而廖惜還躺在床上，身上是昨夜入睡時蓋的那條輕羽絨，陳舊的被面已經起毛球了，但真舒服啊，蓬鬆的輕與暖。少女款款走近，帶著青草的氣味，似笑非笑，皮膚細緻像發著光，傾身開口說……

叮噹……叮叮噹………廖惜貪戀地看著小鹿，真好看，說話聲音像風鈴一樣，叮叮噹噹。

叮噹叮噹叮噹連三響，顯然不是有耐心的人。

廖惜從午後小憩中轉醒。那個誰啊？這樣稀罕，沒經過對講機就到三樓門口找人。她分不清自己更好奇的是夢中的少女，還是上門按鈴的訪客。

門外高大健壯的青年，戴了方型的黑框眼鏡，操著怪腔怪調的閩南語：「阿嬤，請問張進善先生住在這裡嗎？」

進善去後山散步了吧，廖惜一時恍惚，幾乎要衝口而出。小鹿是誰呢？她胡亂思索著，不知為何側身就讓他進門了，平時她很計較門戶安全，不知道是不是夢裡的親近氛圍漫溢到現實世界了。

他脫鞋進了客廳，禮貌地奉上一盒蛋捲放置桌面，手足無措地站立一旁。

「走很久很熱哦？」她轉身從冰箱拿了瓶養樂多給他，像招呼走路來吃飯的孫子。冰箱裡的養樂多全是為大言準備的。

「嗯，謝謝。」

「張進善過世了。」廖惜坐下來，示意青年也坐下，停頓了一下，「我是他太太。」

謝真想過張進善可能死了，但沒料到他居然是這個年紀的人，和謝真至少有兩個世代的距離。若進善還活著，他要問這個白髮或染了髮的阿公什麼呢？他生活裡沒有這個年齡的男人，該遞支菸嗎？該尊稱什麼呢？謝真讀過他的信件不下一百次，熟悉他的遣詞用句，熟悉他過度用力的運筆，熟悉他客氣生疏又熱切的口氣，像那裡面藏著什麼待解的密碼。

直到大學畢業那年，謝真才首度向幼純開口，單刀直入：進善是我父親嗎？

不是。幼純直視著他，眼神清淨又坦白，和你不相干的人。

為什麼他關心我？

因為他關心我。

你們是情人嗎？

不是。乾脆俐落，幼純毫無一絲猶豫，他關心我，我接受這份關心，也只有到這裡。

聽起來很無情。

人與人的關係，幼純停頓了一下，轉而使用英語：有時是一種投射。我感謝他，也接受他的投射。這是不是足夠，我不知道。

當她要和他溝通抽象概念時，多會挑選更精準的英文造句，彷彿這才能避免中文的似是而非。但謝真喜歡似是而非的曖昧，彷彿話中有話，意猶未盡。而且，他也不喜歡那個對他說英語的母親，那多半意味著兩個人進入討論，而不是聊天。

人與人的關係，謝真複製幼純的語氣，重拾中文作結：要怎麼樣，才算夠了呢？

很多年很多年以來，這個話題不曾再繼續，彷彿無人在意。眼前是個阿嬤，他像是見到外婆般地心安，什麼都可以傾訴。他自小習慣年長女性，習慣她們的熱切與不服輸，心裡想的話經常直接說出口，有一種昭示內心獨白的生活幽默感，像是什麼都不必怕了，強力捍衛所愛。對謝真來說，所有上了年紀的女人都是阿嬤，她們發皺的雙手，下垂的眼袋，天真的笑容，都給他極大的信任感，相信她們總能體諒那些難以啟齒的為難。不過此次來台灣後，他在街上很少看到頭髮發白的老婦，女人們習慣染髮，抹去年齡的識別系統，有時在捷運遇到黑髮長者不客氣地要他讓座，他乾脆裝作不懂中文。在台北，以流利英語回話，先尷尬氣弱的總是對方，他得以不勞而獲便占了上風。

「哦，對不起。」他坐進沙發深處，全身力氣都卸盡了似的，「我是謝真，謝幼純的兒子。我媽媽是張先生的朋友。」

「謝……」廖惜想，自己還沒醒過來吧？這名字鑲嵌在夢裡，竟由現實來解答嗎？蹦蹦跳跳像小鹿般的少女，原來是幼純。太久了，久到她來到夢中廖惜也記不起來。但那小鹿般的青草氣息，她想起來了。

幼純是芬芳的高中同學，住陸軍眷村，說得一口標準國語，聲音清脆像播音員，唱歌清亮寫意，毫不扭捏。她個子小，頭髮自然捲，學校要求短髮齊耳，幼純就是沒法子合標，總有蔓生鬈翹的出格髮型，像西洋電影裡毛燥、令人鬆防的青少女。幼純父親早逝，靠母親開麵攤維生，放學後多在麵攤幫忙洗碗，生活想來並無餘裕。但她整個人清淨舒爽，毫無酸氣，往前一步就算是斷崖也沒在怕。

謝幼純的兒子竟然這麼大了？廖惜不知為何記掛著自己剛午睡起來，頭髮沒梳理好，不知道看起來會不會太憔悴太顯老？

「您認識我的母親？」謝真問。

「幼純和我女兒是好朋友。」

這麼說，張進善還算是幼純的朋友嗎？這組關係太迂迴，謝真有點無法拿捏分寸，張太太是能直接詢問的人嗎？

「幼純現在，還好嗎？」

「很好，她在美國。」客氣禮貌地微笑，謝真一口灌下冰暢的養樂多，「我媽媽並不知道我來找張先生。」

「那你為什麼來？」

「我想知道他為什麼關心我？」謝真頓了一下，謹慎地說：「張先生寫過幾封信給我母親，很關心我。您知道嗎？」

「我不知道。」

我不知道的太多了，廖惜悶悶地想，為什麼進善什麼都不說呢？他以前說她好會發問，但遇到不回答的人，問不問又有什麼差別呢？她很早就放棄追問了。

芬芳升高三那年暑假，進善忽然提及一個老朋友的兒子佘霽在新竹念研究所，托福考了很高的分數，請他來給芬芳家教，練練英語會話。學語文，會讀會寫不會說有什麼用呢？他說。

進善平日少有親友往來，清明後曾請了兩天假，帶小女兒遙遠搭車去台東探望老友，想來就是佘霽的爸爸。那一趟台東之旅，進善說就是求學時的老朋友，遙遠說去盪鞦韆，看船，花枝丸好好吃。住的地方呢？房子老老的，晚上有蚊子，小孩子不在家。廖惜想，平日節儉的張老師，請家教可能是為了挹注朋友，像他捐出稿費一樣。若說是為了聯考，她可不信，芬芳讀書向來不用家裡操煩。更何況，英文能讀能寫不會說，幾乎是普遍性問題，能考上大學就好，花錢補習不會考的會話多划不來。但佘霽帶來吉他，教唱西洋流行歌曲，設定主題對話，這倒是對了芬芳的味，隔週就找了幼純一起上課，說幼純英文好，會話要有旗鼓相當的對手，才能帶動學習動機。那之後，幼純就常來家裡了。

也許就是那時出了事？廖惜後來怎麼也想不透。

佘霽皮膚黝黑，輪廓分明，笑起來一口白牙，吉他彈得好，歌也唱得好。他的論文口考已過，邊修改邊等當兵，一週三次家教游刃有餘，教材全是自編的，電影、文學、社會議題、國際新聞等，題材豐富多元，透過陌生的語言表述，看似有了隔閡，也多了點琢磨後的詩意。

若說這三個人要出事，廖惜怎麼看都該是芬芳與他。芬芳原本就對社會變動高度關注，余霽不只帶來訊息，還帶來抗爭現場的親歷事件，她總是追問細節，熱情洋溢。有一次余霽臨時請假，看得出芬芳憂心忡忡，躲到房間裡打電話，說很久。下一次上課，余霽提早到家，他的臂膀紅腫淤青，芬芳幾乎要哭出來。

有人跟著你嗎？進善壓低聲音，警戒地望向窗外，別讓你爸爸知道，會擔心。

我爸爸都知道。余霽說。

進善抑制著表情，不動聲色地走開。院子裡的濃菸，一陣一陣飄進客廳。

廖惜數度想提醒進善，芬芳大考前談感情好嗎？但余霽彬彬有禮不曾逾矩，連兩人爭論時都沒有禮讓、討好的意思。有時余霽出題，要她們自我介紹，芬芳為此還來向廖惜惡補幾句客家俚語，增加內容的豐富與多元；幼純則以單親家庭入手，很動人地描述母親歷經二度婚姻的女性困境。余霽有時影印 *China Post* 的時事報導，討論民主與自由、賄選與國家暴力，以及她們已經背熟待考但已然在改寫中的台灣史。

得知余霽也跟著研究所教授一起抗議公害事件，芬芳興奮地補充她與幼純放學到圍廠現場的所見所聞。

如果工廠關了，工人就失業了，經濟下滑了怎麼辦？余霽問。

大家呼吸一樣的空氣，廠區外的居民受到汙染，廠區內的工人健康也會出問題，他們的利害是一致的。幼純說。

工人失業是老闆造成的，不能怪他們抗爭。芳芬謹慎地發話，政府應該要出面解決爭議，否則就太不公平了。

自由競爭本來就會有人成功，有人失敗。余霽換個方式說：你們要什麼都公平，這不是共產主義嗎？

Communism，Socialism，他教了新單字。但共產黨不是萬惡的嗎？兩名高中女生面面相覷。剛解嚴，有些話說了還是不安，這不安如此隱諱，內建在原有的語言系統，說了會擋嘴，內心亮起紅燈，說不上在怕什麼。

現在是最好的時機，需要年輕人的力量，余霽說。時代的洪流就要沖刷而來，重新洗牌，他幾乎看得到未來的路，不會徒勞。

這個余霽，真有本事。廖惜不懂英文，暗自佩服他把上課的氣氛弄得如此生動、家常，鼓舞學生主動準備，每次都超時了還說不完。張老師教書教得不如意，知識不能應用，想來和學生也沒什麼互動吧。她每每見到進善無精打彩的模樣，心中就不免懊惱，若不是還在還債，乾脆讓他提早退休算了，血壓飆這麼高，脾氣這麼壞，多少也是心病吧。

二十年後，廖惜隔著電視螢幕與余霽重逢。他已經改名了，使用母系的布農族名字：阿里曼・以斯巴利達夫，在鏡頭前特意穿了白紅交錯的傳統服飾，或繫上同色頭帶，那是他的政治立基點，也是利基點。除了身材開始發福，他的模樣還是英挺俊美，口才便給，深諳反對運動的抗爭脈絡，也熟知原住民相關法案的核心問題，遂成為政論節目的常客。

「我讀過張先生給媽媽的信，想來找他，謝謝他關心我。」謝真說。

「這樣啊……」

廖惜想著夢裡的小鹿，是幫謝真引路嗎？他也許不是帶來謎團，而是來解答的也不一定。她和謝真一樣，都想知道到底發生了什麼事。

「你爸爸好嗎？」

廖惜曾一度起過疑心，現在看到謝真幾乎可以確定了，他的眉宇，深陷多褶的雙眼皮，都複製了余霽的相貌特質。謝真的膚色淺淡許多，也許是遺傳自母親，也許是牛奶喝多了。他的中文說得很好，甚至帶點南部腔，但一些小動作還是洩露了外來者的扞格不入。例如現在，他一口喝完了養樂多，聳聳肩彷彿說還不夠過癮，但他很節制地沒有表達任何要求，而是坦白回應問題：

「我沒見過他。媽媽說他死了。」

「哦。」

「這是真的嗎？」

廖惜垂下眼睛，搜尋著白瓷磚上兩根掉落的灰髮，刺目。

「您認識我爸爸嗎？」

廖惜站起身想蹲下來撿頭髮，但彎了腰又怕直不起身，只能放棄。她往前走了兩步，頭髮也不知飄到哪裡去了。扎心。

謝真跟著她站起來，跟著她四下張望。光潔的大塊瓷磚約莫是天天擦洗罷？幾近一塵不染。客廳裝潢簡單，倒是連結廚房的飯廳寬敞許多，想來是特地重新隔間，作為家庭的重心。牆上有一張黑白相片，濃眉細目的男人長得端正斯文，相框是老式的木質花樣。

謝真默默估算了歲月的距離，站定在相片前，「這是張進善先生嗎？」

「嗯，他那時候還不到四十歲呢。」

廖惜蜇返謝真身邊，仰頭看著進善，這是他們結婚後到相館拍的，更新身分證。之後，學校畢業紀念冊好多年都用同一張大頭照，永遠定格的時光。現在，她都比他老多了。

就這樣盯著相片，也許是身旁多了個陌生人，腦中閃現的全是過往的現實碎片，彼此間沒什麼關連，任意拼貼。她看見自己在廚房裡燉湯，進善擠進來幫忙洗菜，大概是剛結婚時，屋子狹窄逼仄，兩個人一轉身就碰著了，那時芬芳還沒出生。下一秒的場景，換到婚後多年的文具店裡，她拚死護著一筆貨款不給奪走，進善把店裡所有待售的字典都撕毀了，害怕暴哭的遙遠還沒戒掉奶嘴呢。她蹙著眉刪掉這個鏡頭，換一個。腦海迅速浮現的進善已顯老態，菜園整好地了，他照著書上教的自行搭管引水灌溉，塑膠涵管沒銜接好，一路漏水，只好買了好幾綑黑膠帶，左支右絀包紮得像傷兵一樣。書生真沒用啊他說，實在太醜了，她至今想起還是要笑。

「張進善先生，過世多久了？」

「啊？」她一時茫然，來不及從回憶裡登出。

「張先生是，是什麼時候往生的？」謝真用了個新近學來的字眼。

「死很久嘍，都二十幾年了。」

「他是，因為生病嗎？」

「高血壓啊什麼心血管問題，老毛病了。」

「真遺憾。」他說：「但願你全家平安。」

「謝謝。」

「您的女兒，和我媽媽有聯絡嗎？」

「沒有吧，沒聽芬芳說過。」

這也許是個對話策略，快問快答，鈴聲叮噹，令人失去防備只剩直覺。直覺才會亮出底牌。

「我爸爸還活著，是嗎？」

詩允許不承認

考進師範學院後，進善選讀地理科的原因很簡單：惡土長大的孩子，對於土地的殘酷與慈悲，特別敏感。

他自小成長在新豐郡的龍崎庄，位處阿里山山脈尾稜，地勢東陡西緩，由泥岩、砂岩、頁岩構成白堊土地形，不宜農作。高鹼性的白堊土，若逢暴雨，表層的泥岩被沖蝕殆盡，再經烈日曝曬，即成死寂銳利的蝕溝，漸成惡土。田地裡大抵只能種植刺竹與鳳梨，村子裡的人多熟稔削竹為器，竹籠、竹凳、竹櫃子背到鄰近市集買賣，以鳳梨和竹器交換米糧，膽子大些的就到善化、台南打工賺錢。

進善開始懂事時，偏遠村落的上空，常見警察航空隊的飛機來回盤旋。童稚的進善一聽引擎聲，便奔跑至邊坡高處，望著飛機來來去去，到哪裡去啊？遠方如此神祕，所有的飛機都來自遠方，飛向遠方。他俯視著故鄉起伏不定的丘陵地，土質凌厲，曲流處處，多脊的裸峰，每一尖坡都像刀削過，外面的世界也是這樣嗎？從飛機上往下看，又是什麼樣子呢？

一直到進善的學齡期，長年遠赴台南打工的父親，某次返鄉後，回程便帶上他，將他送進市區的公學校。

城市之於他，是一切現代化的象徵。台南的百貨公司多麼新穎，街道像有人天天拿竹掃帚掃過，蒸汽火車和鐵軌，安平港和商船，這些人為加諸於自然改造的地貌，令進善暗自吃驚。

龍崎險惡地形，缺少林木與平原的依恃，聚落的房子多是順著地勢走，不敢與自然相逆建造。大自然的美麗與殘酷，是同字多義，令人又愛又懼。但在都市裡，特別是開埠已久的台南城，這一切平整的道路與房舍，規規矩矩，忤逆天然，多麼安全，又多麼令人景仰。難怪叫安平。安平港繁華炫目，碼頭的汽笛聲幽遠哀傷，長浪拍岸簡直令他閉不上眼睛。

應該是在那個時候，進善就想更了解這個世界的地形紋理了吧？台南好多老樹，像是長到天上一樣高；好多小巷，蜿蜒沒有盡頭。還有不曾見過的稻田與甘蔗田。土地如此清芳，物產如此豐饒，遠遠超越他對自然的想像。很身體感的，肥沃な、明るい，新鮮な，這些像嘗得出味道的形容詞，他不禁舔舔乾裂的上唇，嘗到鼻涕的甜味。

雖然學校老師很凶，五十音的發音矯正實在好難，但是，他從貧瘠的鄉下到都市來，不就是為了要學習嗎？如果被罵可以學得更好，那被罵被打也是應該的。他個性優柔寡斷，體育也不好，就是會讀書，特別是文科，對文字語言很敏感。說過的話都當真，聽到的讚美或責備全入心，光是遣詞用句就足以營造一個具象的世界，能鼓舞他，也能傷害他。他相信話語的力量，信以為真。

才五年級，進善就試作俳句，很受老師讚揚。語文能力，是學習的最基本起點，他連發音都講究，務必練習到最正統的內地腔調。

「阿善仔，阿公聽毋捌日本話，返來厝愛講厝裡話。」阿母手編竹籠，語氣裡頗有喝斥。

阿公的阿公的阿公全是農民，不識字。但住家門樓正中鑲嵌青石鑿成的「清河衍派」，還有梁柱上、門樓上、墓碑上的漢字，阿公都會念會寫。

「阿公我教你寫國語。」進善轉換閩南語，撿起牆角燒剩半個手臂長的竹條，用炭木那一頭在地面畫上あいうえお。

阿公坐在矮凳上抽旱菸，他的右腳踩上凳面，左腳略向外擴垂在地面，瞟了進善一眼，「誠勢，汝誠勢讀冊。」他吐出一口菸，附帶一口濃痰。

進善聽出那話語的言不由衷，筆直站起身說：「吐痰無衛生啦，逐家攏愛進步，世界已經無仝款了。」

一隻母雞轉到進善跟前，在炭筆的痕跡間啄食，又走開。

阿母順手拿起一根削好的竹片，狠狠打上進善的屁股，「你知影世界啥款？囝仔人有耳無喙，阿公咧講你就恬恬啊聽。」

每天每天，他都是最早到校的孩子。他性情溫馴，喜歡學習，受日本同學欺侮也不還嘴。不是隱忍，而是承認。承認人與人不一樣，承認他若要再有所提升，需要更多的努力，例如從鄉下人變成城市人，例如從本島人晉升為皇民，例如到神社拜拜而不是關帝殿。凡事都要努力，指甲洗乾淨，走路抬頭挺胸。他很努力，努力而稍有所獲，例如拿到好成績，證明努力是對的，就更加努力。努力而無所得，例如日籍老師以「清國奴」相識，就要更努力做到好。不是說「內台融合，一視同仁」嗎？他不曾想過可以否認。

世界確實已經不一樣了。他守規距，承認既有的秩序，雖然這些秩序未必對他友善。他認真聽，認真看，說不清楚的時候就寫詩。

詩允許不承認。

六年級時，他注意到陽光初透、學生尚未到校的清晨，總有一名少女繞著操場散步，走走跑跑三圈。學生們陸續進校前，少女會輕巧地從側門離去，那裡通向老師的宿舍群。她的腳步輕快，有時幾乎是小跑步，但跑幾步有些喘了，停下來調整速度，再走。她的白鞋有點汙漬，身上的洋裝也有點陳舊，走三圈，冒出一些汗，像完成什麼重大指標，拍拍手鼓掌，應該是送給自己的打氣吧。進善忍不住笑起來。

操場旁有好幾棵鳳凰木，枝頭還殘留些許紅花，垂掛長長的黑豆莢，天空好似湖水，鑲嵌在雲層裡。他覺得自己的心，也像滿溢的湖水，也許花瓣會迴旋落到湖面，也許豆莢噗通掉落水底，再也找不著了。

像個例行儀式，進善每天清晨提早到校，安靜看著少女走路，心如湖水。他知道少女是音樂老師的女兒純子。教音樂的高橋老師斯文秀雅，對本島學生也使用敬語，丈夫是駐番地的警察，三個月才從埔里社回來一次。音樂課多在下午，高橋老師教他們唱軍歌、日本民謠，有時也播放巴哈、蕭邦的音樂，要同學們閉上眼睛感受旋律的流動。進善總覺得，音樂是像水一樣，流進每一個角落，有時深有時淺，有時在耳邊，有時在心裡，有時會痛。

純子面色蒼白，快速走路時有嚴肅的表情，喘不過氣才顯現孩子氣，但合身的洋裝襯出已有女性的身材，小跑時胸口搖搖晃晃。他拿著一本書裝模作樣，餘光跟隨小跑步的節奏，音樂一波波湧來，流到耳邊也流進心裡，終於被湖水包圍，無法呼吸，會痛。

一日清晨，純子不知為何穿上素色細紋的きもの，布鞋換上木屐。他發怔著看著她從操場那頭，朝著教室的方向，從一根手指大小，慢慢放大尺寸，面對面走來。一陣雷響，鳥雀乍然起飛，天光遭烏雲遮蔽，雨旋即落下。純子趿著木屐疾走，手背當扇遮住前額，下臂的袖丈揮舞著，顧不得已梳妥的髮髻。

進善沒有傘，他隨手抓起數學課本衝到純子身邊，高舉課本想為她遮雨，但個子太小，抬手踮腳還是無以為繼，漲紅著臉手腳都忙。忙而無用。

——快走吧！快走吧！純子驚詫地笑了，搶過他的課本揣進懷裡。

他的手被她的手指掠過，耳裡全響著雷，心在跳。他跟著她快速走，怕超過她又怕落後她，夾腳鞋鬆了線頭真難使。

教室還是空的，純子掏出手絹擦拭臉頰脖子上的雨水，把課本交還給他，笑吟吟不像責備地責備說，書淋濕了就不能用了，要珍惜啊。

——你要去哪裡？

——幫媽媽送琴房的鑰匙，她忘記了。

——哦。可是，下午才有音樂課。

進善努力接下話題，手中的課本被她熨暖了。但願身體沒有洩漏祕密，血管裡全是雷在響。

——等一下升旗唱國歌，媽媽要彈琴。純子看著屋簷滴掉的雨流，伸手沾了一下，又一下。

——你為什麼沒上課？進善沒有說出口的還很多：我一直看著你，你沒上學也沒工作，你每天跑步三圈，你喜歡看花、看雲、拍拍手。

——嗯，我生病了，中學還沒念畢業，就差一點。如果不是生病了，我想參加皇軍救護隊的工作，可是我真沒用。

——我，我也是，希望能上戰場。

進善突然說出口，他自己都嚇了一跳。始料未及。雖然每天早會，訓導主任常大力宣導皇軍在太平洋戰爭的戰績，勢如破竹，但他從未想過自己會成為戰爭中的一分子。他看見報紙上的相片，想像砲火下嚴重損毀的地景，也許是炸掉一個水庫，沙河俱下，水淹城鎮；也許是消滅一個山頭，林鳥亂飛，獸屍遍野。他沒想過他要成為毀壞山河的人。

他被自己的話語震懾住，隨即又覺得確實鏗鏘有力，完全被說服了。

——你真勇敢，年紀小卻有很高的志氣。今年要從公學校畢業了嗎？

——是的，這個夏天就畢業了呢。

——伊耶，你有機會了，可以參加少年海軍工。純子現在整個轉向他了，熱切地說，可以做有用的事，我真羨慕你。

高橋老師從長廊那頭走過來，遠遠就問：

——純子，你不是要去參加風琴比賽嗎？下雨天還跑來？

——媽媽，你又忘記了。

純子舉起左手，拇指食指間捏著一支鑰匙。

——高橋老師，早安！

進善挺身站好，平舉右掌行禮，發出有朝氣的聲音。

高橋老師接過鑰匙，將自己身上的薄外套脫下，仔細披在純子肩頭，以手背測試純子的額溫。然後轉頭遞給他一只手帕：

——擦乾頭髮，先進教室吧。

雨早就停了，陸續有同學從長廊那頭走來。

——勇敢的少年，加油哦。再見。

純子已經將外套穿好，她探頭進教室，歡快地對正在發怔的進善揮手道別，如一隻早春的鳥雀，活潑地越過積水離去。她的腰帶沒繫緊，稍有滑落，像一隻白蝶，在身後搖搖晃晃。

清晨的校園，進善與純子一起散步、小跑步、喘氣，有時純子會打開琴房，彈一些美麗而哀傷的流行歌曲，多是送別之苦，犧牲之美，像是離開的人永遠不會再回來了。他閉上眼睛，感覺琴音騷動他的睫毛，他的鼻息，他的尚未變聲但已然長出來的淺淺喉結。

他在課堂習作的俳句刊登在學校的刊物上，描寫家鄉龍崎的灰白惡土，以及月色照耀下的岩石瑩光。詩和他的名字印在一起，占據左上角的版面，還有針筆線條的美麗插畫。

——真美。進善君真有才華。你的家鄉一定很棒。

——家鄉都是丘陵，土地像石頭一樣硬，我的媽媽每天去採竹子回來削，常常被刺得流血。進善收起報紙，顯現憂抑的神情。

——我的家鄉也全是山丘，人們過得很辛苦。

純子靠近他，幽幽說起父母親來自九州，因失業、貧窮，才受政府召募渡海來到台東拓墾。父親為了賺更多錢，到理番駐在所當山地警備員，被東部反抗的番人殺死了。現在的爸爸是正式駐警，娶了媽媽後轉調到西部工作，舉家才搬遷台南。

悲傷是有感染力的。悲傷的記憶像個線頭，當脆弱被袒露，藏了很久的心事總算可以浮現，順著縫線，一段一段拆解。唯有悲傷能夠回應悲傷，只有脆弱接得住脆弱。少年進善生平第一次知道，不必逞強，不必很努力，也可以靠近一個人。

純子走到樹下，背靠在鳳凰木的粗大樹幹上。

——新爸爸家鄉在北海道，也很窮。我很想回內地，但故鄉的天氣和花粉對我的肺不好，會不停咳嗽。也許我會一輩子都留在台灣。

——你不想留在台灣嗎？

鳳凰樹下，進善站上一個突起的板根，讓自己和純子一樣高。

——不知道。我爸爸被番人殺死，新爸爸去殺番人，在這裡我時常感到不快樂。

純子仰著頭，透過鳳凰樹看著被枝葉切碎的天空。

——那你想去哪裡呢？什麼地方會使你快樂？

進善也仰著頭，他看見羽狀對稱的複葉，綠色的羽毛在湖面輕輕搖晃。

——我希望，去會下雪但不冷的地方。很好笑吧。

——一定會有那樣的地方的，純白的雪，溫暖的風，美麗的人。

——進善君真是個詩人啊。我夢想著日本可以很強大，不再有窮人，那樣我們就會跟著變強大了。

是嗎？進善沒有說出來。

他僅有的，屬於自己的夢想，多麼微不足道。例如，在家鄉惡土上種滿鳳凰木，綠葉紅花為白堊地染上鮮豔色彩，可以攀爬遠眺，可以打盹納涼。又例如，和純子在清晨的操場散步，甚至奔跑，如果他可以牽她的手。這些小小的夢想都曾出現在他的試題紙背面，轉化成輕淡不著痕跡的塗鴉，影影綽綽，以非文字的輪廓線成為只有他能解讀的密碼。

這麼卑微的的夢想，說出口都害羞，只能藏起來，或寄生到集體的國家大夢上，讓他覺得更像個男子漢。

「多送一架飛機」的軍事宣傳，在校園裡傳開了，鼓勵應屆畢業生到內地的工廠勞動。本島已有不少青年受徵召參戰，但隨著戰事吃緊，政府一再下修當兵的年齡。「少年海軍工員」是建教合作方案，十二歲就可以報名了，在日本海軍工廠半工半讀，每月領薪，食宿由國家負責，五年後還可以領到高工畢業證書。高工證書！這是進善之前想都不敢想的好事。他畢竟是本島人，日語再好，沒有一技之長，恐怕未來就業不易。少年工像一道光，照亮未來的前途。學校的台灣畢業生爭相參加少年工的遴選，學技術，有文憑，是光榮的事。

「傷遠傷危險，阿善仔擱細漢，毋通乎伊去。」媽媽編著竹椅，眼淚一直流。

「讀冊讀卡頭殼歹去。」阿公的旱菸抽得更凶了：「皇民啥潲啦。」

家人們都轉頭望向阿公，他的臉孔被菸霧半遮著。早在二十幾年前，鄰近玉井庄的反抗行動，遭逮捕將近兩千人，被判處死的達八百多人。風聲鶴唳的恐怖治理，在鄉里間傳開，除了深山裡的蕃人，再也沒人膽敢和當權作對了。先是不敢，後來是習慣，再來就無人提起，彷彿反抗不曾發生過，彷彿天經地義就該是現在這樣服從。是不是只有那些活得太久的，像阿公一樣老的人，才會被不合時宜的記憶拖累，踉踉蹌蹌跟不上新時代了呢？

時代的戰鼓隆隆響起，脈搏也跟著振動。二堂兄進德被抽中了受徵召上戰場，全家放鞭炮慶祝。有關戰事的新聞，捷報連連，太平洋戰艦士兵們像火焰一樣燃燒，像玉碎一樣永恆，彷彿櫻花最到極盛而隕落，令人哀傷又敬佩。進善不確定自己要的是不是太多，他想要贏得尊敬，連害怕都是不應當的。

「凡事嘜衝頭前。」父親說。他審慎評估，阿善仔參軍的地點在日本，不是烽火連天的東南亞，只是後備補給工廠，應該很安全，而且有書讀，還有錢賺，可以供弟妹繼續讀書。

全家人來到台南相館拍下一幀全家福。黑白相片裡的每個人都很嚴肅，擔心閃光時會不小心閉上眼皮，更是瞪著鏡頭看，母親的手緊緊擁著妹妹，沒有人笑。只有阿公的眼睛望向鏡頭之外更遠的地方，若有所思。

——成為有用的人，才是有價值的人生啊。

——我只是偉大戰爭中很小的螺絲釘。

進善為自己入選了感到驕傲，又為即將來到的離別感到難以言說的憂傷。

——面對理想，死不足惜。但是，我很自私地希望進善君可以平安返鄉。

純子激動得泛淚，像是自己的家人要出征，她以鹿皮做成頸環，為進善送行。那頸環色澤溫潤，剪裁自新爸爸從番地掠奪來的戰利品，掛在家中牆上的美麗鹿皮，白色圓點輻射狀星布。

他不知為何一陣鼻酸，像是長久的努力終於獲得一點獎賞。這獎賞如今具體化成為一只項環，由純子親手為他套上，他低下頭假作堅強地接受了。

軟弱是必須隱藏的，他使盡所有力氣壓抑內心對未知的恐懼，那恐懼一如幸運般捉摸不定，令他全身的骨頭都格格作響。

夢是你的，你說了算

最後一班公車停在雙子星社區，遙遠只能穿越半個山坡走回家。這一帶的電梯大樓都建在山坡地上，地震時晃動驚人，簡直可預見崩塌的骨牌效應，像動畫啪啪啪應聲倒。世界末日的景象，大抵就是毀滅不了的鋼骨廢墟了。

這三十年，遙遠居住在山腳公寓裡，目睹窗外景觀逐步被高樓遮去日照，夜裡被建設噪音逼得戴耳罩入睡，常油然而起都更受害者之慼。事實上也是，老公寓的排水問題一直解決不了，和山坡地開發帶來泥沙堵住下水道，幾乎是心照不宣的因果相關了。

雙子星建案開始整地時，美國九一一事件都已經發生了，也不知道為什麼建商還是保留這個晦氣的命名？幾年後預售屋還是賣得很好。其實，雙子星是最晚開出的建地，地基有限，僅只兩幢，卻是一蓋就是二十二層樓，地下停車場也下挖四層樓，一樓的大廳挑高六米，特別氣派。

終於，遮掉了遙遠臥室窗戶望出去最後的一角天空。

穿越山坡地，路是繞行的。好處是半夜依舊燈光通透，幾乎每一棟樓都默契十足保留幾扇不熄的燈火，不知道一夜要撲死多少蟲屍在落地窗上。

每個轉角都有監視器。現代人相互提防，不需要老大哥監看了，人們自動自發把自己送到各種錄像監視器的鏡頭前。遙遠計算過，從公車站牌走路回家的五分鐘內，大抵要經過七個監視器，還不包括那些大樓內設以防範陌生臉孔的。有幾次，她一時興起，在每個監視器前逗留數秒鐘，花心思比出不同身姿與手勢，扮出不同鬼臉，一路樂不可支。偶爾想到這些隔月即銷毀的影像，若沒出什麼事，也不會有人查看，竟感到些許淒涼。

也許應該建議小文，可以拿這個概念做一支行動藝術，我與監視器共舞。很當代，也很厭世。暗路獨行，遙遠抬起右臂高舉過頭，從小指到大拇指依序往掌心旋轉，再用手腕的力道將手指一一彈出，左手拉起裙襬，仿擬佛朗明哥舞者的哀淒神情。舞動沒兩下，就忍不住捶捶僵硬的肩頭。累。今晚有個老客戶硬要拿耶誕節折扣預取當季品，那款綴水晶天鵝的限量包原本就是熱賣品，再怎麼想幫忙也拖不到年底打折。但有錢人就是這樣，她們未必在乎那一折省下來的錢，而是要確認因長期消費累積的信用，非要以特權證明自己的VIP地位。最後讓她拗成功的關鍵，也真的不是為了多賺一筆業績，而是怕她客訴，影響年終考績。入行未久的蜜亞事後忿忿不平，但遙遠只想息事寧人，用掉自己有限的員工折扣抵了部分帳款，再東拼西湊沖帳耗掉半個多小時，只能趕末班捷運再轉公車回家。

鎖上店門，櫥窗還是亮著燈，四周辦公大樓和商貿百貨的玻璃帷幕，入夜了，打烊了，恆常燈火輝煌。愈是空無一人，愈要裝模作樣。遙遠在台北最熱鬧的區域工作，置身奢華產業最末端，常生起魔幻錯覺，一切都不過是虛擬。

鑰匙入孔，老式的鐵門後還有一扇舊木門，推開來咿呀作響。客廳燈亮著，倒是有些令人意外。都超過十二點了，媽媽居然在等門，看來是有什麼天大地大的事了。

「今天謝幼純的兒子來找我了。」廖惜迫不及待開口。

「謝什麼？」

「幼純，害你爸爸辭職的那個，芬芳的同學。」

遙遠把鑰匙、背包、手機、水壺全丟在桌上，腦子快轉三秒才恍然大悟：「哇，她當年跑去美國，真的把小孩生下來啊？好猛喔。不過這小孩現在也不小了吧？」

「這幾天，我一直夢見一個女生，大概就是幼純了，有點像又有點不像，可是我看到她兒子，就知道是同一個人。」

「到底是夢見媽媽還是兒子啊？」

「夢就是夢，什麼都可以啊。」

「說的也是，夢是你的，你說了算。」

遙遠就是這點好，什麼事都不會大驚小怪，像是水自然流到這裡就是這裡，先接住了再說。廖惜這些日子被接連的夢境懸著，宛如內在自製自播的連續劇，情節進展不多，但氛圍都是延續的，累積的，連她在夢裡也自然承接了先前的夢境，成為夢裡的那個現實的回憶似的。這要說給誰聽都不容易，也只有遙遠簡單一句話，就把夢與現實連結起來了。

「昨天我還夢見你爸爸呢，奇怪我根本不認識那麼年輕的他，可是夢裡就是一眼認出來是他，手牽手，就飛起來了。」

「你們飛去哪裡啊？」遙遠感興趣了：「還手牽手咧，真的是做夢！」

父母的青春總是令孩子著迷，像是不敢相信他們曾經比自己年少，更不敢相信他們曾經親密，要重新調整焦距才看得明白，偵探般在其中找到未來他們將要生出自己的蛛絲馬跡。彷彿父與母的相逢就是為了生下孩子。

「還沒認識我怎麼敢去牽他的手？大概知道以後會結婚，比較大膽。」廖惜沉浸在夢境裡，自問自答找到滿意的答案了，才正眼看著遙遠，認真說：「既然已經會飛了，我就想趕快飛到台北一〇一，看看你在不在裡面上班，有沒有吃水果。」

「吃了吃了都吃光了。」遙遠把保溫盒打開作證，伸長了腿坐下來，「如果我能飛，我就去月球啊，去外國啊，去平常去不了的地方，反正不必簽證也免機票。哪像你，做夢還跑來監視女兒？你們這對父母真的很有事。」

「就是啊，我都到信義區了，想到幹嘛做夢還要管現實的事呢？而且你也不在我的夢裡啊，就算了。」

「感謝老天爺，你在夢裡就放過我吧。」遙遠伸個懶腰，「現在我可以去洗澡了嗎？」

搖晃的畫面像碎片般浮在眼前，廖惜拉住遙遠的手，試圖挽留夢的殘餘。

「聽我說嘛，今天夢見的女生才十幾歲吧？」廖惜幾乎是熱情地傾訴：「腳瘦瘦長長的，像我小時候在山裡看過的鹿，睫毛很長，眼睛很圓，跳來跳去，好像要吃草一樣。」

「住鄉下真好，還可以看到鹿。」遙遠疲倦萬分地說：「我上班的地方，不要說流浪狗了，連蟑螂都活不下去。」

「後來，幼純的兒子就來找我了。謝真，他叫謝真，他一出現，我就覺得那個夢又回來了。我好像一直在等。」

「等誰？」

「夢裡面，可能是等你爸爸。」廖惜拍了一下遙遠的手：「夢外面，就是等你回來趕快跟你說。」

「廖女士，你很有幽默感欸。」遙遠笑起來，反手握住廖惜布滿皺紋的雙手：「跟我說有什麼用？」

「我覺得，謝真來找我一定是有道理的。但找我有什麼用？你爸爸就派你來當我的助手。」

「有沒有搞錯，爸爸生前對我沒什麼期待，死後還寄望我什麼啊？」

「我在想，」廖惜陷入思索，說：「我應該幫謝真，也許是謝真要來幫我。」

終於看清小鹿的時候，謝真就出現了，一模一樣的氣味。他的中文流暢，但姿態自然流露出不一樣的文化養成，不同意你的話會輕挑眉眼或聳聳肩，很明確傳遞不同意的身體訊息，沒有口是心非，沒有曖昧。他不是有求於你，而是來核對的，眼睛直視你等待答覆，沒答案就繼續問，繼續等，不會識相地轉移話題。

廖惜想了一整天，心臟怦怦跳，她覺得上天好像重新給她一個機會，或者是給進善一個機會，來彌補她，彌補未來。

「好。怎麼幫？」

「他要找他爸爸。」

「不會吧，他爸爸不會是我爸爸吧？」遙遠總算詫異地叫起來了。

「無影無跡，毋好亂講。」彎起手指節敲上遙遠的額頭。

「很痛欸！」遙遠蒙住額頭，「爸爸活著的時候脾氣不好，怕東怕西，為什麼死了這麼好管閒事啊？你這樣牽來扯去，可以有一百種可能性欸。」

「本來就是啊，什麼事都是可能的。」

這幾乎是哲學命題的探討了，遙遠想，如此撞球般的彈跳推論，永遠說不到盡頭，她得試著幫媽媽釐出點頭緒。

廖惜本來就是個能幹的婦人，開店人家還能保持清爽乾淨，每個孩子都打理得可以當上清潔股長了，深藍色的學生裙從小一到畢業都保持著等比摺痕，白襯衫不只沒有黃漬，甚且天天燙出線條。從早到晚，她用最快的速度，最有效的時間分配，打理好一個家和文具店，成為家中經濟與情感的核心。

至於父親，遙遠記憶中的父親就是個鬱鬱不得志的中年教員，沉默少言。爸爸瘋賭賽鴿的時期她還小，只隱約記得父母竟夜爭執，甚且大打出手，芬芳假日時常拎著她出門到學校打球、溜書，想來也是躲開家中的低氣壓。直到某一天，她搖搖擺擺步出幼兒園接駁車，發現屋頂的鴿籠全拆成一堆廢料，擋在巷子口。

此後父親若非在院子裡抽菸，就是窩家中的客廳、書房共用空間，看報看新聞看書櫃裡成堆破舊的中文或日文書，那些書且少有更新。最怕寒暑假，父親在家時間長了，她都不敢走進客廳，更長時間地耗在店面當母親的小幫手，連作業都搬到櫃台寫，就怕不小心掃到父親沒來由的牽怒，罰她跪一晚上不准吃飯，罵她頭殼壞掉這麼笨，口口聲聲全是羞辱。遙遠愈逃愈遙遠，和爸爸保持最低度的生活互動，學校簽章全找母親。

全家遷移台北後，他鄉異地，廖惜就是有辦法摸熟了鄰里，很快承租了山邊幾塊空地，種菜、採菜、賣菜，甚至帶動了父親投入，清晨騎摩托車送貨至市場與合作餐廳。具體的勞動與立即可見的生產，大大降低了父親的暴怒，他的長褲沾了泥巴，菸也少抽了，只是眉宇間的刻痕是再也無法抹除了。芬芳生了孩子後，母親又繼續照顧兩個外孫，無一刻閒暇。可是現在，連小文大言都不太情願來外婆家吃晚飯了，再沒有人需要她了，廖惜整個人才退化成失去彈性的球，溜溜轉，只染了一身灰撲撲的細塵。

這灰塵是內在的，外顯恰好相反。廖惜每個月固定到巷子口的家庭理髮抹上八號的深褐染劑，遮掩白髮，好搭配直挺的腰桿，有精神。她的家務勞動愈做愈精細，幾近潔癖，遙遠簡直快被一塵不染的環境逼瘋。

也許這個謝真是來救我，找事給你做呢。遙遠想著，略感振奮，她默默打定主意，什麼事都是可能的。

「來，廖女士，我們認真討論一下。謝真的爸爸是誰？」

「我猜是余霽。」

「那個立法委員？」她還記得那個夏天。余霽去當兵前，送了一套36色豪華版彩色筆給她，之後就從生活裡淡出了。芬芳和爸爸冷戰期間，余霽好似也成為家中不能提及的禁忌。

「你看見謝真就知道了，他長著他爸爸的臉型和眼睛。」廖惜精神都來了，像辦案似地聰明、俐落、主動：「小孩子真的不能亂生，他們身上全帶著你的證據四處跑。」

「這對政治人物來說，是醜聞吧？」

「就是啊，余霽的形象還不錯，是什麼清流。」

「你想帶著謝真去敲詐喔？」

「亂來！」再敲一記，「我還沒跟謝真說他爸爸是誰。」

「為什麼？」

「我覺得應該尊重他媽媽，為什麼騙他說他爸爸死了。」

「哇，真的很複雜，案情不單純。」

「我也是人家媽媽，當媽媽的有很多苦衷，你們沒生過孩子的不懂啦。」

又來了，又要苦口婆心勸導她，不結婚沒關係一定要生孩子人生才完滿之類。不小心把話題往自己身上燒，遙遠熟練地先安撫媽媽：「好啦，你真的很會，辦案很謹慎，又體貼。」再順勢轉換話題：「下一步該怎麼辦？」

「我叫謝真禮拜六再來，你可以告訴他真相。」

「什麼？我哪裡知道什麼真相啊？我那時候才八歲，小學生能知道什麼？」

「所以你要去查查看啊，現在網路不是很厲害嗎？什麼都找得到。這種事你們年輕人最會了。」廖惜打個呵欠起身了，她擺擺手：「我要去睡了，等你等好晚。」

我踏進圈套裡了，遙遠想。她知道不必再辯解了，薑是老的辣，媽媽一開始就點名是爸爸派她來擔任助手，運籌於帷幄之中。現在，千里之外可能就是風起雲湧之處，大偵探去睡了，再來才是助手的漫漫長夜。

媽媽說對了，網路什麼都查得到。

謝幼純有個 I G 帳號。遙遠在 Twitter、Facebook、Instagram、WhatsApp 等社群網站同步嘗試，使用中英文的姓名、出生地、中學名稱、居住城市等交叉比對，徒勞無功。最後她輸入「謝真」，輕易在臉書上找到一名來自美國加州的男孩，沒錯，就是中文名字。最近一次的貼文到現在都半年多了，在南港的瓶蓋工廠拍到一隻松鼠飛躍舊防空洞上方，還有廠區牆上色彩斑斕、造型多變的塗鴉，皆令他嘖嘖稱奇。再往前掃，夜市小吃、台北一〇一仰角、鬧區的宮廟、爭相搶位的店招、紅燈前包夾轎車的摩托車衝組……等等等。這些隨手拍完全呈現城市外來者的視角，若有配音，也該是洋腔洋調，帶一點優越感的大驚小怪。但臉書顯然開張沒多久就荒廢了，朋友寥寥可數，順著個人資料指引到他的ＩＧ帳號，熱鬧的現在進行式，多了自拍與合照，互動往來中英文夾雜，還有動態的搞笑鏡頭，看來是在台灣生活下來了。遙遠花了半個小時才從數百個以小學生為主的粉絲中，篩檢出不曾間斷按讚卻從未留言的 Alice。

賓果！愛麗絲掉到兔子洞，一路滑落到異想世界。那個世界與現實世界平行併存，所有的現世規則到了那裡都不管用，它是想望之地，好奇之地，漫遊之地，鏡像背反之地，不可思議之地，無以名之或可統稱為夢境。夢以其不可規範而統攝所有奇想怪行，什麼東西都可以丟入或變出，沒有邊，沒有底，沒有容量上限。

半夜一點，遙遠揉了揉還沒卸妝的眼睛，指腹全沾滿了睫毛膏，也許眼角還有眼屎。好了，所有的巧合都是有跡可尋，在媽媽的夢裡找到愛麗絲，任務達成。謎底也許就在夢與現實的罅隙之間，她不禁對自己找到聰明的敘事而得意起來。

幼純的大頭貼是松林雪地裡一隻馴鹿，四肢細瘦，但已然婷婷玉立。松林高聳茂密不似人工栽植，沒有入徑，有野氣。鹿角初初探出，茸毛沾滿飛雪，黑圓的眼睛無比澄淨，好奇比大膽多。沒在怕。

時間倒退走

飛機起飛前，芬芳快速掃了一遍簡訊通知，多是工作相關，不必點開，免得已讀就要回，傷神。

就當她已離地上了雲端吧，再怎麼急都與飛行中的人無關。芬芳忍不住微笑起來。起飛，向來是她最喜歡的時刻，地面上的人再如何急急惶惶，都不干她的事了。數據、業績、匯率通通斷訊，最享受的瞬間。走吧！

一則來自妹妹遙遠的 Line 留言拖住她，怔忡兩秒，還是點開了：

謝幼純的兒子來台灣了，我們的娘決定替他找爸爸，要我負責先問清楚謝幼純為何騙小孩爸爸死了。你救救我，抵達旅館安頓好速回電。

機身已然啟動，她速速關機，把自己綁在座椅上，動彈不得。

中餐還沒上，芬芳已經點了三杯氣泡白葡萄酒了，沒換上長途飛行的拖鞋，也沒鬆綁安全帶。

半醉半醒，紛紛擾擾都是工作中不連續的切片畫面，感覺異常忙碌。要命，把工作都帶在身上是幹什麼呢？幸而夢裡忙碌，擠不下幼純，也沒有父親，不必在另一個世界還沒得逃。

稍稍拉高鐵灰窗簾，晴空白光全灌進機窗，只被部分機翼切割視線。芬芳戴上耳塞，側臉窗外，全神貫注盯住雲層，白色也有千萬色差，看不完。

那個夏天，余霽上課經常提早到，和爸爸在院子裡閒聊。她聽到不久前的農民遊行，抗議政府擴大開放美國農產品進口，電視新聞播出假農民在菜堆中暗藏石塊，將執勤的警察打得頭破血流。余霽竟然就在現場，他拿出數張黑白相片，拍出警方強勢的暴力鎮壓，成排的憲兵手持盾牌與警棍，拒馬前被消防水柱沖擊的群眾，戴斗笠丟擲大白菜的悲愴農民，以及即將被拆除的立法院牌匾。這些第一線的資訊吸引她，父親噤抑卻關注的神情吸引她。

很少看見父親這麼專注了，他經常是憂抑的，陷入沉思，時有暴怒，不由分說責怪孩子。年幼的遙遠最易被波及，成績不行被打，笑得太大聲被打，芬芳因此知道維持在正常秩序內是最好的自保。直到余霽出現，他侃侃而談的議題向來最容易挑動父親的敏感神經，像砲彈一點就燃，可預見的責備隨之而來，但沒有。父親沒有暴怒，他緊張又關注，像要哭了一樣，但沒踩煞車。芬芳不是沒領教過父親突如其來的巴掌，強制她對社會議題置身事外，像其他高中生一樣。但她知道真正的理由不是大學聯考，成績向來敷衍過關就好，重要的是那些無法敷衍的事。現在，她看著余霽熟練地分析國家暴力，提出對群眾的近身觀察，並檢討抗爭策略及成效。他自信又熱情，毫不迴避對統治政權的不滿，對改革行動的支持。

余霽從何而來？他是如何取得豁免權的呢？他的話語與姿態，彷彿帶來了一些照亮暗處的微光，忽明忽滅觸動了父親的什麼，芬芳因而也深受激勵。余霽與父親爭辯著，解嚴後人民再不敢行動就是默許政權繼續綁捆，持續抗爭才能攪動長期噤聲的台灣社會，由下而上建立基層組織，翻身作主。如今的遍地烽火，並非躁進，就算引發憲警鎮壓，也是鼓動人民聲援、檢驗檯面政治人物的機會。他有備而來，以剪報和相片展示大學生跨出校園的社會參與，農村生活營、西海岸清流計畫、受汙染區的訪調活動，還有校園內紛紛成立的環保、性別、台灣史等社團，那彷彿是挑戰權力結構的星星之火，就待燎原。

暑假還沒過完，余霽的入伍令也到了。芬芳承諾一定與幼純相約去探望，叮嚀著要寫信要保重，像他入了監。如今想來，送別的那天幼純沒有太多情緒，她從容說笑，像余霽只是去台北參加遊行，甚至沒有半點離情。哭的是向來理性的芬芳，她的眼淚是真的，不因離愁，只為擔憂，擔憂余霽之前參與的行動恐怕早就被調查局盯上了，只怕在軍隊裡會被整得很慘。類似的訊息在政論雜誌偷偷流傳著，她說不出口，哭得像送行的政治犯之妻，也許只有代夫參選才能繼承改革的意志。

像所有初受啟蒙的青年一樣，芬芳私下的話題也圍繞著新資訊新知識，熱切冀望台灣社會終將改變。她的經驗太少，熱情太多，用字不免艱澀、硬套。幼純靜靜聽著，頭枕在她的肩頭，毛躁的髮梢還是扎刺。

「你爸爸一定很後悔替你請家教。」幼純調侃道。

「好奇怪，為什麼余霽說這些，我爸都可以接受？他明明是那種很保守、很怕事的人。」

「也許你不了解你爸爸。」

飛航至傍晚五時，紅霞滿天，看不見的換日線把時間刻度反向扭轉了，東西向的時間就此分道揚鑣。一路向西飛行，飛機上的時刻表就一分一秒往回跑，預計一路倒退到六個小時之前，才會抵達終點。飛程的倒數計時，也是現實時間的倒退，兩者奇妙地同步了。電子鐘抹去時間的音波，聽不見滴滴答答，只看見象徵時分秒的數字快速減了又減，螢幕上虛擬的時針逆向轉個不停。

機窗早已自動關閉，進入夜間休眠狀態，除了部分人戴著耳機看電影，多數乘客都睡了。芬芳小心翼翼穿越沉睡的人群，感覺自己一路倒退，進入過往。在密閉的洗手間漱洗時，她不安地看著鏡中那個不安的人。也許時間真的倒退了，等一下打開門時將看見億萬年前的荒野，宇宙大爆炸後的一片死寂，正負電子劇烈碰撞，世界還沒有開始。一切還來得及喊停。

也許最後，睡著的人都安然走到未來，只剩下她一人寂寞地返回過去。門外將是，已經是，早就是，百廢待舉。只懲罰那個還醒著的人。

深吸一口氣，閉眼開門。機艙如常昏暗、靜默，門後有個等待如廁的白皮膚青年，不耐的眼神像譴責芬芳占據過久，幾近粗魯地搶身而過。芬芳很想攔住他，真心告誡他，別氣了，真的沒有延遲了你的時間，我們正往過去走，停留愈久只會愈年輕。相信我。

機艙內仍是虛擬的深夜，一路逆行，加速走向後退的時區。唯有部分機座背面的螢幕仍發著亮光，以耳機外接的無聲畫面說著不同的故事，有人斜著頭早已入睡，藍光閃在口涎的遺痕上。

爸爸是什麼時候靠近幼純的呢？

張老師上課沒人認真聽，說來也不稀罕，歷史地理向來是背了才有分數，聽課增進理解是沒有效益的事，不如拿來做數學或英文習題。張老師是好人，不處罰學生，走廊上被高聲打招呼還會慌張失措，但照本宣科講課不有趣，也沒什麼笑話可以貢獻，不像三民主義老師常常不管課文，暢談他大學時代的逸聞或救國團活動的趣事；也不像數學老師自創新法，發明許多逗笑的諧音，像背歌詞一樣地背下代數計算公式，考試很有用。台下的女學生們深知張老師只盯著黑板、地板和天花板，因而放膽地把抽屜裡的數學習題、漫畫與手工藝品都拿出來了。

張老師是老實人，他那捲不了舌的腔調帶點可笑，也帶點可親，女同學們同情張老師，覺得他老實可欺，有時會護著他，校慶時主動留好位置給他，也許是因為他恆常的抑鬱。青春總是對憂鬱特別仁慈。不知道是誰從哪裡打聽到，張老師會寫詩，年輕時因為初戀情人過世哭傷了視力，從此不再寫詩。這解釋了為什麼張老師不多看同學一眼，無望的愛情更增添悲劇色彩，滿足了少女們對詩人的想像。

學期最後一次月考結束那天，大家都放鬆了，別的課堂老師都自動改為自習或閒聊，唯獨張老師可想見還是按進度授課。學生們決定要鬧鬧他。

當張老師走進教室時，班長沒有喊起立，他站在講台上，有點茫然為何未受到同學例行的敬禮。

「老師，您走錯教室了。」依照腳本，坐在第一排正中位置的幼純站起來，一本正經地宣告。

「啊……」張老師抬起頭，視線猝不及防地對上幼純的笑容，如預期地怔住了。

「今天是數學課哦。老師請回去休息吧。」幼純忍住笑，大聲念完台詞。

「你。」他失神地直視幼純。

「不是這一班啦。」、「今天在忠班哦。」、「老師走錯了。」同學們嘰嘰喳查迴音般重複說著，都笑了。芬芳偷眼看了台上的父親，我的天他的頭髮乾淨但造型實在不對勁，整個人像無辜被架上絞刑台的受難者。

張老師還是站在台上，發怔。女學生們作弄他，其實沒有惡意，反是親近的意思，一得到比預期更好的震驚、不知所措，已然過了癮，忙著遞出台階好讓老詩人下台：「老師，今天別上課啦，考完大家要休息啦。」

但他不動。他只看著幼純，像久別重逢，低聲說：「じゅんこ。」

這麼低沉的呼喚，只有近在眼前的幼純聽見了。她歪了歪頭看他一眼，安靜收下這聲呼喚，回給他一個無邪的笑容，露出整齊的牙齒。

張老師醒過來了。他恢復拘謹、木訥，視線在天花板、地板、黑板輪了一圈，轉頭看向無人的門口，向大家鞠躬：「對不起，我走錯了。」

然後他轉身離開教室。

少女們哄堂大笑，班長忙追出門去又把老師請了回來，笑著重喊：起立！敬禮！坐下！張老師害羞地笑了，沒有責怪。老詩人的害羞贏得少女們的激賞，真可愛。真是個好人。

只不過是高二結束時的課堂小玩笑。芬芳坐在最後一排，也是那一群笑得東倒西歪的少女之一。在學校刻意隱瞞父女關係，是他們共有的默契。她敬愛父親也懼怕父親，關心父親也抵制父親，知道張老師經常像戴著太空人的透明頭罩，聽和說都與外界隔了一層。他盯著幼純的那個時刻，也許是生命中被揭開茫霧的關鍵時刻，被喚醒了，或被打亂了。芬芳沒看懂，她以為爸爸只是發窘，但也許幼純竟是讀到更深沉的訊息了也不一定。

進入德國領空。芬芳悄悄拉升了五分之一的窗簾，機艙外並無倒流的星象，反而是恆常的晴空如洗。四野清朗無礙，天空像敲得出聲響的玻璃藍，厚重的雲層全在飛機下方，白浪滾滾，望不見陸地。

飛機在晴空中直行，太陽總也不老，彷彿時光是靜止的，空間不曾移動。從法蘭克福轉機柏林，抵達 Tegel 國際機場時，已是當地時間的早上十一時。入住旅館泡了個熱水澡，客房服務叫了一客鮮蝦燉飯，一瓶藍牌 Johnnie Walker，芬芳的手機仍在飛航模式。台灣應已入夜，我還沒安頓好，不知道要回什麼。假裝仍在飛。

但身體終究從雲端落了地，十月風涼，她習慣性地啟動工作模式，將行李箱內的資料攤開來閱讀。她的公司進口製藥原料，有搭配多年的上游供應商、下游製藥廠，從生產到銷售，每個環節都利潤可觀。跨入新世紀，人們對身心正常化的標準愈提愈高，藥品、保養品、健康產品的需求更成為日常必備。初入行時，適逢全民健保開辦，內銷製藥量激增，她從一個小業務員，爬升到可以分紅入股的業務經理，靠的無非是繞著地球跑的本事，不怕累，不怕離家。

一年一度的全球製藥商展，早已錨定幾個多年客戶，該要的、該給的折扣都在口袋裡了，現場的聯誼性質可能超過實質協商，只要確認供量與品質的穩定性，加上對來年匯率及景氣的敏感度，作出專業評估。這個市場持續擴大中，人們的平均餘命不斷拉長，靠著藥物和機器維持一口氣，活得久但未必活得好，怕活不好更急著補充維他命，吃藥自廢免疫力，再吃藥加強免疫力，無限循環的商機。市場經濟已在滿足平面需求上，擴到極限了。但新科技創造新產品，新產品刺激新需求，欲望是沒有底的，垂直需求的加成累計，成為無限大的市場。她搭上順風車，業績怎麼做怎麼好，偶爾出國參展也要多待幾天才回台。

生命向來如此，能做的事都是容易的事。

難的事，延後也逃不掉。芬芳站起來，把多餘的文件全塞進垃圾筒，站著灌下半杯威士忌，連線上網。

手機裡數百則簡訊都與工作相關，一一回了平安抵達的俏皮貼圖，明後天才是硬仗。德國人也會拚酒，更不必說還有中國來的同業。女人喝酒不只是喝酒，喝的全是象徵意義，她知道。爽快乾杯代表積極進取，醉後不麻煩人顯示有意志力，這些彷彿是男性天然擁有的文化符碼，卻要靠她以爽快的酒品展演，才能得到公共認證。證明她不是個拖拖拉拉感情用事的女人，值得信任。

最後兩則私人簡訊。一是遙遠，二是克里斯。

她猶豫著，先回掉法國佬克里斯：今年訂房太遲，旅館離展場超遠，你別來找我，明天見。噔，克里斯秒回：你來我這裡，想你。隨訊附上他的飯店地圖，就在展場附近的五星級飯店。

克里斯是跑醫藥線的法國記者，總有大藥商出錢供這些知名媒體的記者免費出國，說是利益輸送倒沒那麼直接，但置入行銷總是免不了。克理斯聰明、專業，介紹新科技產品時，總不忘適度抨擊跨國藥廠的專利權吃定貧窮國家，討論健康平權的議題，再搭配企業的溫暖行善活動，更加強報導的可信度。出國行程若安排得當，他與她總會順便約個會，關係不黏不膩。這次行程，克里斯有意配合她，不採團進團出的方便行程，展後安排周邊城鎮的森林古堡雙人行。

容易的事放久了就走味了。芬芳此時只覺難堪，速回：我有事，古堡不去了，抱歉。連個暖心貼圖都懶得附上。克里斯是聰明人，不會自討無趣。

遙遠看來是一夜沒睡，快天亮了又發出新的訊息：

終於找到謝幼純的IG，你看一下。

署名Alice，貼文稀落，多是隨手拍的動物與森林景觀。深沉紅土上的黃草綠樹，廣袤湖泊映照了迷人天色，有時定焦在野火燒過的黑焦木群，有時是奔過溪澗的羚羊群全景，或者漫步公路的巨大野牛。所在地是愛達荷州弗里蒙特郡，在黃石國家公園內。大頭貼是一隻雪地上的幼鹿，無畏的圓眼睛倒是很貼近記憶中的少女幼純。

好煩。她總是說，枕著芬芳的肩。

煩的是小城的沉悶，校園的封閉，不知道要打破什麼。飽漲的青春，太滿了，一戳就破。

小城風大，幼純的鬈髮逆著風吹久了就定型後翻，劍拔弩張似的。她的腳踏車前有一道橫桿，是當時男孩子時興攬個女孩騎車的款式，由赴美留學的哥哥留給她的二手車。幼純個子小，穿著白衣黑裙踮腳跨坐，騎得賣力，有一種隱隱的危險，不知挑戰的是高度還是可能外露的內褲。她逆著風騎車，頭髮和裙子全翻飛向後，一身都是挑釁。

那挑釁如此耀眼，芬芳只能望向體育館窗外的雲，從秋天到夏季，移不開視線。

幼純的ＩＧ追蹤者不過數十人，按讚數更少。芬芳翻找相簿中的人影，場景散布在旅店內的廚房、大廳、牧場、商場，一群人說話、回頭、排排站微笑，各種膚色都有，想來是勞動中的剪影，衣服多有髒汙，臉色不乏疲憊。那歡樂停格的一瞬，隱隱顯現急促之感，少有從容優雅。

接連比對了數張相片，才認出幼純。她看來健壯有力，笑得毫不勉強，頭髮非常短，剪裁有型。當年被逼著切齊的紛亂鬈髮，如今直接削成不足五公分的長度，顯露出清秀的頭型，原來並沒有那麼野放難馴。芬芳並用食指和拇指拉大局部影像，看見開懷笑容藏不住的眼角細紋，圓潤下巴幾乎可以疊出雙層，雙腳並攏時微有外八的結實身形。是那種，走在街上擦身而過也不會回頭的，很平常的中年婦人。

臉書能提供的訊息不多，只是證實了幼純的存在。

芬芳仰頭乾掉最後一口早已融冰多時、口感變淡且澀的威士忌。差不多可以了，暈眩迷茫的麻木感，馬達跑不動的麻木感，總算可以睡了。

黑雨落下來了

吳市面向瀨戶內海，森林與海洋相傍而生，對進善來說，簡直是奇蹟般的存在。港口這麼新，森林這麼老，這裡是他所知人類可以在自然地景上做出最工整的改造，恢宏無比的工業文明演出。

初夏的溫帶氣候特別迷人。櫻花的花期已近尾聲，不見繁華，倒有清秀之美。山區多是松林茂密，農人種植的檸檬樹、蘋果樹結實纍纍，連空氣都是清芳。晴天碧海如此美麗，港口白色的海鳥最令少年神往。

飛到哪裡去呢？能飛多遠呢？

數個月前，進善才從高雄港出航，加入總計七期共八千餘名台灣少年工的行列，來到神奈川大和市的海軍航空技術廠受訓，學習製造戰機。彼時，美軍戰艦早已在西太平洋掌握全局，日本船艦一次次被擊沉，東南亞各島嶼據點也接連失利，軍部以武士道精神倡導集體玉碎，殖民地少年受徵召緊急補位，仍不敵戰機、軍力的快速消亡。這些戰事，進善和其他少年工並不知曉。他們專注學習機械裝配，上鉚釘，裝機翼，銲接飛彈架，原以為的半工半讀其實只有工，沒有讀，但戰爭期間誰還計較呢？

受訓後，進善隨即被分發到廣島縣的吳市航空廠，支援戰機製造與維修。由於軍需產業發達，吳市聚集了很多外來人口，茶室、冰果室也特別多。女服務員穿著時興的洋裝或ゆかた，模樣親切有禮，說話細聲細氣，每一句都以否定語詢問你的意見，等待肯定答覆。

——大兄，你不要再來一碗甜湯嗎？

——好的好的，一人再來一碗。

進善受寵若驚，同行的少年們也大受鼓舞。他們在台灣常在街上受到巡警大人的喝斥，不料來到內地，一般民眾對殖民地少年很是友善，不由得自覺人格升級，內心暢快。

——大兄真是美男子啊，等戰爭結束以後，你不想邀請我到台灣島去逛逛嗎？

賣熱飲的姊姊和氣地逗弄他，一旁的客人見少年們稚氣明朗，也歡樂地鼓譟起來了。阿里山的雲海是不是很綺麗呀，聽說田地裡滿滿都是甘蔗，天氣很暖和呢，那裡有像內地一樣現代化的建築嗎。進善紅著臉，鼓起勇氣說，安平港的新港口也像吳市一樣新穎，商船來來去去很熱鬧呢，日後歡迎來台灣玩。

這也許竟是戰火尚未打進內地前，最美好的時刻吧？吳市的記憶因此總是粉色的，和煦的，帶著夏日晴空的氣味，海風拂面帶來不熟悉的鹽水味，白鳥凌空轉了一圈，又從雲中穿出，優雅滑翔而返。

吳市是戰爭的後台，製造殺戮所需的各式配備，海岸線密布軍工廠、造船廠、鋼鐵廠，成為戰時最大的武器生產地。日本帝國最豪華的大和號軍艦，就在這裡裝配殺傷力強大的主砲，艦上的高級檜木全來自殖民地台灣的阿里山。這些，都是當年的少年進善所不知道的。他喜歡吳市的熱鬧繁華，工業文明所象徵的國力昌盛。街道上有最新進、時髦的商品，他最愛繞去時計店看鐘錶，分分秒秒，一刻也不停地向未來奔去。

如果時間並非線性，而是如卷軸般可以攤開，過去、現在、未來都一覽無遺，此時的進善就會知道，他離開後的吳市，在戰爭末期將遭受十數場重度空襲。那些曾在路上對他微笑，善待他的茶室姊姊、雜貨店老人、水果店婦人，航空廠特別照顧少年工的醫護員，都將在一年後因為接連的空襲而死去。而尊貴的大和艦也會在米國戰機的連番轟炸下，帶著台灣檜木及二千多名官兵的性命，沉沒到海底深處。

那些互不相識的亡魂們，飄浮在城市的上空，因為爆炸的煙霧看不清楚活著的親人是否安好，久久不願離去。

在吳市軍港的船空廠，進善曾寄出一紙明信片給純子。明信片上是一名少年工正在銲接機翼，表情專注又肅穆，旁邊印有兩行漢字：「台灣少年救日本，造機保衛日皇宮」。明信片不用錢，工廠免費發放，專供台灣工寄信返家報平安。

純子小姐，

吳市非常美麗，陽光也很溫煦，只是港口邊有太多煤氣味。

他的字跡娟秀整齊，很規矩。寫到這裡，他想起純子的氣喘，最後一句話似乎不妥，但已經無法塗銷了。只好再加上：

能夠參與生產全世界最先進的戰鬥機，真是很光榮的事。

祝你幸福。弟　進善敬上

他沒有寫下回信地址，不知道還會在這裡待多久。事實上，夏天結束前，他就被調回神奈川的高座C廠了。戰爭已進入急迫狀態，很多物資優先供給軍需，民間的鐵鍋、銅像也全收進廠來鑄造軍備，但食物配給日益稀缺。

相較於早年在學校的經驗，軍工廠動輒掌摑、辱罵的管理模式，並不算稀奇。只是進善過往學習成績好，較少受到嚴厲責罰，如今的工廠勞作看重體能，他就顯得怯懦憨慢，處處不合格，幸而鄰床長他三歲的昭順常主動相助。昭順來自屏東，個子高他一個頭，體力也明顯強健許多，有時進善粗手笨腳怠慢了，昭順便協助救援。

戰力愈吃緊，工時愈延長，伙食更不足。三餐摻著豆粕、豆餅混食，清澈的味噌湯僅有魚粉腥味，連醃菜都成了奢侈品。醫務室裡，營養失調的病患變多了，沒藥醫。青蒼著臉的飢餓少年，遊魂般在夜半啜泣，睡不著。飢餓使人失去榮譽感，向身體投降。

不加班的夜晚，最熱門的話題是食物：紅龜年糕、綠豆椪、豆沙包各種台灣甜食，每個人的媽媽都是了不起的廚師。輪到進善，他點名了破布子炒山雞，從台南市區的破布子開花說起，花與果的色澤，醃製的流程，封存的甜味。鏡頭轉回龍崎，說到媽媽追捕險些掉落水井的山雞，磨利的菜刀砍斷雞的咽喉，垂死的啼叫聲戛然而止，血流如注的當下，媽媽立即從腹中掏出一只陶碗盛住，滴血不漏。寢室裡的飢餓少年們都嚥下口水，好餓。

一回洗浴後返回宿舍的路上，冷風中，昭順徐徐哼起「譽れの軍夫」，聲音低沉有力。進善聽著聽著才發現歌詞已被改編成閩南話，語意十分悲傷：

雨夜花，雨夜花，受風雨吹落地；
無人看見，每日怨感，花謝落塗不再回。

「昭順兄好天才，歌詞改成像詩句一樣。」進善低聲讚嘆，但也不免提醒：「小心別被教官聽見了。」

「這本來就是咱台灣歌，啥物光榮的軍伕才是假的。」

「敢真的？」

雨無情，雨無情，無想阮的前程，

並無看顧軟弱心性，誤阮前途失光明。

昭順哼著歌，把半濕的毛巾綁在額頭，邊走邊說他近日的發現，工廠裡的日本工都比較年長，被派去挖戰壕的朝鮮工卻和進善差不多年幼，只有殖民地少年被徵召來內地做工，日本少年還穿著制服上學呢。

啊？

「咱來參戰是不得已的，毋通袂記得家己是誰。」昭順把手放上他的肩頭。

剛泡過熱水的手腳，在寒風中一寸寸冰冷起來。

此後，私下聊天他們都使用閩南語，比進善在台灣說的還要多很多。其他少年工也是如此，彷彿藉由說著日本技工、舍監們聽不懂的話，攫取僅有的一點自由。

少年工日夜輪班，加速生產新銳攔截戰機。那是零式戰鬥機的改良版，升空速度更快，操控力更強，有四片強大的螺旋槳。進善的身材細瘦，方便鑽進機體內進行各種裝配工作，打鉚釘、鎖螺絲都游刃有餘。但長期在機胴內工作，有時做夢也會夢見自己被鎖在大型的鐵鳥中，飛上天空卻看不見方向，闖來闖去都被高速旋轉的螺旋槳片擋住去路，強風捲得他四分五裂。

有幾次，半夜被自己的尖叫驚出一身冷汗，或被其他少年的尖叫吵醒。

「無代誌，緊睏。」昭順的聲音傳來，低沉有力。

異鄉的秋天特別短，黃葉還沒凋盡，初雪就落下了。

生平第一場雪，照亮來自亞熱帶少年工的臉龐。晨起出工前，大家都對著樹稍白雪嘖嘖稱奇，連踩進初雪的腳印都像是褻瀆了，只能以手捧雪，伸舌去嘗。凍僵了還是笑。傍晚下工後，積雪已覆滿道路，掩蓋烏黑的機油、骯髒的廢料、雜沓的腳步，望眼只見白茫茫一片，最美與最潔淨的極致。進善偷偷在日記本寫下俳句，幾乎是寧可無言的一句嘆息。

誰也不知道，冬雪竟成為台灣少年工最大的噩夢。

北國的冷風與冰雪，毫不留情地襲擊毛帽與口罩外裸露的肌膚，南島少年的手、腳、臉頰常見龜裂出血。前往工廠途中，每一步跋涉都異常艱難，不時見到有人踉蹌滑倒。那看似鬆軟的雪堆裡，暗藏脆折的朽枝、石塊、腐葉，還有痛徹心扉的冰刺，若不小心滑倒而挫傷或刺傷，就算隔著厚棉大衣，身體的淤青與磨損，還是比平日嚴重得多。凍得睡不著的夜晚，進善經常想起，家鄉被月光籠罩的灰白山勢，與眼前遭白雪覆蓋的圳道，如此相似卻又完全背離。惡土與凍土都是死地，都同樣殘酷，只是凍傷後還會生瘡，擦再多藥也難以癒合。殘酷原來也有等級，有的殘酷是無法適應的，愈美愈殘酷。

只有在很少很少的時刻，初日的微光斜射入林，空氣中飄浮著細霜，在暖亮的光線裡輕輕迴旋。那種因罕有而珍惜的僥倖之喜，竟銘記心底數十年，進善臨終時依然浮現。

輪班趕製的戰鬥機，一架又一架送出廠，奔赴戰場。這些軍機都冠著美麗夢幻的名字：雷電、紫電、流星、月光、銀河，像即將被投擲入浩翰的宇宙，神祕和諧地運行在天際間，從而隱匿了它們殘暴的毀滅性格。

月光是大型戰機，同時擁有兩個引擎，外顯的體態十分優雅，機體特別寬敞，在裡面工作時手腳較方便伸展。進善曾經連續一個禮拜，在月光的體內作業，完成最後的銲接工序時，幾乎捨不得送她出廠。

雷電的動作飛快，比神風特攻隊用的櫻花、彗星戰鬥機還厲害，十分鐘內就能上升八千公尺，可以飛到米軍戰機B－29的上方，直接俯視攻擊。日本技師且得意地宣稱，雷電是國人自行設計的，同時裝載四門機砲，是世界第一等級的殺人戰機，兩軍對戰時完全不留任何退路。

似乎戰爭只是飛機和飛機之間的競賽，沒有飛行員，也沒有生產者。

他想著堂兄進德已經上戰場了，也許就在太平洋的米軍艦隊的上空盤旋。進德駕駛的櫻花或彗星特攻機，本來就不是要比上升的動力，它們的高速設計，為的只是方便直接衝向敵軍的機腹。像火焰一樣燃燒，像玉碎一樣永恆。他一時胃液上湧，只想嘔吐。

遠方的戰火，恆常下著黑雨。昭順早被調去支援名古屋三菱廠，少了可以談心的人，生活更加苦悶。戰爭像一條高速捷徑，把進善納入不曾妄想的皇軍隊伍，也同時照見不可逾越的身分界線。

最冷最餓的時候，他總是看見發亮的地景。那是故鄉的灰白惡土，在月光下發出點點熒光。

戰爭後期，空襲警報頻傳，米軍鎖定軍工廠直接轟炸。

睡夢中不時被警鳴聲驚醒，推擠著倉皇跑進防空壕，以躲避炸彈攻擊。有時虛驚，有時慘烈。從工廠跑到防空壕，要穿越一整個飛機跑道，進善曾在半途中，親眼看見一名不相識的日本農民被炸掉半張臉。也才半秒鐘不到的時間，驚愕不及反應的老農破碎的臉，像過度曝光的烽火切片，頑固地烙印腦中，揮之不去。集善渾身顫慄，跌跌撞撞衝進早已擠滿人的防空壕。

——笨蛋，跑太慢了啦，下次再這樣就會被炸死了。

一名擠在洞口的朝鮮工，伸出右手把他往裡塞，左掌直接壓在他的頭頂，氣急敗壞斥責。掌心的暖意從頭頂傳下來，久違了的關心，進善幾乎就要哭出來。朝鮮工的身材與他一樣細瘦，但臉上有些細紋，嘴唇龜裂發暗，下頦長出新冒的鬍渣。他想自己可能也是已然老化的面容了吧，滿臉阡陌全是忍飢受凍的痕跡。

——戰爭撐不久了，要活著回家。

朝鮮工低聲在他耳邊說。戰爭撐不久嗎？從來沒有人這樣說，像是說出他心底的盼望。

那一年的十二月底，正值隆冬時分，名古屋三菱廠遭到米軍連續大轟炸。昭順再也沒有回來，卒年十七歲。

輪夜班站哨時，進善遠遠看到米軍B－29機型在東京上空盤繞，從雲層俯衝攻擊，空襲警報聲響徹雲霄，整個城市都在震動。漆黑夜空中，地面探照燈鎖定敵機，發出一輪又一輪的高射砲，攀向天際，一舉擊落米國機。

那是第一次，他親眼目睹敵機在眼前墜落。長空被米國軍機墜毀的火球刷亮，爆裂的火光照出哨口一張張振奮的表情，原先疲憊不堪的少年們，面色通紅，精神亢進。進善不由自主也激動起來，殺戮如此興奮，殲滅如此痛快，為昭順兄報仇。

他的胯下腫脹，心跳和勃起一樣轟隆隆震天響，回應天際間下墜的戰機與敵人。打倒米國，毀滅敵軍，建立亞洲人的亞洲。戰火照亮一切，少年工們瞪大眼睛，看見彼此臉上的油汗，顫抖的身體，以及由衷興奮的笑容。像照鏡子一樣。

第二天清晨，進善把之前寫的日語俳句全數燒掉。連同那個鹿皮頸環，也燒了。

鬼都記得，只是不說

已讀不回。張芳芬這個膽小鬼！

昨夜沒睡好，遙遠整個上午心神不寧，腦袋裡四分五裂全跑著過往。幸而早晨店裡沒什麼客人，這些高單價的精品店，晨間過路客多是消費不起純閒逛的老人或年輕人，不必過度熱心招呼，只要提防他們不要試戴、自拍太過火，留下櫃面或商品太多指痕。

她放空表情，讓思緒脫離此時此刻。當年她還小，所有的印象都是破碎的，若有似無，難以串起有意義的詮釋。但是記憶資料庫儲藏甚多，隨時都可以調出不連貫的場景，連她自己都好奇到底彼時藏身何處，如何採擷了這些畫面與情節？沒人看見她，彷彿小孩子是隱形人，飄來飄去像個鬼。

鬼都記得，只是不說。

家裡的張力，年幼的她都知道，沒人問也沒人說。也許是因為壓抑而埋藏太多線索，線頭都鬆脫外露了，大人們還是習慣性地視而不見。好了，現在可是真正成為鬼魂的爸爸來派任務給她了，要她陪著媽媽和謝真，一起去找回真相。

真相，這是媽媽使用的字眼，她甚至用四縣腔又說了一遍，好像怕遙遠聽不懂似的。

這意味著，媽媽也在迷霧中不知真實的面貌嗎？遙遠從小最擅長的，就是拼圖。文具店每進一款新的拼圖遊戲，媽媽就丟給遙遠組構，測試難度，以決定推銷給哪一個年齡層。遙遠不算什麼出色的孩子，成績不行，體育也差，但對影像與色彩的記憶特別好，拼圖速度比起成人快得多。

拼圖要好，需要的不是聰明，而是心無旁騖。

現實裡，很多畫面都被遙遠以彩色圖像的方式儲存在杏仁核，容量彷彿是無限的。但這些印象之間沒有關連，欠缺意義化的敘事，也只能繼續被擱淺在記憶的碼頭，等待有一天被有效調動出航。或者那一天永遠不會出現，腦海裡全是沉船。

媽媽在店裡忙著招呼客人，芬芳和爸爸負責在後面搬貨、點貨，沒事了就各自躲回房間，互相不搭話。遙遠經常被媽媽拎著在店裡當小招牌，她的臉色撲紅，瞳孔淺得像落葉的顏色，長睫毛濃密捲翹，客人們最愛捏著她的圓臉說：「妹妹好像洋娃娃啊，真漂亮！」那些讚美的附加意義都會溢出到母親身上，目測年齡也跟著幼子而縮減了不少。但遙遠討厭那些捏臉的大人手，一見就要逃。

假日時，芬芳出門會帶著遙遠，溜冰場、圖書館、泡沫紅茶店，帶著小孩像個萬用通行證，既幫忙父母分攤照顧，也讓自己免於找話題，同儕間就有了話題。只有幼純不把遙遠當話題。

「遙遠，你的名字筆畫好多，好難寫。」初見時，幼純這樣說。不是透過芬芳轉話，而是直接對著遙遠發問：「你知道你的名字是什麼意思嗎？」

「就是很遠很遠，走很久走不到。」遙遠得意起來，擁有一個龐大不可計數的名字，真是太驕傲了。

「這麼遠，」幼純被逗樂了，她偏著頭想了想，追問：「飛機飛得到嗎？太空船坐得到嗎？」

「太空船可以！只有太空船才坐得到。」遙遠最愛看外太空故事，現在總算可以為自己的名字下定義了。

「我好羨慕你。」

遙遠立即被收服了，她真心誠意地分享祕密：「其實，我爸爸說，遙遠是很久以前。但是以前我還沒被生出來，不知道以前是什麼樣子。」

「你好聰明，可以分出時間和空間的不同。」幼純繞坐到遙遠的身後，幫她把長髮綁成馬尾，再靈巧地分成三辮，編成清爽的長辮子。「你知道嗎？遙遠可以很長，也可以很久。如果太空船跑很快，快得超過時間，也可以回到很久很久以前。」

從空間到時間的跨幅太大，年幼的遙遠簡直無以想像，但那混沌未明的可能性，幾乎觸手可及，她完全被幼純建構的世界迷倒了。聽不懂，又好像懂了一點點。

「我跟你說，你有看《宇宙戰鑑》嗎？」遙遠轉過身，和幼純面對面，試著比手劃腳說出腦袋裡拼湊的卡通圖像：「太空船飛很久很久，大人走出來變成小孩子。」

「你是個天才。」

下一次見面，幼純帶來一本「愛因斯坦小天才」。這是兒童版的廣義相對論，附有淺顯易懂的漫畫，突破三維空間的想像，讓時間進場競逐。雖然遙遠從來沒有讀懂過，但她知道，很久不一定那麼久，就好像很遠也不是到不了一樣。

芬芳的車子有美麗的流線型，墨綠色新漆，她個子修長，一腳穩穩踩地，另一腳跨在踏板上，模樣十分瀟脫。幼純的車老舊笨重，但遙遠常在下坡路段時，央求坐在幼純的前橫桿上，享受風吹，也享受被幼純包圍著的暢快，就是不管你說什麼幼稚的話語，都會被認真對待的暢快。

現在她看著 Alice 的臉書，感受到童稚時坐在幼純腳踏車前桿的風吹，很多散落的記憶畫面都串起來了，她現在才看懂。疾駛超前的芬芳停在路口等待，不顧遙遠的抗議，單手把她從前桿上搬到自己身後的座位，遞一方手巾給幼純拭汗；遙遠坐在路邊的麵攤，吃謝媽媽切片的豬耳朵和滷蛋，細蔥花淋香油，幼純熟練地收錢找零，並指示芬芳收拾碗盤，兩個人笑笑鬧鬧蹲在路邊洗滌、擦拭，無與倫比的快樂。

幼純還記得嗎？那本廣義相對論的兒童科普書。也許那時候幼純就可以預知，三十年也只是一瞬間，遙遠不需要走很久，就可以透過新的科技軟體，在茫茫人海中搜尋到她的定位，甚至可以使用及時通訊，無時差地抵達她所在的地方。

遙遠已不再遙遠，不管是時間還是空間的。芬芳也是。網路時代，滴水入海都可以被撈出來。幼純一直沒出現，會不會就是不想被聯絡上呢？

「別發呆了！我去吃中餐，你先幫我顧一下。」蜜亞拎著背包，敲敲她的櫃台玻璃：「要帶什麼回來給你？新開那家義大利麵店的鬆餅還不錯。」

遙遠確實在發呆，她火速把腦內時間調到現在，隨口說：「中午我不要吃甜的，幫我買黃家的素肉飯，再外帶一份田園沙拉。」

「不行。沙拉換涼拌小黃瓜，就黃家一家店搞定。」蜜亞果斷給出建議，順勢抬起小腿：「你看！我今天穿細高跟鞋，不想走太遠。」

「晚上有約會？」

「國家劇院看歌仔戲，一票難求。」

「你聽得懂？」她知道蜜亞是大安區長大的台北女孩，標準天龍國人，不諳閩南語。

「舞台兩側有字幕，中英文。」蜜亞撥撥初染成橘色的齊肩直髮，襯得她膚色如雪，紅唇亮眼：「說真的，這麼貴的票不去太可惜了。」

「不是小麥請客吧？」

「當然不是，藝術家太窮了根本沒錢看戲。」蜜亞溜了一眼手機簡訊：「是推理群組的史卡德，沒想到吧？」

「哇太高反差了！我根本以為他是 gay。」遙遠低呼一聲：「小心他是裝文青的謀殺犯。」

蜜亞和遙遠都是推理迷。也許是站櫃台的工時太長，不耐煩追劇，排除掉那些相互試探、曖昧沒完的愛情劇，歐美推理影集相對俐落明快，偶爾回家還來得及看一集再睡，痛快的水落石出正好助眠。她們共同加入「凶手不是我」的推理群組，史卡德是開站元老，評論的口氣辛辣、老道，引經據典，從老牌推理經典到最新款的西班牙劇集都信手拈來，觀點獨特，論理清晰。網路上論劇，多是主觀，純為展示寫者的性格與機智，每個人都是福爾摩斯，對世界充滿懷疑，藉評論突出自我。

由於是私密社團，進出要經過嚴格篩選，幾個老面孔久了也生出信任感來。會有人拿生活裡的懸疑事件，丟到群組裡請大家幫忙推論：被同事構陷了、老公錢包裡出現賓館收據、女友懷孕了但疑心不是他的種……等等。提問的人未必需要答案，但最好有如潮水般的回應，形形色色都好，高人氣按讚足以撫慰徬徨的心靈，內容倒是其次。遙遠多是洞察人心的安慰者，蜜亞則常一語驚人地破題或亂爆，史卡德總有耐性等到最後，像給出結論似地分析現實，說話毫不留情，冷靜的話語經常直抵內心黑暗面。極度的黑暗看似無情，卻震懾人心，完全迎合推理迷的「我就說沒這麼簡單嘛」心態，無人膽敢翻案。

去年網聚，遙遠和蜜亞特地去看史卡德，事前打賭他的長相及造型。也許是因為史卡德對辦案的知識淵博，兩人不約而同猜他是退休老頭，遙遠認為是不得志的藝術家，戴鴨舌帽穿藏青色風衣，古怪但內心柔軟；蜜亞則傾向是不愁吃穿的股票達人，亮色襯衫配緊身西裝和尖頭鞋，自負且為人刻薄。結果，史卡德本人不過五十來歲，沒禿頭，也沒小腹，穿著斯文普通，戴黑色圓形眼鏡，人很靦腆，不多話，倒像是個好欺負的文化人。蜜亞不死心，私下纏著追問，史卡德才供出在公家機關任職，層級不高，據說是快四十歲才通過特考當上公務員，只求溫飽，不求升官，畢生心力全放在虛擬網路的權傾一時。

「真的很變態。」蜜亞拿出粉撲在鼻翼兩側稍作按壓，目光停留在鏡中妝容精緻的自己，嘟嘴檢查唇色，再揚起嘴角向上的弧線，滿意地闔上粉盒。回頭說：「每次群組發言，他都罵我太笨，頭腦不夠複雜，看人看事不深刻。結果私下約我去看大戲，是怎樣？」

「你還是裝笨一點好。連續殺人犯看起來都是普通人，一旦發現美女也很聰明，多半會惱羞成怒。」

「收到。我會邊看戲，邊暗中蒐集證據，揭發史卡德的真面目。」

「你快去吃飯吧，高跟鞋不耐跑，遇上中午人潮就完了。」

中午會有一波上班族用餐後的短暫逛街潮，也許是吃飽了腦波弱，正午時分特別容易賣出一些中價位的單品。一支新潮有型的太陽眼鏡，大概可以刷掉這些上班族半個月的薪水。遙遠打開保溫壺，抿了一口咖啡，用拇指擦拭壺口的唇漬，要打起精神迎戰工作熱點了。

午餐一如往常，大約要到下午二時，遙遠才有空檔，匆匆躲進儲藏室填飽肚子。素肉飯都涼了，發出隔夜菜的餿味，幸而涼拌小黃瓜還不錯，清脆爽口。

舉家搬遷台北後，生活多有拮据，幸而冰箱裡總備有各式醃製蔬果。遙遠的童年大抵就在黃昏市場度過，別的台北小孩上安親班、美語班、各式才藝補習，她蹲在菜攤旁寫作業，時有流浪黑狗窩到腳邊打盹。最終在升學考試前，她還是裝備不足，只能撿個分數最低的護校勉強讀完。實習護士期間，疲於奔命的輪班、加班，她的經期從來沒有正常過，滿臉都是青春痘，白日裡靠著大量咖啡硬撐，夜裡吃安眠藥快速入睡。同學們每個都差不多，差不多的過勞與焦躁。畢業後沒多久，遙遠離開醫療產業的最底層，輾轉進入藥妝店，之前學會的營養及照護知識，讓她開口頗具說服力，五官深邃又能突出妝容效果，業績不俗，也就在這個販賣美麗的行業裡待下來了。

從藥妝店做到精品專櫃，工作地位彷彿升級了。從地下一樓的開架式店面，提升到二樓落地櫥窗，品牌價格與樓層高低亦步亦趨，但員工薪水卻沒跟著提高，幸而也沒什麼業績壓力，就是個光亮門面。她盤算著，也許下週連續請幾天假，和媽媽好好討論一下接下來該怎麼做？

家裡的事，向來是媽媽說了算，不過家中無大事也很多年了。權力在握，卻毫無作用，難怪媽媽失落。眼下媽媽最在意的，應該是謝真帶來的幾封手寫信，像爸爸生前預留的什麼暗號，值得循線探究。他的鬱鬱寡歡，他的暴躁易怒，他的暗黑性格，他都快退休了，為什麼一無所有地請辭？芬芳即將聯考，休學、轉學、搬家、貸款全是麻煩事，若非媽媽多方張羅，全家人又該何去何從？這些，爸爸都沒在管的，他只管著他的憂鬱。對遙遠來說，父親的生前死後都沒能對她的生活起什麼具體作用，這麼多年，經常不留心就忘了。

若要追蹤謝真的身世，直接問幼純最快，但幼純若要坦誠早就說了。媽媽說的對，誰都有苦衷。謎底都已經知道了，再來是要如何延長解謎，陪同媽媽參與推理的過程。

芬芳還沒回來，沒人好商量。她想起一個沉澱在心底呼出欲出的線索：余霽的父親，余啟正。爸爸曾帶著年幼的遙遠搭長途火車到台東，在余家破落的水泥屋住了一夜。那天晚上，兩個中年男人說了些什麼呢？事實上，一直在說的，是平常寡言的爸爸。他低聲說了很多很多，停不下來，最後甚至流下眼淚。余伯伯多半時候是沉靜的，爸爸哭的時候他也沒有安慰。

「對不起，是我害了你們。」爸爸明明這麼老了，卻一直反覆說，我太年輕，太害怕了。

很後來，余伯伯這樣說：「不是你一個人害的。」

但他也沒說是誰害的。

「他說，你們都招了。我不知道是騙人的。」爸爸又哭了，我太軟弱，我太軟弱，我太軟弱了。軟弱。這兩個字對於不擅捲舌的爸爸來說，並不好發音，他很快改用閩南語又說了一次：「攏怪我傷軟汫！」語氣順了，發自肺腑，他說了一遍又一遍。這給了遙遠很強烈的印象。軟弱不好，軟弱是自己罵自己，軟弱會哭。

像是會傳染一樣，余伯伯也用閩南語說了和爸爸一模一樣的話。但他沒有哭。他先走到門口，伸長脖子向外張望了一下，防著什麼人似的。然後他側過身來說：「我嘛是，仝款軟汫，啥物攏毋敢做。」

余伯伯當時背對著門口的光，臉在暗處，好像這樣才能放心把話說出口。

這話帶來神奇的效果，爸爸終於鬆懈下來，安靜了。屋外的蟬鳴，像潰堤的大水，一瞬間全湧進來了。

遙遠被蟬叫聲吸引，走到門外，暴烈的陽光曬得頭皮發麻，會刺。爸爸是城市裡的中學老師，余伯伯也在學校工作，但他不教書，他在濱海的國民小學當校工。學校後門有一間工具房，門窗壞了、日光燈要換、操場升旗台要補水泥，都是余伯伯的事。他每天最早到學校開門，最晚離開學校，幸好家就在學校後門不遠處的單棟水泥平房，走路五分鐘就到學校了。

到現在，遙遠還記得余伯伯粗大的手掌，提起她的雙臂，讓她坐上小學的鞦韆，高高盪至半空中，又盪回來。她尖叫，大笑，一遍又一遍，很安全，因為知道有人會接住她。那是父親不曾給過的安全感。

傍晚到夜間，是精品店的營業高峰期，人來人往，成交量卻不高。最好的商品都是ＶＩＰ內定的，占營業額的一半以上，那些真正消費的大戶，不需要逛街，他們靠著商品型錄搶先下單，東西送到家有時會退一半回來，不過那些來來往往的作業相較於站櫃，都是小事。她的職責還是顧好門市，在市區精華地段占有一席之地，就算有時銷售額連店租水電都不夠付。她和蜜亞各有專櫃，同一個店面相互支援，還能維持彼此都有休假。比起之前在百貨公司的彩妝專櫃，一人一櫃沒得休息，就算沒有客人也不被允許坐下，別說久站造成小腿靜脈曲張了，長期憋尿都會引發各式婦女病。

「蜜亞，下週我想請幾天假，找工讀生代班，你幫我留意一下，拜託了。」

「沒問題。家裡有事嗎？」蜜亞鑽進換衣間。

「是家務事沒錯，但目前說不上有什麼大不了。趁著週間調查一下，等查清楚了再跟你說。」

叮咚！是芬芳。簡訊上只交代：

我會聯絡幼純，你再等等。

顧忌幼純的立場，暫時不宜聯絡余霽，那不如去探望余伯伯吧？他應該有九十歲了，遙遠忖度著，忽覺時間感急迫起來，再不去日後也不一定有機會了。夢是媽媽做的，她要上天下地都行，此時能做的，也不過是從記憶裡打撈更多碎片，多方拼圖，沒事找事做。

泥水屋就在國小的後門側出口不遠處，空間狹小，浴室與廁所都另以鐵皮搭建，懸掛一盞五燭光的鎢絲燈泡，以垂吊的塑膠拉繩控制開關。屋外有大樹，種了許多盆花，色彩斑斕。晚餐煮好了放在大樹下的圓桌，小蟲飛來飛去，幾隻流浪貓與狗聞聲而來。余伯伯吃肉都沒剔乾淨，就直接丟到桌下給狗吃，乾糧盛在一只大碗裡餵貓，貓和狗各有各的水罐。

夜裡，遙遠和爸爸睡在余霽的房間。木板牆面釘滿了獎狀，品學兼優，很會考試。但吸引遙遠的是數張小孩子繪圖，用色大膽，大象老虎長頸鹿全部排排站，右下角的簽名是余霽，余的筆畫少，霽的筆畫多，很明顯愈寫愈大，頭重腳輕。她好奇這個名字，因為不會念，特別問了，雨和齊，居然合起來變成光明的意思，真好玩。回到台北，暑假來臨時，居然親眼目睹余霽出現在家中，而且他居然變成一個大人，更令人驚奇。

遙遠總有一種錯覺，她搭了超越時間的太空船抵達過去，看見小時候的余霽，還睡在他的床上，沒來得及描摹他的容貌，他就長成一個大人從未來走到她眼前了。也許是因為這樣，她對余霽總有幾分距離感，像他是一夕之間長大的，虛虛晃晃不真實。所有關於余霽的記憶，都是模糊搖晃的。

時間遺留在身後的痕跡，是如此的不可靠。可能是三個年輕人使用的英文於她太陌生，缺少語意的連結，印象畫面散成斷片，聲音糊成雜訊。有時候，余霽彈吉他，幼純唱歌；有時候，芬芳用殘缺不全的英文，艱難但固執地與余霽爭辯，她的英文不夠好到可以反擊不同意見，但她堅持不讓的模樣十分有魅力，幼純總是毫無異議站在她這邊。

遙遠盯著花崗石牆壁上的仿古時鐘，滴答滴答，秒針的速度遠不及腦波的速度，還走不滿一圈，遙遠的記憶已繞行數十年來回了。時間在記憶裡該是什麼形狀呢？不可能是直線形，也不會是圓盤狀，大抵是交錯纏繞如線索，盪漾渲染如波紋吧？下一季主打的潮流又是什麼呢？時尚行業裡待久了便知，那些來來去去的最新流行，莫不是過往遺跡的小幅改造，外罩新符碼的噴漆。時尚循環的速度一年快過一年，過季單品以銷毀取代折扣，才不至於影響品牌價格。但記憶是無法銷毀的，也無從打折，不知道何時又會回頭逼你面對。

掀開布簾，蜜亞從更衣間閃身而出，她穿著一襲米色亞麻衫搭配寶藍色九分寬褲，左腳踝環一圈銀鍊，斜斜落在細高跟的仿鱷魚皮墨藍鞋面。

「如何？」蜜亞吸氣抬胸，裝模作樣走了伸展台耍酷台步，轉過來是一臉不在乎的冷冽表情。

「美到不行。保證讓史卡德自慚形穢。」遙遠說：「記得帶外套，國家劇院的空調超級冷。」

「你別跟小麥說溜嘴哦。」蜜亞傾身低聲說：「藝術家真的很虛偽，嘴巴上很開放，占有欲比誰都高，對關係缺乏想像力。我懶得解釋。」

「行。快走吧！」

蜜亞走到門口又轉頭，說：「萬一我明天失蹤了，你可要查個水落石出，幫我討回公道。」

「怕什麼？你一到就傳簡訊給我，讓史卡德知道有人收到你的定位。」遙遠邊笑邊想，殷殷交代：「每換一個新地點，一定要拍照上傳，這樣他要製造不在場證明太難，就不敢隨便下手了。」

「天哪遙遠，你真的太認真了。」

「滾。」

不期然想起，從小媽媽就常說她太好笑，不管什麼話都當真，像爸爸。她害怕爸爸，更害怕像爸爸，所以學會把難以理解的暴怒話語都暫存起來，找不到適合的線索拼湊意義，就擱置在記憶庫裡。不解謎才不會受傷。

現在全是歪掉的

昨晚設定的 morning call 已經響了好幾次了，芳芬躲進軟被如沉入深海底，鈴聲還是緊追不放。她手一揚，把電話掃到地上。別吵了。

這一覺睡得斷斷續續，宿醉令她頭疼欲裂。芬芳拉開落地窗簾，陽光毫不吝惜地照亮了整個房間，天哪，都快十點了。她打開冰箱，倒滿一杯威士忌，仰頭灌下。只有起床第一杯酒才能有效醒酒。

叮，又是克里斯：還好嗎？陪你聊聊？只是聊聊。

她把手機丟回床上。這家飯店的早餐很好，乳酪特別多樣，只是晨起的第一杯酒雖能減緩頭疼，也抵銷早餐的胃容量了。真可惜。離展場不過三站電車，她決定走路過去。新街區高樓林立，街道也寬敞，建築物的外窗多採長方型的雙層透明玻璃，風格俐落，有利採光，也防風雪。乾爽的空氣與金黃闊葉的路樹，走路正好。

隱約想起，昨夜入睡前遙遠又傳了一封簡訊，是什麼呢？

沿街的梧桐樹太美，白色樹幹爬行深深淺淺的青綠斑駁，傷口般的樹瘤，像惋惜著失去的枝椏，自我增生成拳頭大小的痂。天空藍得潔淨，水晶般透亮，她簡直捨不得低下頭，被迫縮小視域，點進手機簡訊：

媽媽說小孩（其實也不小了）的爸爸是余霽。

哦。

其實芬芳很早就知道了。暑假結束前，去成功嶺看余霽的返家客運上，搖搖晃晃間，幼純說得平淡無奇：可能是快要當兵了，他有點緊張，一下子就出來了。

應該是，芬芳的震驚在那時候就用完了。性的想像從來不在她十七歲的日常，甚至不在雜七雜八閱讀儲藏的知識庫內。余霽所象徵的理想與反抗，和幼純髮梢扎刺後頸的刺激，她連不起來，不想連。

「我好像比較不緊張，」幼純的圓眼睛瞇成一線，笑得無辜：「不過他房間的電扇已經打包裝箱了，一點風也沒有，熱死人，流好多汗，好臭。」

「……會痛嗎？」

「因為很快，還來不及覺得痛。」

「你，愛他嗎？」芳芬問得艱難。

有一道伏流奔騰，被積雪深埋，那劇烈的雪白令人目盲，什麼都看不見。唯有聽覺尚存，幼純的聲音竟然，竟然毫無悔意。

「不愛。」幼純回得乾脆。

「那為什麼？」

「我想試試看，正好他比我更想。進房間前，我們都沒料到會這樣吧。」

「呃，」芬芳想說，什麼時候變成你們？為什麼我都不知道？但這個委屈太傷自尊了，像個棄婦。她改口問：「有什麼防護措施嗎？」

「有。也不算有。」幼純說：「就說沒料到嘛，不會這麼衰吧？」

沒料到，還是準備了。芬芳問不出口，到底是你還是他準備的？

一開學，芬芳果斷轉到自然組，教室在學校的另一頭，看不見體育館的地方。她不讀新聞，丟掉進步雜誌，專心進入生疏已久的理化課本，加強原就不錯的數學邏輯。她不寫信，不回電話。父親說余霽抽到離島服役，活該。她找不到理由說服自己沒關係，但不知道到底該在意什麼，那就通通在意吧。性、階級、環境都是政治，都內藏不平等的權力結構，都不得免於民主實踐的檢驗。「進步」是塊嚥不下口的骨頭，她咬得滿嘴痠疼，只想吐掉。

陽光暴烈，焚風四起，積雪融成無岸之河，四處漫溢。

也許她最恨的是幼純的坦蕩吧？彷彿自己才是那個該感到羞恥的人。

十月秋涼，車站前臨時圍街，充作一日農產市集。停駐採買的人不少，蔬果青甜，小紅蘿蔔鮮豔欲滴，齊頭綁起像一束花似的，美不勝收。她深吸一口氣，濕潤的泥土味，嗅覺喚起大學時代在山上育苗、植林的記憶，森林深處的軟泥與爛葉，美得妖嬈的油綠蕨類。

徘徊在攤位間，芬芳挑了一小袋青蘋果，一盒藍莓。排隊結帳時，一時恍惚，搖搖頭作罷。她轉身回到攤子前，把蘋果和藍莓一一回歸原位，紙袋抹平放回。人來人往，她蹲下來，從平攤地面的美麗桌布上色澤殊異的瓶瓶罐罐裡，搜出兩支小麥製的蒸餾酒，樸素的手繪包裝，金黃色的麥田與夕照，瓶內的液體輕輕晃動，透過軟木塞瓶依舊聞得到隱微的麥香。她蹲到雙腳發麻了才踉蹌起身，全身緊繃，結帳時喃喃說好漂亮的酒啊送給妹妹的禮物。沒有人問她。

此次的全球製藥商展照例是排頭不小，占用六個館場。台灣廠商集中在第四區的亞洲館，芬芳盤算著等一下會遇見同行，但自己此刻手腳冰冷，額頭冒汗，精神無法集中。她決定先轉至三樓展場看少數民族古老藥草展。

展場口的工作人員戴著北美洲原住民蘇族頭飾，長相異常俊美，眼窩下緣刷了赭紅底色，目光深邃如潭。他作了個請進的手勢，禮貌地說不好意思啊等一下出來時要看一下背包喔。

芬芳立即卸下背包，打開拉鏈，兩瓶小麥酒像贓物似地藏在深處。她喃喃說真的這只是送給妹妹的禮物。

蘇族人詫異地笑了，一整排羽毛和髮辮輕輕擺動，這是你的東西請自行收好，等一下出場時再檢查就行了。預先說要檢查，無非是示警，提醒觀者莫要一時貪美偷走部分藥草或繪卡，以免出場時受窘。防的不是違禁品，而是竊盜心。

芳芬收攏背包，快步進場。太美麗了那些手繪圖卡、絹版印刷的古文件，以及衍生的香料、藝術雕塑，每個攤位都精美稀罕如珍珠，如寶石。但她心不在焉地飄過，嗅到鼠尾草的氣味，也許有某個來自拉丁美洲的巫師就在現場，不動聲色地收魂，不計因果地攝魄。

克里斯又傳了個溫暖貼圖，大概是早上沒看見她的緣故。真是太鬧了，她不由得揮揮手像眼前有飛蚊似的，溫暖恰是她此時最不想要的。偏偏陽光如此慷慨，窗外的光線令她睜不開眼睛。

終於進入主展場，拍了幾張相片，看了幾個新穎的藥物科技革命。憂鬱還是今年的核心主題，改善精神狀況的藥物愈來愈多，容不得人們太傷心，也容不得不專心，各種藥物都急著讓你正常、專注、聰明。她頭痛欲裂，發現自己有意無意繞著今日新開幕的攤位走，剛開始還沒意識彼此間的關連性，只覺得為什麼到處都有冗長的官樣演講，超無聊。

直到傍晚，芬芳才意識到，各攤位的開幕式都備酒。她到所有開幕攤位拿酒，德國生啤酒、愛爾蘭黑啤酒、中國五糧液、西班牙威士忌、加州紅葡萄酒，連日本清酒她都喝了。全場遊蕩，就是追酒，毫不知恥地在各國家館、國際藥商開幕演講時，置身事外地喝著免費贈酒，偶爾抓點起司或巧克力墊一下胃，然後一張文宣也沒拿地斷然離去。

到底喝了多少？

展場六時結束，人潮湧向車站。芬芳一整天沒吃正餐，但酒精燃燒得她雙眼火熱，精神異常亢奮。她順著人潮像浮在海面，被波浪推回旅館，沒一步踏實。

熱水已經滿溢，芬芳把自己丟進浴缸。所有的毛細孔都張開了，含著小小的氣泡，在水中，像一整排露珠懸吊在乳房和小腹下方，柔軟的弧度。她側身蜷曲，被熱水全然包覆，輕輕托起來，也許她是一面荷葉，或一朵夜眠的含笑。她似乎是睡著了，被冷不防的哆嗦驚醒，用腳背推啟水龍頭的開關，再注滿熱水，攤平讓全身都展開了，慢慢回暖，直到指腹都起皺。

雙手浮出水面，掌心平攤在眼前，粉紅色的、胖胖的手指間，彷彿沒有縫隙，團團糊糊，像氣球般輕飄飄。一鬆懈就要飛走了吧？手指頭不是她的，鼻子不是，眼睛不是，身體不是，都不是，過去也不是她的。現在全是歪掉的。她把自己整個沉進水裡，直到無法呼吸，急嗆出水。

趴在浴缸邊緣劇烈咳嗽，頭腦清醒了些。芬芳瞪著手指上一條條凹陷的深溝，掌心怎麼這麼紅？掌紋怎麼這麼多？相片裡的幼純笑起來怎麼有這麼深的皺紋？路上不期而遇一定會錯過了怎麼辦？

吹乾頭髮，換上睡衣，芳芬打開小麥酒，就著瓶口啜飲兩口，青草味嗆鼻，釀的時間不夠久，酒意不夠沉。晚上十時了，愛達荷州下午二時。這個時間可以了吧？如果在觀光旅館工作，下午二時應該是收整好退房的午休時分了吧？

「Hello.」沙啞的喉音。

「我是張芳芬。」

停頓，對方也許驚惶也許沒有，但確實是漫長的停頓。也許停的是芬芳的心跳，一世紀。

終於傳來聲音，時間恢復流動，網路通訊時有雜訊，語音聽來不免破碎：「你好嗎？」

「什麼？」她放大聲量，像要用力蓋過五臟六腑對撞的砰砰作響。

「芬芳，你好嗎？」

「還好，」她小心控制著呼吸，不讓聲音洩漏她的表情：「你兒子到台灣找爸爸了。」

「嗯，遲早的事。人到一個年紀，尋根是難免的，否則搞不清楚自己是誰。」幼純一派平靜，反問她：「謝真怎麼找到你的？」

「不知道，他去找我媽，夠奇怪了吧？」

「不奇怪，他看過你爸爸的來信。我應該早點想到，先知會你們一聲。」幼純嘆了口氣：「可是我，我怕你還生我的氣，不知道怎麼說。很小孩子氣齁？」

「我有什麼資格生氣？」芬芳的頭劇烈地燒起來，一開口幾乎要哽咽：「對不起，我躲起來了，愈躲愈不知道怎麼回頭。」

「糟糕，連道歉都被你搶先說。」幼純笑了，聲音還是低啞的：「我沒有台詞了，你可不要比我先哭喔。」

一覺睡到天明，落地窗簾沒拉攏，早晨七時的陽光亮灑灑全潑進房。

芬芳站在淋浴間，低頭看著洗髮精的泡沫聚攏在出水口，轉瞬被捲入地下，消失無蹤。她蹲下身乾嘔，吐了一地酸水浮渣，沖水後轉瞬也被捲入地下。她伸手撫去鏡子表面的霧氣，裡面隱約顯現一個細瘦的女人，腰線仍分明，但畢竟臀部有幾分下垂了，已然邁向初老的身體。她盯住自己，濕貼的半長髮，雙眉間有直切紋，像恆常懷著什麼值得深思的煩惱。她仰頭張嘴，讓水流從上到下沖刷全身，從口鼻溢流而出，把所有塵土汙垢全都清除掉。

床頭櫃有空酒瓶，其中一張手繪圖被撕裂了一半，夕陽不見了。這兩瓶年份不夠的小麥酒，居然全喝完了。

難怪夢見在河邊吃草。昨夜說了什麼呢？

「我怕你們都對我失望了。」這是喝了酒才說得出口的話吧？

「我是對自己失望，以為出國就好了，真的很幼稚。」幼純彷彿走到一塊空地，話筒那頭的風聲獵獵作響，她的聲音像被吹到山谷裡，回音再傳到千里之外：「為了我的任性，拖累太多人了。」

「生小孩養小孩都很辛苦，你當時也還是小孩子啊。」

「真的，我實在太高估自己了。」幼純笑出聲來，「但是在美國，不快樂也不行。我若是不快樂，就像是否定媽媽和哥哥付出的一切，對他們太不公平了。」

「快樂不快樂都不行，光聽了就替你累。」

「自找的，有什麼好抱怨？就是我兒子比較倒楣。」

「你覺得，」芬芳吸住氣，小心說：「可以讓你兒子去找他爸爸嗎？」

「沒什麼不可以，只怕謝真突然去，會打擾人家的生活。」幼純應該是認真想過了，語氣裡帶著自嘲：「余霽什麼都不知道，突然被半路認親，可能會以為是詐騙集團吧？畢竟他是公眾人物了。」

「你要我先跟他說嗎？」

「要說也該是我自己去說。」

「好。」

「你陪我去？」

「好。」

踩過滿地金黃落葉，葉碎的聲音像腳步與風的競賽，輕輕跌落，重力碾壓過，腳下是碎裂而飽滿的節奏。如果是遙遠在這裡，她一定跳起舞來了。遙遠有天生的韻律感，或者說，遙遠不管到哪裡都沒有距離，所以自在，一舉一動都像在跳舞。芬芳不行，總像被一千隻眼睛盯著看。

進主展場前，她繞到超市買了一包口香糖和一小瓶Vodka，扁瓶子，揣在懷裡像一把匕首。一小杯就好，還是讓我先有勇氣面對一整天的工作。她考慮是不是站在路邊先小酌一口，抵達會場時大約酒氣也消了，口香糖的薄荷味就很夠遮掩了。

經過站前廣場，一群年輕人駐足圍觀警察逮捕一名中年男子。他癱軟在地，也許是喝醉，也許是受傷，看來溫馴未作抵抗。兩名肥胖碩大的警察拖著他綽綽有餘，但又不直接架他起身，就是單手捉住他的左手反轉，拖著、拉著才更見其狼狽。圍觀者愈多，警察愈忍不住展演擒拿技藝。那個男人根本不曾抵抗，所有的困窘都是因著單臂被反折，無以施力。他無辜地環視大家，沒人伸出援手，也無人議論。真狼狽。芬芳與他四目交接，發散的眼神是酒鬼的眼神，難以定焦。她默默退出人群。

轉身離去，仍感覺那醉漢盯著她的背影。他認出同類了嗎？

芬芳不放心地嗅聞自身，像貓舔著毛，永遠洗不乾淨，不夠乾淨。燙手的扁瓶滑進外套口袋的深處。短靴重重踩碎落葉，一步步如低音鼓，敲打她的耳膜，碰碰，碰碰，碰碰碰，和心跳完全不合拍。

文字真的很危險

昭和天皇玉音放送的投降宣言，從工廠的擴音喇叭傳出，破碎不明。全廠停工，重要機密文件緊急燒毀。我們這麼拚命怎麼會輸了呢？許多殖民地少年工都哭了，這幾年強忍飢寒的努力，莫非只是徒然？

枉費啊，他彷彿聽見昭順嘲諷的聲音。

戰敗的恥辱是共同的。輸了就是輸了，這麼快的雷電，這麼美的月光，還是輸了。這個結果，像嘲笑他們技藝不精，再趕工也不過是白費力氣。

但身分從來不是共同的。看著領班、舍監毫無保留的痛苦，似乎隱隱然感到一吐惡氣的痛快，那痛快是什麼？一時也說不清。有較年長的台灣工邀請朝鮮工一起慶祝，慶祝脫離殖民地，享受前所未有的禮遇，在失敗者的陣地搖身一變成為戰勝者。他們喝酒狂歡，有默契地不以日語溝通，各自說著互相聽不懂的母語。勝利感的取得，不是因為打贏，而是因為打輸，那誇大的笑容也是帶著哭臉。他想起防空洞裡的溫暖手掌，要活著回家，他不曾再見過那張臉。但願你活著回家。

一個月後，美國空軍進駐高座航空廠，開始軍事占領與接收。那些沒被雷電殺死的美國大兵，如今和台灣成為盟友了。少年工入夜到美國占領的倉庫裡，偷食物到黑市販賣，在馬路上向大兵們說哈囉，好像彼此不曾你死我活。

等待遣返期間，進善領了七百圓的遣散費，在戰後廢墟般的日本，失魂落魄地四處遊蕩。戰前民間早已嚴重缺糧，戰後生活更是悽慘，貧民窟入夜一片漆黑，很多孩童的肚子鼓脹，四肢卻瘦可見骨。戰勝國國民的身分此時變得好用極了，搭車可以不付錢，做什麼都沒有人辱罵。他買了成年人的衣服，和同伴到街上闊綽地消費，當然他們也買春，在皮膚白晰、從東京流落而來的成熟女人身上，將發燙的陰莖送入濕潤的女體，在高潮的時刻使用日語喊出粗野的話。

戰爭結束了，他想念吳市，但不可能重返。核子彈落在廣島，離吳市只有二十公里遠，那必然的人間地獄，沒有人知道該如何處置。大批廣島人流散四處，不敢說出自己的身分，他們從地獄逃出，身上還帶著地獄的印記，成為核殤帶原者，誰都不敢收容。進善心目中的完美家園吳市，以他不明白的方式被損毀、被銷蝕，像那些被迫捐出去的鐵鍋鐵盆，用高熱熔鑄成命定要爆破的炸彈，不知道傷害了誰。

一直到次年，進善才搭乘永祿丸返抵基隆港，他的個子抽長了，面容也成熟了，長出憂悒的神情，兩眉之間有一條深痕，將跟住他的後半生。

二堂兄進德卻沒有回來。阿公總相信，進德還滯留在印尼的某個熱帶山區，林木蓊鬱，溪泉清澈。戰後失蹤人口太多，時不時隔幾年又有人回來了，有人說是躲在叢林裡竟不知早已終戰。

進德向來機伶，也許竟娶了土著女人生孩子了也不一定，阿公認定進德是活著的，只要活著就好。

純子一家人在進善回台前就被遣返日本了。他去過教師宿舍，那裡早就被國民政府接收了，雜七雜八住著操各種外省口音的人，他聽不懂，又生起那種矮人一截的感受。高橋老師家的牆上、地面，都一團混亂，看不出鹿皮覆蓋的痕跡。聽說她的先生在混亂中失蹤了，會是因為警察身分使他被台灣人遷怒、報復嗎？流言四起，分不清真假。

趁亂打劫的人不少，藉機宣洩不滿的人也有，有人穿著髒木屐直接踩進乾淨的榻榻米上，說要打死日本走狗。原本打算留台等待丈夫歸來的高橋老師，最終也不得不因為日僑撤離政策，把家具、書籍、字畫、古董全擺在路邊低價變賣。沒賣掉的隔天也被人搬走了。

純子也曾經在這條街上叫賣日本菸嗎？她還跑步嗎？

很多台灣學生主動組織起來，自治管理。校園裡老師走了大半，但課表繼續維持著，晨間也如常開朝會、舉行升旗典禮，不過新國歌大家還不會唱，只能無聲地注視新的國旗緩緩上升，青天白日滿地紅。新的愛國情操瀰漫，戰爭是錯誤的，侵略是不正義的，台灣人總算脫離殖民地，光復了。

晚上偶爾從螺旋槳的噩夢中驚醒，在黑暗中睜眼到天明，直到再度聽見昭順叫他緊睏。他終於好好睡了一覺。

新時代來臨，進善熟悉的語言一夕間失去效益，淪為文盲，還不如上過三年漢語私塾的父親。如今，他因為日語太流利，到公所辦事被斥責為殖民地奴性。十年內接連兩次國語運動，新的作廢舊的。他積極學習，從注音符號開始，大量聽收音機，找字典，寫中文詩。

「汝實在毋知好歹，讀冊讀卡頭殼壞去了。」

阿公拜著重新拿出來的祖先牌位，敬天公一支香，敬佛祖一支香，最後一支才獻給列祖列宗。

下午時分，雞群又在大門前覓食，阿公抱著踩在長凳上的右腳，輕輕搖晃垂放在地面的左腳，又吐了一口旱菸。

進善的中文說得沒有日文標準，畢竟是長大了才學，原有的腔調都長進身體裡成為慣習了，一開口就露餡。但他努力學習，考進師範學院，加入詩社，和一群文友一起讀書、創作、討論。詩社的指導老師姜秋霞，來自福建，能用河洛語朗誦古漢詩，也常引荐俄文翻譯成中文的散文詩，兼談歷史與國際局勢。她在黑板抄下屠格涅夫的〈明天啊，明天〉，談俄國農民的苦難歷史；她介紹高爾基的〈海燕之歌〉，討論詩中的風雲意象與聲韻，反映革命前夕的驚怖與希望，也談詩的布局與語感。

跨校的詩社，多數是學生，還有部分工人與記者，大家年齡有別，但中文程度相差無幾，都是從頭學，比較起來也沒壓力。進善學會使用熱情洋溢的詩句，表述重返祖國懷抱的激動。他的詩句充滿土地、森林、河流、海洋甚至星辰的意象，但沒有人。好幾次，姜老師特別朗誦進善的詩句，說他的文字有很強的感染力，不過，抽象的思索較多，蓋過現實的描述。

「我總有一點固執的看法，認為詩應該是屬於大眾的，要使多數人看得懂才好。」姜老師說。

「文學若要以普羅大眾都能讀懂為標準，多少會降低水平，淪為淺白。這可能會討好讀者，但並沒有對群眾起到帶領的作用。」大學生余啟正說。他年紀較長才入學，戰前曾至上海經商，親身參與過對日抗戰，中文說得比一般人好，文章也寫得較為晦澀沉穩，意象繁複。

姜老師發給大家一首短詩：

我們的生活：
太陽和汗液。

太陽從我們頭上升起，
太陽曬著我們。
像小麥，
我們生長在五月的田野。

我們是小麥，
我們是太陽的孩子。

我們流汗，

散發著太陽味。

「這是抗日時期青年們生活的寫照，詩裡完全沒有生字，但一樣充滿力量，反映那一個時代的精神。」姜老師說：「創作的意義，不是要創造前人沒有用過的詞語，而是要創造新的思想和精神。」

「流汗，散發太陽味。」進善複述了一遍，以閩南語輕聲注解：「真正有元氣，莫怪抗戰會勝利。」

余啟正側過頭，饒富興味地注視他。

「姜老師說的對，說大眾聽得懂的話，並不會降低認識水平。」擔任記者的蔡明耀說。他的頭髮蓬鬆凌亂，黑色玳瑁邊框的方型眼鏡，上薄下厚的嘴唇有一種欲言又止的不協調之感。要明確表達意見時，他就會直接轉以閩南語流暢說明，台灣青年的詩作目前罕見這樣明朗的聲音，和文字能力無關，而是時代變化太快，還沒能從殖民地的痛苦中走出來，新的國家又令人失望，他環視一圈，垂下眼睛：「現此時，寫啥物歌詩攏毋著。」

「著毋著無一定，無一定啦。」姜老師接住蔡明耀的話，對大家說：「好的創作要對現實有敏銳的觀察，也需要思想的鍛練。」

那次討論之後，姜老師會主動拿書給進善閱讀，多是一些手抄的詩作，沒有作者的名字，但充滿改革的朝氣。進善猜測這些詩作多數來自大陸，內戰尚未結束，學生之間很多中文書報流傳，討論也很熱烈。

他選讀地理科，對港口、火車等工業文明已然失去熱情，專門研究河川、湖泊、溪流等自然景觀，著迷於那些劃過陸地的水路，淡水與鹽水物種的差異，對現實局勢多是視若無睹。陸續發生了全島的街頭流血事件、反飢餓反迫害學生運動被鎮壓、戰敗軍人蜂湧來台，進善淡漠地聽著廣播，淡漠地寫自己的詩。他的詩句精煉，以河流和土地為意象，隱隱流露憂鬱悲觀的氣質，倒也呼應了整個社會的焦躁不安、青年的徬徨未定，帶來一些矚目與議論。

以為可以置身事外，但時代不允許。詩刊被檢舉，重要成員全數被捕。那是風聲鶴唳的年代，再如何沒有政治敏感度的人，都知道已經有很多人半夜被帶走就再也沒有回來。更何況，他的政治冷感原本就是因為政治敏感。

抽屜裡搜出來的幾本書，《大眾哲學》、《論新民主主義》會是危險的嗎？那是姜老師影印給大家閱讀，關於如何與大眾對話的方法。書架上幾本翻譯成日文的俄國小說會有問題嗎？他早想丟掉，但實在日文還是他較熟悉的語言，沒捨得丟。

文字真的很危險。他從學校宿舍被捉走的時候，甚至來不及請室友轉告家人。事實上，就算來得及他也不知道可以轉告什麼，帶走他的人，以及他將要去的地方，他都不知道。

他心裡作好被刑求的準備，甚至想好了如果撐不住可以自盡，以免害了別人。但沒有人刑求他。他被單獨審查，日光燈下夜以繼日，重複問著很細瑣的事。

有時候，審問者出去了，一小時後再回來，有一絲油脂味附在嘴唇上，牙縫沾著細細的蔬菜殘餘。審問者甚至毫不遮掩地打了飽嗝。而年少的進善已經一整天滴水未沾，口渴到冒火。他又一次嘗到飢餓的滋味。喪失尊嚴的飢餓，還有渴。非常渴，比餓還難受一百倍。他幾乎想跪下來懇求喝口水。

「你自己說好了，你才十九歲，還是個學生，總會糊塗。知錯能改，善莫大焉，聽過這成語嗎？」審訊的人油光白面，是當時很罕見的胖子，長相斯文，但鄉音太重，很多字眼若聽不清反問幾次他就會破口罵人，你是豬啊連這個也聽不懂。

不給睡，繼續問，無聊的、敏感的全攪和著問。

當過少年工的過往，會被挖出來嗎？他和那些有抗戰經歷的半山不同，他們提早選擇了正確的道路，是有覺醒的人。但他不是，他才十二歲就自願成為皇民，被編派進戰爭武器的生產線，助攻助打。少年工的經歷，早已隨著政權更迭成為汙點，但爆炸的軍機照亮泛著紅光的年輕面龐，為殺戮而狂喜的自己，才是他最想逃避的戰時記憶。

戰爭結束前，他燒掉鹿皮頸環與一小本俳句筆記本，裡面多是歌頌戰爭的俳句，向絕美的月光戰鬥機致上最高敬意，為即將犧牲的靈魂祝禱，極致的美就是為國犧牲。那些日文詩句一直鏤刻在他腦裡，不知道會不會半夜說出口，如那些不可控制的尖叫？

從來他就對語言當真，說過的無法被抹除，新的覆蓋舊的，但舊的未曾消失，表皮一旦刮掉就露餡了。

「余啟正和蔡明耀都已經招了，大部分學生還不知道姜秋霞是共產黨。姜老師特別欣賞你是吧？他們都說，她常念你的詩，印一些資料給你看，她還帶你去見過什麼人？」

搖頭是不成的。再問一次，再一次，你再想一想，這怎麼會忘記呢，再想想，一定有，仔細想就會想起來了。審問過程，光是身體的虛耗就足夠瓦解他的意志，到後來他大概只能不由自主地點頭吧？既然你都承認了，那當場還有誰？余啟正同班的幾個我們都知道了，你們學校除了你還有別人嗎？你還認識什麼工人嗎？都是誰帶來的？姜老師說了什麼？

既然都知道了，那就說一些，說一些他們已經知道的事好了。進善重複幾個已經聽到的名字，有意識隱去幾個還沒聽到的人名，摻雜說些活動裡來來去去不知名的人。審訊者沒有記錄，像是早就知道了，只有偶爾要他寫下，確認是這個真不是那個貞，或者這個義不是那個毅。他寫下一個名字，後來就覺得都一樣了，把詩社裡主要的成員名字都寫下來，包括他自己，這都是同仁刊物上找得到的名字，寫出來和印出來沒什麼兩樣吧？他自我安慰地盤算著，今天說了明天又後悔後天又覺得不是問題，反反覆覆，分不清楚真假。姜老師沒有要我去參加共產黨。我不知道她有沒有找別人，但我們開會的時候，她從來沒說過。

他領到紅布製的短袖囚衣褲。那件紅短褲太窄，穿久了會有勒住睪丸似的緊繃感，陰莖被過度磨擦而疼痛地勃起，有時睡到半夜發現自己光著屁股，想來是身體受不了剝下透氣，只能忍住羞恥繼續裝睡。

之後轉了幾個牢房，多是戴著手銬腳鏈，徒步穿越街道走去，自己為自己移監。從總督府後面的牢房，走到看不到總督府的地方；從寺廟似的保安處大牢，關進鐵工廠般的保密局北所，每一處關押都擠滿了人。

同房的人太多太擠，汗貼著汗，臭蟲與虱子從這個身體爬行到那個身體，每個人都長癬，有時摩擦到粗糲的皮膚，若還會痛表示表皮仍是好的、敏感的，不痛了就成為擦痛別人的頑癬。排便坑上以木板覆蓋，剛關進來的人都被分配半身睡在上面，直到有更新的人進來替換。

黎明時分，會有人被點名戴著手銬與腳鐐出去了，不會再回來，也許空出一點只容側睡的位置，很快就被塞滿了；也許留下一些遺物，還有不知能否外傳的遺言。最後他被送到軍法處，再繼續關押九十多天，只提審開庭一次，他被要求自新，確認之前寫下的名單，然後獲判無罪。

詩社的同好們常討論文學要反映現實，暑假也曾安排幾趟到礦坑、工廠與民眾接觸的活動，後來還有工人加入部分讀書會。這些都是進善沒參與到的，但也都被挖出來了。幾個學生被送到綠島新生訓導處接受感訓，也有人被判了八至二十年不等的刑期，陸續槍斃的名字刊登在報紙上，包括姜秋霞、蔡明耀，還有幾個他未曾見過的工人。

判決後得以給家人寫信，通知寄送日用品和錢。等到他返家時，才知道阿公已然過世了。臨終前，阿公還是覺得他頭殼壞去、不知好歹嗎？

他現在終於知道了，特務真厲害。他們斯文、冷靜，有條不紊誘你招供，招了你就成為共犯，招多招少都再也不乾淨了。一旦寫下悔過書，換取一紙自新證，從此成為無刑之身，但終生是有罪之人，再也沒臉去見那些被判刑者，他們都比你堅定而勇敢。極權從來不直接，他們繞著彎，以恐懼、疑慮瓦解對手的內聚力：因為擔心被出賣、消息走漏，因為懷疑同志的可信度，而彼此提防，互有猜忌，無以黏著的沙塵，風一吹就散。

師範畢業後，進善被分發到新竹任教，離開所有相關或不相關的人。唯一和他保持數年連繫不斷的，是每月到派出所報到，讓他不曾須臾片刻忘記，那條勒住睪丸的紅短褲。

昭順老家在屏東，進善帶了一盒西點前去探望。

老父老母就一個兒子，人死了像什麼盼望都沒了。四十多歲的農民已然頭髮花白，三七五減租後肥料漲了，日子沒更好。田裡種著紅皮甘蔗，但老農的微笑都是苦的。

那絕望的眼神，他不敢回頭看。

收買

一格一格的窗景快速後移，返回台東的火車總讓人在平靜的心情下，不知不覺搖晃睡去。余霽喜歡靠右側窗，看中央山脈相連的田地與溪流。秋收時節，金黃色稻浪綿延到起霧的山腳，腦中浮現年輕時沒寫完的那首詩，關於不打折扣的愛情與理想，關於反抗，也關於失落和挫敗。

他已經很久不想像失敗了。每一次轉進，就是要贏，失敗的美感只留存在青春的想像，像現實的破洞，必然的墜落。難得帶妻子女兒一同返鄉，若非刻意安排，還真的很久沒搭火車了。飛機省事省時，但火車總有鄉愁，召喚的都是不能抵達的念想。

余情、余理兩姊妹沿途都在滑平板，偶爾竊竊私語，夾雜大量英文短句。

「上次我說過，該讓她們去學布農族語，你還沒安排？」

婉莉的眼睛仍盯著手機，漫不經心回應：「學了和誰練習啊？你媽都過世了，你也不會說。」

「我在推動原住民的族語認證，自己的小孩不學，怎麼跟選民交代？」

「誰會要你交代這個？」

婉莉總算抬起頭了。她的妝容精緻，講道理時也帶著有教養的微笑，真適合上鏡頭。

當初他被提名為不分區立委，為了避嫌，不讓夫妻的政媒關係引發外界抨擊，婉莉只好辭掉電視台主播的職位。若非如此，以她的家世、學歷、外貌，應該還有幾年職涯好光景。這一點，婉莉從來不曾埋怨過，她知道犧牲要換來什麼。婉莉當母親也很專業，孩子的教養一如投資，斤斤計較，多方比較，每個選擇都要能經得起損益評估。

「余情高中想申請英國 Chetham School of Music，練琴和準備雅思的時間都不夠了，學族語到國外還不是忘光光？等她畢業回來再惡補都來得及。」

「余理呢？趁著還沒上國中，趕緊加強族語。」余霽的口氣有點無奈，也有點強硬。

「你自己去跟她說。」

婉莉攤開雙手，露出可愛的虎牙。讀中學時她也戴過三年牙套校正齒列，當時流行日本女星的かわいい風，虎牙捨不得改，留著當缺陷美也很迷人。三十歲以後，她才開始惋惜當年作錯決定，嫌虎牙外露把臉型都撐大了，下巴的線條不夠優雅。

「余理愛頂嘴，她說姊姊不必學，幹嘛逼她學？」婉莉又說。巧妙地滑過損益分析，彷彿她只是個貼近孩子需求的母親。

說服小孩之前，恐怕得先說服老婆。而這一關向來是最難的。婉莉看來溫柔和氣，但極固執己見，說不動。最重要的是，余霽從來也沒打算花力氣說服。改變很難，他只希望家裡一切都交由婉莉打點，毋須他再操煩了。

這是他第一屆任期，以原住民身分搶占不分區立委名額，說來還是因為學生時代就參與黨外運動，多少有點資歷。不過同志們在街頭衝鋒陷陣、以地方包圍中央的那些年，他回學院攻讀博士累積個人條件，沒什麼具體戰績足以說嘴，只能憑藉對法案的熟悉，寫點文章，上電視辯論不時秀幾句布農族語，勉強要到不分區末段排名。若非上次選戰出奇大勝，根本輪不到他就任。如今又面臨大選，他的網路聲量不錯，但能不能擠進安全名單還很難說。擔任不分區立委以來，他更了解這個位置的諸多難處，如何配合黨意，又能適度突出自己的社會清流形象，更是需要加倍用功，學習折衝與協調。

返鄉，主要還是探望父親，老人家獨居多年，不肯北上。此次藉著中秋節返家團圓，也親近選民。中秋節烤肉早已成為全民運動，不分原漢，都在月光下烤肉，地方黨部已經透過教會安排團圓賞月，多元融合，和他的原漢混血很配搭。余情和余理的脾氣和派頭都不小，要保護她們不上鏡頭只怕防不勝防，也許就讓她們留在爺爺家。至於婉莉，總是恰如其分，既具備獨立自主新女性形象，也懂得適時扮演賢內助，必要時兩人一起登台獻唱，她還能國台語雙聲帶轉換自如，完全無可挑剔。

這兩天要捉緊時間，他低頭在手機行事曆鍵入特急，請小將幫他惡補一首布農古調。黨在原住民選區的根基不穩，需要的是能直接參選、贏得席次的人。他的戶籍自小跟著母親納入高山原住民區域，但沒有實質在部落生活的經驗，也未能累積足夠厚實的在地人脈，更關鍵的是，他不是教徒，要打入占七成的教會人口，需要加緊布局的，實在太多了。他默默背誦了幾句常用族語，最掛念的還是晚會的選曲，八部合音的難度高，要配合部落耆老的時間也不容易，最好是吟哦式能飆男高音、富感情的獨唱，恰能突出他遺傳自母親的嘹亮音色。

灰色鐵欄杆內是藍漆木門，窗戶、牆側也都漆上藍框，看來古樸素雅。父親退休後，搬遷至市區的二層樓老房子，每年都會親手粉刷一次，直到近年體力大不如前，想來是小將幫忙上漆，維持老屋新意。

客廳桌上的水果都切好了。柚子剝皮去膜，一瓣瓣攤平排列成花朵似的擺盤，余情最愛的鳳梨釋迦也對切，附上小湯匙，完全是為都市人準備的方便享用的。余啟正坐在沙發上，似是等候已久，快要睡著了。

「爺爺！」余理先衝過去抱住老人：「我回來了！」

還好帶了孩子。余霽暗自放心不少，否則還真不知要跟父親如何相處了。這些年，老人記憶力衰退得快，記憶依事件跳躍、點狀式隨機浮現，遠在天邊的可能最是歷歷在目，近在眼前的卻多是稍縱即忘。但這症頭，年過五十的他也或多或少都有，無從倖免。

「怎麼現在才放學？」余啟正似是大夢初醒，揮揮手要余理進飯廳：「飯都涼了，媽媽等你好久了。」

余理回頭看了余霽一眼，余情放下行李，也看著他。父親的衰老、失憶，像是兒子的責任，他上前握住父親：「她是小理，你的孫女。」

「孫女？頭髮這麼短是女生嗎？」老人露出慌張的表情，「那余霽跑到哪裡去了？」

「我是余霽，你兒子。」

「余霽，飯都涼了，你媽媽等你好久了。」老人露出放心的微笑，掙脫他的掌握，揮揮手要他進廚房：「你怎麼現在才放學？」

現在，婉莉、余情、余理都看著他，余理單手遮住嘴巴，像要哭出來了。他沒料到父親的失智徵兆迎面撲來，有幾分措手不及。

「爺爺最近常常，時間跳來跳去，很多以前的事在頭裡面。」印傭蒂娜機伶地解釋，好像老人不在場。

事實上老人根本沒有聽見，他確實沿著一道異於現實的時間軸，一意孤行。他看著已然中年的兒子，視若無睹，連聲催促那個記憶中尚稚幼的男孩：「快去吃飯，別玩了。」

「好啦。」

余霽走到老人的背面，離開他的視線。轉過身，直著聲音問蒂娜：「最近，多久了？」

「星期一和星期五，有時候有，有時候沒有。」蒂娜像早就背好了，快速回覆余霽，但眼睛看著婉莉：「先生太太，房間好了，飯也好了。」

「Okay，」婉莉立即轉身走向轉梯，明快地下了指示：「余情余理，先把行李拿上二樓，洗手洗臉，要吃飯了。」

妻女們離開，余霽緩口氣，想著該如何面對這個局面。父親向來自許努力不懈，積極學習新知，也不忘鍛練體魄。就算年輕時背部受猛烈重擊而留有宿疾，數十年來一直維持每日晨跑的習慣，像是以持續運動戰勝身體的挫傷，直到隨著老年退化成痼疾，才改為健走。歲月催人老。老人只能節節敗退，身體與心靈的，無從修補的漏洞百出。

那個嚴厲的、自律甚高也對兒子要求毫不放手的父親，現在到哪個時空了？

老人的白髮銀亮柔軟，臉頰有午睡後的潮紅，曾經偉岸的身軀如今癱在沙發上，像縮水了，皮膚都皺了。眼睛倒是清亮的，視線多在遠方，身體走不到的地方。也許要伸手，用具體的碰觸搖醒他，老人才會一時回神看見眼前的人，露出恍如隔世的表情。啊，你在這裡。但這裡又是哪裡？此時又是何時？

「爸，我回來了。」余霽拿張板凳坐到父親對面。

「伊曼，」余老喊他的布農小名，神情愉悅地說：「我等你們回來等得睡著了。小孩子沒一起回來嗎？」

「都回來了，婉莉和她們先到樓上整理行李。」他小心窺探父親的表情，「你睡了多久？」

「打盹一下，夢見你媽媽在炒菜。」他雙手壓住沙發，試圖站起來。

蒂娜趕緊上前扶住他：「爺爺，慢一點。」

「謝謝。」余老對蒂娜客氣地說，示意她沒事可以走了。他把手搭在兒子臂膀上，「你陪我出去走一走。」

彷彿偵測到非比尋常的馬達啟動了，屋角的老狗警覺起身，跑過來偎著磨蹭老人的腳，哈氣等著出門蹓一圈。

蒂娜跑來趕狗：「加油，走開！爺爺要散步。」

「沒關係，讓加油出來玩。」

父子倆跨出木門，沿著巷子慢慢走，牆角有一株忍冬，高與人齊。也許是氣候暖化所致，十月竟仍開著花，風吹過了就是一陣芳香，轉瞬即逝。非要湊鼻向前，專注感受，只有她，那花香才完全對你舒展，一旦分心了，忙著走路或說話，就無法品味忍冬特有的沉靜濃郁。

路經花叢，余霽順手拔取最璀燦的一枝。嫩白杏黃雜生的忍冬花，花冠挺拔向外開放，花瓣修長微敞，太美。放進胸前口袋，若隱若現的香氣，熨著心跳的溫度。

多久以前了？他們一家三口還住在台東濱海小學旁的水泥屋裡。水泥屋的屋況不佳，但年年都會添添補補地翻修，前後院都種滿了花，常常搬了桌子到大樹下吃飯，鄰近的貓狗都會聞香而來。

每逢寒暑假，全家人會到母親秋美的娘家，在花蓮卓溪鄉的布農部落，度過悠長假期。那是余霽童時最耀眼的記憶，山裡從來不無聊，每天都迎來不同變化。野孩子終日遊蕩，向晚時，母親會從田裡採摘晚餐要吃的玉米和青椒，父親常自山林裡撿拾木柴回來，燒火煮飯、炒菜、烤肉。

漫漫白日，余啟正喜歡雕刻，用刨刀雕出耆老口述的布農傳說。他的木雕手藝普通，古拙樸素有點意思，但不夠靈活生動。部落裡會有人教他，這個人經常是舅舅秋山。

「雕之前，要好好想一想，感覺樹的靈魂，感覺它在山林裡的生活。你不認識木頭，是雕不好的。」秋山說。

「難道我要自己上山劈材嗎？」余啟正認真就教。

「它們不是材，是樹的一部分。要先問樹希望成為什麼。」

這些話，連童稚的余霽都聽得出來純是唬爛，在平地受教育的秋山，根本不曾雕過任何木藝品。但書呆子爸爸很信這一套，每刀下手都見他閉目沉思，敬拜天地，像獵人在山裡一樣。

也許是儀式做足了，心就靜了，爸爸愈雕愈到位。秋山摩挲再三，認證般說出評語：「你看，樹笑了。」

直到國小畢業那年，余霽才被允許夜間跟著外公一起上山狩獵。

在夜色的掩護下，獵人們屏息而行，幾近無聲，或者腳步聲被森林的蛙鳴蟲唧給消融了，像蜥蜴靜默的爬行。舅舅們敏捷地靠近陷阱，那些白天時先以尖木、利竹與土塊設下的陷阱，偽裝成森林的一部分，直到被獵人揭露。陷阱裡若有所獲，腰間的利刃快速割斷山羌或野兔的咽喉前，每個人都低頭默禱，感謝動物的貢獻。

一回他們在山裡看到一只捕獸夾上留有腳掌與血漬，明顯是為了求生而撕裂腳掌逃脫的野狗。真正的獵人不會這樣做，太過分了，秋山說。同行的表弟小將看著斷裂的犬掌，默默流下眼淚。

遇到特殊節慶，需要獵殺較大型的動物，外公和舅舅會扛著陽春老舊的槍枝上山，一路留意獵徑的足跡，尋找合適時機。槍砲射出前，必然是漫長的等待，直到人體氣味消融於森林野氣之中，動物才會失去警覺，徹底鬆防。獵人至此才射出第一槍，一擊就中，否則火藥味會嚇跑附近其他獵物，再來就很難有所斬獲了。

黑暗的森林，危機四伏，獵人屏息待擊，也有一些眼睛盯視著獵人。他們獵殺動物，也冒著被獵殺的危險，彼此都不曾鬆懈。夜間的森林狩獵，參與者都有權喝下獵物的鮮血，生血入腹，感受熱量從胃底一路上升到額頭。秋山挖掉內臟生吞之前，會先低聲敬天敬地敬祖靈，邀請看得見與看不見的大家一起共餐。這些神祕的，幾乎是宗教感的儀式，彷彿和整個森林的聲息相通。

高中以後，余霽就難有機會上山了，幼時與他親近的小將，也因為進入都市工作而漸行漸遠。後來，余霽北上就讀大學，忙著參與校園民主改革，並接觸街頭的黨外運動，聲援彼時剛成立的原權會正名運動，要求山地同胞應正名為「原住民」。同時間，小將像部落裡其他年輕人一樣，離開謀職不易的東部，輾轉來到南部，在幾個營造工地遷徙勞動。

那幾年股票看漲，游資四竄，營造業行情好，到處都在蓋房子。小將和同鄉的年輕人住在工地臨時搭建的貨櫃屋宿舍，夏天沒有空調，他們打著赤膊，圍坐戶外烤肉，有時偷溜到近郊的山區，捕獲瘦小的飛鼠加菜。

「肉好酸，都市的飛鼠到底吃什麼長大的？」小將點燃瓦斯罐頭，以濃厚的沙茶醬去腥味，大火快炒鼠肉，邊說邊加了一把九層塔和生辣椒入鍋。

鬧街上的霓虹燈不遠，鐵片圍起來的工地內，小將彈起吉他，很多口耳相傳的歌曲大家都會唱。像傳統林班情歌〈難忘的心上人〉，捨不得的離情依依，大聲唱著她會永遠等著你，因為事實並非如此；還有遠洋船員相思的〈船上的月亮〉，我為你頭痛為你感冒為你發高燒，嘹亮的歌聲哀傷又動人。

那些留在山上日夜伐木的，跳上遠洋漁船捕撈鮪魚的，還有像小將一樣來到都市裡蓋房子的，都是從部落走出去，要很久很久才能回家，或者再也回不去。小將望向竟夜不熄的霓虹燈，說起小學時被霸凌的經驗，還有心中暗戀的那個女生，大家都笑了。他們說漢語時，習慣把尾音揚起來，生氣也像在開玩笑。

十數年後，當余霽博士被延攬進入中央政府的原住民族委員會時，小將早已返回家鄉，像很多被迫棄獵、務農求生的布農族人一樣，在零碎的山坡地上，種植洛神或生薑。部落裡原本種稻，但稻價被政策性壓低了，人人改種經濟性作物，隨著市場飄動，像賭博，務求人定勝天。但贏了老天也沒用，人會騙人。幾年前有平地的商人來到部落，大力鼓吹種植薑黃，說是新興的消炎養生新貴，市場價大好。很多族人都翻了地，改種大面積的薑黃，收成後卻無人出面收購，幾甲地幾甲地的薑黃生產過剩，採收的人工費還不如賣價。

那一次，損失慘重，秋山一家都受到牽連，負債至今。

余霽成為不分區立委後，黨內為他設定的政治目標，是未來直接參選，贏得山地原住民國會席次。他的選區遍及全台灣，聘用小將擔任服務處主任，也就是將花東腹地廣大的布農族群全交託給他，也委請他照料不願北上的父親晚年。

小將是獵人，也是農人。這兩者的生產型態不同，前者專注於當下所需，後者的努力則放眼未來，截然不同的生存邏輯，同時壓在部落族人的天秤上，左左右右擺盪不定。小將當上地方服務處主任也常感搖晃、擺盪，有時藉政黨之便，幫了部落做了些一些快速牽水管、修馬路的事，彷彿權力在握；有時蒐集部落意見，作為余霽問政的現實基礎，修修改改成他也說不清楚的法令制度。更多時候，他要忙著擺平部落對既定政策的民怨，且不一定擺得平。

返回部落的路上，小將還是常常見到喝醉路倒的青年，他認得那巨大的絕望，數十年來一直沒有改變過。

轉出巷口，余啟正的膝蓋慣常性地痠痛，一時未能調整好，運氣不當，踉蹌止步。他倚著牆，停下來大口喘息，劇烈咳嗽。

加油焦躁繞著他轉，發出哭泣般的低鳴。

「加油，去！」余啟正扶住兒子的臂膀，右手指向前方。加油歡快向前奔跑，不到十公尺遠回頭，原地繞圈圈等待，嗚嗚咽咽，被主人揮舞的手勢逼著再往前，再回頭，環繞跳躍，依依不捨。

「不枉費養了加油十幾年，」余霽撐住老父，看著加油繞圈子，半自嘲半慚愧地說：「牠比我這個兒子陪伴你太多了。」

「你和加油比什麼？你有你的人生，孩子是社會的，又不是我個人的私有財。」

熟悉的老父又回來了。父親一生致力於消滅私心，看重人與人關係的公共性，就算做不到也要催促自己努力企及。他向來自制，待人寬厚，特別是那些沒財勢的鄉下人、農人、工人、看護，他都特別客氣有禮。但余霽是自己人，因而被納入嚴格自律的範疇，讀小學起就要每日早晨練毛筆字，晚上睡前必反思今日事今日畢，受惠於人者要一一唱名銘謝。這曾經是余霽年少叛逆時，最痛恨的例行事務。

理想之於父親，也許近乎信仰吧？余啟正守護尊嚴的方式，就是毫無怨言地接受生活清貧，但精神上不可稍有懈怠，不可背離理想，即便那理想曾招致他入獄、生活常受監視。

「我知道。」余霽說。可是，他苦澀地想，理想是需要物質基礎的，若非有我負擔蒂娜的薪水和你的醫藥費，又何以誇口公共財呢？連加油的飼料都是我這個不夠堅持理想的兒子支付的啊。

「你什麼都不知道。」余啟正神色緊張，悄聲說：「我發現了，蒂娜每天給我泡的人蔘茶有毒，我不敢喝，偷偷倒掉，不敢讓她知道我發現了。」

「人蔘茶是婉莉從韓國帶回來的，給你養氣、補身體。」

「蒂娜一定是他們派來的。」

「他們是誰？」余霽衝口而出，隨後深吸一口氣，儘可能裝作平靜：「為什麼下毒？」

「我又不是她的誰，為什麼她要叫我爺爺？為什麼泡茶給我，要我吃藥？我走到哪裡她就跟到哪裡，每天看我睡覺了才回她房間睡覺，她在監視我。」余啟正的手指陷入余霽的臂膀，穿透薄袖的力道應該是捏出淤青了。

「蒂娜不是監視你，而是照顧你。」

「我需要什麼照顧？」他大口喘氣：「這麼多年了，他們還不放過我？」

余霽熟悉這個眼神，從小，父親就是個隨時隨地都高度警覺的人。在家裡講電話，不管對象是誰，余啟正會先探頭看看門外；從學校返家，余啟正習慣先閃入家門，再掀起百葉窗的小縫往外偵察數分鐘，待確定無人跟蹤，才能放鬆身心真正回家。余霽印象特別深刻的是，全家人一起上山、出遠門前，余啟正必在門窗縫布置一些隱祕的小機關，如落葉、貼紙之類不起眼的小東西，待返家後一一檢驗是否還在原位。

若是小機關易位或消失，就聽他喃喃自語：「果然，他們進來搜過了。」像是與特務鬥智，沒有獎賞、無人知曉的精神勝利。

若紙片或落葉仍留在原地，他必狐疑打轉，甚且有次脫口而出：「真的嗎？他們總算放棄了嗎？」幾乎是若有所失。

隱祕的監視之眼，無所不在，余啟正自動背著它，如影隨形。他轉身探察它，只來得及瞥見線索的毛邊，像小狗繞著尾巴轉，一圈不夠再一圈。監視的終極效力，在於你以為它在運作。缺席也是運作法則的一部分，若隱若現，無以確認，永恆的監視於是自我生成。

通常，秋美總是視而不見。她習慣先打開門窗讓風、陽光、空氣進來，邊哼歌邊汲水到屋前屋後澆花、餵養貓狗，從沒有上鎖的木信箱裡拿出廣告紙與郵件。直到花草動物都得到滋養了，秋美才返回客廳，掃地、掏出待洗髒衣物，並大聲催促父子倆快去洗澡。

這麼多年，已經沒有媽媽來召喚爸爸返回現實人生了。

「爸，是我請蒂娜來幫忙照顧你的。」余霽試著讓聲音活潑些，有生氣些，但顯然並不成功。他轉而說服父親：「你看，你現在一個人住，如果出事該怎麼辦？」

「出什麼事？」余啟正警覺起來，四下張望，監視從四面八方來襲。他氣惱地說：「還能有什麼事？」

「沒事沒事，」余霽嘆口氣，「不然你和我去住台北，蒂娜就回印尼好了，不要她留在台灣，好不好？」

「送蒂娜回去？那，那她的小孩要上學沒有錢怎麼辦？她的田地都抵押了，仲介費還不完怎麼辦？她每天辛苦工作，你這樣叫她走就走？像蒂娜這樣的勞動者，遠離家鄉到別的國家工作，還領最低的薪水，是我們占她便宜你知不知道？」

顛三倒四，余霽想著，剛剛才懷疑別人是特務，現在你又變回那個滿口仁義的理想者了。父親的失智症狀看來不輕，短短一小時內，就親眼目睹他接連變換四種情境，自導自演，他這個配角倒像是個薄情寡恩之人。

「你知道蒂娜家裡不好過，就不要再懷疑她了。她怎麼可能對你下毒？她照顧你兩年多了，你忘了嗎？」

余啟正沒看他一眼，揮手召回加油，若有所思，自顧自倒轉回頭。

「下個月我請小將載你上台北，我來安排健康檢查，讓醫生幫你全身檢查一遍，好不好？」

余霽伸手要扶，父親側身滑開。

「你也被他們收買了，是嗎？」老人低聲說，獨自佝僂前行。加油繞著他前前後後磨蹭低鳴，一人一狗相依作伴。

一陣混雜著汗味的忍冬花香撲鼻而來，余霽掏出口袋裡的花屍，早已枝離瓣散，好臭。

被留下來的人

剛踏進亞洲區的台灣館，就見到克里斯。看來他等候已久，但並無急躁，人未逼近，只攤開手上成疊的展場資料，示意芬芳坐下，遞來一杯熱咖啡。

人來人往，她給了克里斯一個感謝的微笑，用談生意的姿態坐下。她低頭啜了口咖啡，燙，但適足以鎮壓掏出酒瓶的衝動。

需要換個地方嗎？克里斯關心地說，維持禮貌的距離。

不必。她開朗地用微笑回應四方湧來的招呼聲，低聲向克里斯交代：我搞砸了，又開始喝酒。

怎麼了？

太難說。關於背叛，關於悔恨，我一個人解決不了。

放心，他輕鬆地笑了。我今天跟住你，不准你再碰酒杯。

我得工作。

好，你現在去招呼所有該招呼的人，晚上把時間留給我。記得別被中國廠商拉走，他們不可能不要你乾杯。

很好。你就說要採訪我，讓我有媒體露出的成績，回去好交差。我們今年訂了很驚人的膠原蛋白原料，你想像不到亞洲女性有多怕老，光是抵擋皺紋的商品，就吸納多少創意和美學，吃的擦的喝的都有，送你幾款藝術品等級的面膜，保證人見人愛。

噢，聽來很棒。這則新聞可以做得有趣又立體，正好平衡一下我的報導傾向，免得大家都認定我只追著結構議題打，太不討人喜歡了。

謝謝你。芬芳總算露出笑容，不能和你去度假了，我想儘快回台北。

你至少該流露一絲惋惜，如果你真心謝謝我。克里斯盯住她，作勢捶捶胸口：我也會受傷。

走了，我先去和幾個新廠商換名片。再不露面，很多流言就會出現了。芬芳站起來，拍拍克里斯，拜託，明天告訴我你找到新的玩伴了，別讓我帶著罪惡感回家。

東柏林巷弄間的小餐館林立，桌椅漫溢到門外的石磚路上，行人與侍者斜側著身，在夾縫間穿梭而過。這一帶街牆新舊夾陳，特色小店個個張牙舞爪，既刻意狂妄，又隨意不羈。在熱鬧雜匯的音樂聲中，總有某條暗巷，一轉身就通向令人寒顫的死寂。

芳芬坐下來，抬眼窗外，對面的牆壁上居然繪製了兩人高的安妮，是的，就是那個在阿姆斯特丹的密室寫下囚禁日記，但來不及長大的猶太女孩。絡繹不絕的觀光客，站在巨大的安妮前自拍或合影，年少的安妮望向遠方，那時候，她還不知道死亡就近在眼前。戰爭、屠殺、隔離、恐怖治理，柏林圍牆拆掉三十年了，東西德的矛盾與衝突迎面對撞，殘骸與新生都集中在這個城市裡，有太多故事要說，或說不明白，只能以自身痛楚的擠壓遺痕，袒露給全世界。

克里斯叫了一份墨西哥鷹嘴豆泥捲餅，再一份印度奶油雞烤餅。這裡什麼都混著賣，不講究道地，匯雜矛盾就是它的身世。芬芳點了番茄肉醬義大利麵，分量大得驚人。她感覺到背包裡的酒瓶發燙，可以犒賞自己了嗎？一整天沒碰一滴酒。她難艱地琢磨該如何開口，要一杯啤酒不過分吧？

——兩杯蘇打水，冰塊多一點。克里斯幫她作了決定。

氣泡快速旋轉上升到杯面，晶體冰磚在綠色的玻璃杯裡哐嘡作響，又熱鬧又冷冽，牙齦隱隱發酸。

——十七歲，真是可怕的年紀。

芳芬說，像在說別人的故事。使用非母語似乎讓往事比較容易出口，主詞、動詞簡單清晰，少去不必要的牽拖：

——我後來才知道幼純打算生下小孩，她一直是那樣，敢做敢當，我覺得我被小看了，在她面前沒有自尊。那段時間，她寫小說，有時到校刊室和我爸爸討論作品，放學後還繼續談，也許他們還談了什麼別的我不知道。但我感到被孤立。憤怒的十七歲少女，只有最慘烈的痛苦才能抵銷被孤立的感受吧？

——我懂。

——你怎麼會懂呢？連我都不明白。芬芳粗魯地打斷。那是八〇年代末，台灣解嚴了，但社會還很保守。懷孕的高中生，根本就是要被退學，更何況她和已婚男老師留校討論，誰知道他們還做了什麼？最後，她退學了，父親辭職了，只有我還繼續考試、上大學，好像沒事一樣。

——我的天，這根本是一場風暴吧？也許你才是真正被擊中的那一個。

——爸爸為什麼沒有阻止她？我不知道，也許是因為那是余霽的孩子。余霽的父親和我爸爸在戒嚴時期曾經被捕，余伯伯坐了幾年牢，我爸爸在看守所待了好幾個月被判無罪釋放，他可能因此覺得對不起同案的人吧。

——你的父親是政治受難者？

——嗯，台灣的白色恐怖，內戰的延伸。就像冷戰期間的麥卡錫主義，你知道，全球性追殺共產黨人。表面上，我爸爸無罪，但這個經驗影響了他一生，痛苦、暴躁、人格扭曲。

這是芬芳頭一次談論爸爸的政治事件。之前渾然不覺，直到陪伴父親到六張犁公墓祭拜之後，她才約略勾勒出當年的詩社叛亂案。也要到爸爸過世多年以後，社會的討論多了，過往的檔案也可以在網路上找到了，她才覺得有能力說出一點模糊不清的看法。

——你和他談過這件事嗎？

——他不談。事實上，整個台灣社會在解嚴前都不談，等到能談的時候，又發生幼純的事，我拒絕和他溝通，沒機會談。這也許是我受到最大的處罰，是我自作自受。

——不說出來是不行的，創傷會化膿，不會好。克里斯啜了一口蘇打水，躊躇著挑選合適字眼，我的外婆在二戰時曾被關在集中營。

——嘿，我不知道原來你是猶太人。

芬芳停下叉子，看看克里斯，又看了一眼窗外無所不在的安妮。

——我沒見過我的外婆。母親說她患有嚴重的憂鬱症，三十幾歲就自殺了。她努力從集中營活下來，卻像其他傷心的倖存者一樣，自己殺死自己。

——我很遺憾，這太痛苦了。

——如果當時的社會不是決定向前看，而是好好停下來，梳理創傷的集體經驗，也許她有機會戰勝個人的罪惡感。畢竟從地獄裡走出來，是沒辦法靠自己擺脫陰影的。不幸的是，她來不及活到社會轉向。

克里斯應該是思索過很多次了，也許整個家庭在過程中付出慘烈代價，直到第三代才有條件回頭省思。芬芳咀嚼著他話語中的個人與集體，說不出口的痛苦，若不是回身自傷，就是亂刀砍人。父親有一陣子迷上養鴿，先是在院子裡飼養雪白的鴿子，生活裡開始有了什麼值得期待。後來他時常夜歸，或竟夜焦慮打電話下注，才知道他竟在外簽賭賽鴿，連房子都偷偷抵押了還債。那也許是爸爸最接近潰敗的時刻，芬芳簡直不忍目睹，天天藉故準備高中聯招，躲過父母的激烈爭吵。媽媽如何撐過來，她不知道，但輸不起的爸爸並未振作，他緊抱著挫折，好似有了藉口更悲觀、更退縮，對一切變動多持否定，幾近刻薄。

當年那個讀報紙教她識字的父親，像是芬芳編造出來的謊言，現實裡再找不到絲毫佐證，連想到要找尋，都會忍不住心虛。

解嚴後鬆動的社會氛圍中，各種思潮與運動一一冒生，爸爸的態度還是否定的，既關心又害怕，既焦慮又擔憂。是聯絡上余伯伯後，他才改變了嗎？他又冀望著余齊什麼？也許一切發生得太快，又或者是積沉了太久，他自己的負罪感，終究是沒能來得及消解吧？

做錯的事，犯過的罪，是能夠消解的嗎？

——每個人的經驗都不一樣，要很多個經驗湊在一起，才看得見自己的故事在什麼脈絡，有什麼歷史意義。

如果整個社會早一點開始討論，爸爸會比較釋懷嗎？罪惡是可以戰勝的嗎？勝過誰？芬芳一口喝下半杯冰鎮的蘇打水，氣泡全堵在她的鼻腔，有點酸，有點刺。低頭看看餐盤狼藉，一大盤義大利麵全吃光了，刮淨的番茄醬像鐵鏽的血痕。

克里斯微笑著，將尚有半盤印度烤餅推向她：奶油雞咖哩實在是太棒了，你一定要嘗嘗看。

展期結束當天，克里斯到飯店接她。兩人飯店相距不到五十公尺，芬芳的謊言被輕易揭穿，但也無所謂了。隱藏痛苦的人，誰不是言不由衷呢？說謊與緘默一樣，經常身不由己。

天氣好，陽光普照，大教堂前的草地上橫躺了曬日光浴的人。沿途都是高聳的溫帶林木，栗樹、菩提樹、梧桐樹都枝葉茂盛，色澤豐饒，隨風墜落的枯葉，金黃耀目，散放淡淡的秋香。

克里斯領著她繞進森林，進入一道無門的鐵鑄通道，兩側以霧面玻璃圈起完整的園區。眼前是一整片草地，以不規則的石磚圍起一座圓形的美麗水池，映照著天光雲影，也映照著秋黃樹影，美得像定格的電影畫面。環繞水池的一圈黑石帶，鏤刻悼亡的詩句，透過清澈的水面可以讀出悲傷。

——這是為辛堤人和羅姆人設立的紀念空間，我但願我外婆曾經來到這裡，也許她的悲傷有機會得到一些釋放。

——你是羅姆人？

——據說是從印度南方一路向北遷移，到我曾祖父母那一代才流浪到德國。我的外婆歌唱得好，舞也跳得很美，二戰時整個家族死了一半以上，她也許是因為美麗而活下來，但這個恥辱令她終生痛苦。

——抱歉，我昨天聽到集中營只想到猶太人，實在太愚蠢了。

——還好，大家都這樣。

克里斯轉向水池，陽光灑在他臉上，留下秀緻鼻翼的陰影。

——我知道的歷史很有限，需要補課。

這是個靜謐哀傷的紀念空間，以川流不息的水池作為追憶主體，高大林木懷抱，幽遠深沉，美得像首詩。草地與石板上都遍布落葉，褐色黃色綠色紅色斑斕豐美，層層疊疊，彷彿一腳就要踩上誰的心跳。

芬芳繞到與大道區隔的霧面玻璃圍牆，慢慢閱讀納粹屠殺辛堤人和羅姆人的經過，有的地點與事件超乎她的認識範圍，但線性大事紀勾勒出連續的殺戮與逃亡。

——補課需要時間。我母親出生於戰後，她喜歡法國，就算一輩子都困在巴黎郊區，沒條件進駐城市中央，但她一點也不想繼承羅姆人的流浪基因，沒有人知道最好。整個歐洲對戰爭的反省太晚開始了，這麼長時間的沉默，對於有創傷的家庭來說，是很痛的。

金黃的落葉不斷掉進水池中，與天光爭搶地盤。墨黑的池底，襯托池面如鏡，靠近圓心處，浮現一個黑邊灰底的三角平台，置放一束粉紅色的雛菊，星星點點，有的盛開有的含苞。莫非是獻給某個逝去的人。

——你看那束花，每天都更新，不曾中斷。

——每天！

芬芳環顧四周，一名白髮的清潔工人穿著綠色雨衣雨鞋，手持漁網在岸邊，正在打撈水池中落葉，裝入黑色的大型垃圾箱。待水面稍見清淨，他踩入深可及膝的水池裡，彎腰繞行，清理殘餘的落葉與淤泥。她若有所思地說：

——紀念是要花力氣的，美麗也是。

克里斯走出園區，在林道上等待芬芳。她仔細讀完牆面的歷史說明，向清潔人員頷首致意並道別，轉身走出園區，跟上克里斯的腳步，似乎忘了昨日的煩惱，聲音帶著雀躍。

——你知道嗎？我是台灣客家人。客家人和羅姆人很像，也是不斷遷移的族群。一千多年前，我的母系祖先居住於黃河流域，因為戰亂或生存所需，一路向南遷移，來到台灣都已經是數百年前的事了。我媽媽知道這一切，雖然族譜上沒有她的名字，她是嫁出去的女兒，變成閩南人的媳婦，以母親的身分註記在我父系的族譜裡。

——呵呵，聽起來你很不同意。

——我喜歡我的客家身分，我母親就是個很強大的客家女性，在我父親暴怒、打小孩、賭賽鴿的時候，是我母親讓這個家安穩下來，彌補父親賭輸的財務漏洞。她到哪裡都能生存，也許長久的遷徙鍛練了客家女人的能耐，你想不出她如何生出這麼多時間，做這麼多事。

——你像她嗎？

——我像父親。敏感，自以為是，容易被失敗擊潰。

避開觀光人潮，梧桐樹林道通向一個封閉的水泥棺，像個被棄置在路口的小型貨櫃，不起眼也不占太大空間。深灰色的粗糙材質，密封不透氣的造型，裡面封鎖著什麼呢？通向它的道路像是一種邀請，不張揚的迎接。

——你去看看，一次只能一個人。

芬芳走向水泥棺，站在僅容一人探看的方形窗口，往裡面張望。石窗甚小，她攀著窗口，如監視，如偷看，石櫃內不為人知的祕密。

窗內放映一支短片，失焦的、凌亂的、肅殺的、抑制的，以及男男、女女擁吻的鏡頭。她恍然憶起，聽說有個紀念納粹屠殺同性戀的紀念碑，原來在這裡。這個城市傷痕累累，圍牆畫廊、恐怖地形館、浩劫博物館……數不清的災難遺址、紀念史料，街道上不時可以低頭看見散落的錫製絆腳石，書寫受害者的姓名與生卒年，歷歷可數。但歷史的篩子很粗心，有意無意就篩漏了那些對當事人來說至關緊要的訊息，掃到集體遺忘的邊坡，滑落一如遺忘。

翻過這一頁，就沒了。陽光篩過枝葉灑在芬芳裸露的頸部，刺刺癢癢的，有點暖，有點痛，她閉上眼睛，聞到若有似無的髮香。原來她一直不曾忘記。

——記憶是複數的，但紀念很單一，有壟斷性。照亮這個就看不見那個了。

克里斯走到她身邊，手撫著水泥棺，淡淡地說。

真實是不可能再現的，人們只是依現在的需求而重組、挪置、甚至誤用記憶。但是，誰來決定什麼要記住，什麼要遺忘呢？芳芬感到一股惘惘的威脅，有逃離的欲望，調動這些記憶，又是要拿來做什麼，或不做什麼呢？

森林之外，是川流不息的鬧市街道。

芬芳默不作聲地越過馬路，眼前就是最富盛名的納粹屠殺猶太人的浩劫紀念碑了，占地極廣，由兩千多塊高低不一的石塊組成，觀光客一波又一波湧入。以往她也曾多次造訪，此次卻是倒著走似的，先看過被隱蔽的辛堤人與羅姆人、同性戀創傷記憶，才來到這個過度耀眼的紀念空間，感覺像是發現，而不只是看見。

走進灰白的高牆之間，綿延的地面石板被切成小格狀，起伏波動，視覺因而充滿搖晃感，每一步都動蕩不安，像隨時就要跌倒了。她倚著牆，讓自己停留在高牆的壓迫中。克里斯走到她的對面，各自倚著高牆，聲音在牆與牆之間撞擊。

——我的外婆被記憶壓垮了，而我母親可能也不知道她自己在承受什麼。我試著去了解外婆的過往，也是為了我自己。

——你什麼時候才開始去了解？

——兩年前，我母親病倒了。我一輩子都在逃避她對我的溺愛，直到她垮下來，我不得不面對和她的關係。

——你父親呢？

——我沒見過他。

哦。她確實從來不好奇、不過問克里斯的背景與過往，認識多年，兩人之間的空白也不過是反映關係的距離。冒然被揭露，她窘迫地轉移話題。

——你母親的身體，現在還好嗎？

——她進了療養院，我反而會定期去看她，聊聊我蒐集到的二戰資料，也談我的工作，兩個人簡直像是重新認識一樣。我的母親對歷史知道的不多，但了解得很快，也懂得同情外婆，真的很了不起。

——我好羡慕你。

——若不是她生病，我不知道還要逃多久。

轉出高牆，他們在水泥叢林中漫走。高矮錯落的石碑，形成明暗變化不定的光影，一行行，一列列，無邊無際。穿梭來去的遊客，從不可預期的方位橫身而過，偶有孩童奔馳戲鬧，抬頭是狹長壓縮的天空，似乎沒有盡頭。

——我不知道我還能做什麼？

——做了才知道。我甚至想不起來，為什麼之前浪費這麼多時間什麼也不做。

廣場邊緣，有些矮樹從水泥間長出來，或許是建造時被保留的，也可能是新近栽種的，讓灰白的水泥棺之間，有了綠意突圍的可能。破碎的綠意旁，一群來自曼徹斯特的中學生戶外教學，正在駐足討論。年輕的老師邀請同學運用想像力，認真感受碑體設計與歷史的連結。

一名戴眼鏡的女孩率先發言，這些石碑象徵納粹侵略的殘暴，還有一般大眾袖手旁觀的殘酷，當時德國人的良心都石化了。

金髮的清秀男孩舉起手，我想，這些碑的材質一致，造型有高有低有大有小，像人們有黑有白，有男有女，有同性戀有異性戀，但人性的本質都是一樣的。

芳芬側頭悄聲說：本質不一樣也沒關係。

克里斯微笑不語，繼續旁聽。

老師鼓勵大家各抒己見，請同學各自安靜走入水泥碑叢中，用心感受空間的氛圍，半小時後在西南方的遊覽車集結。解散前，她告訴學生，不可以在石碑間嬉戲、玩捉迷藏，會破壞紀念碑帶來的深沉反思。記住，老師再度提醒，不要用觀光客心態消費歷史創傷。

學生們一哄而散。有個老人牽著一隻牧羊犬緩緩走過。

——我不同意。芬芳說，我覺得在這裡也可以玩，可以笑，可以捉迷藏，嬉鬧與思考一點都不衝突，紀念不會只有一種選擇。

——也對，有好奇心去探索比什麼都重要。

克里斯挑了一塊及腰的石碑坐下來。早晨的陽光斜斜落在他深棕色鬈髮、淺棕色健身過的肌膚，神情從容。芬芳幾乎覺得自己不曾認識他。

——你去探索外婆的過往，包括集中營，包括絕望與自殺，會害怕嗎？

——會。那些被留下來的人，要承擔不理解、以及不被理解的痛苦，需要更多的社會討論，才能認識自己身上的重擔。一個人是做不到的。

——是嗎？我媽媽從來沒向我求救過。

——最親近的人死於痛苦，誰都不好受。我想我母親也一直很迷惘，所以才把所有的愛都灌到我身上，太滿了，我只想逃，也看不見她的痛苦。

芬芳緩緩繞著石碑走了一圈，也坐下來。

他們都揚起頭，閉上眼睛，手臂撐在身後，向著陽光照射的方向，安靜地坐在石碑上。有一個小孩悄悄躲進他們身後，巧妙地以芬芳和克里斯投射的陰影作為遮蔽，睜大眼睛四處張望，玩躲迷藏。

第二部

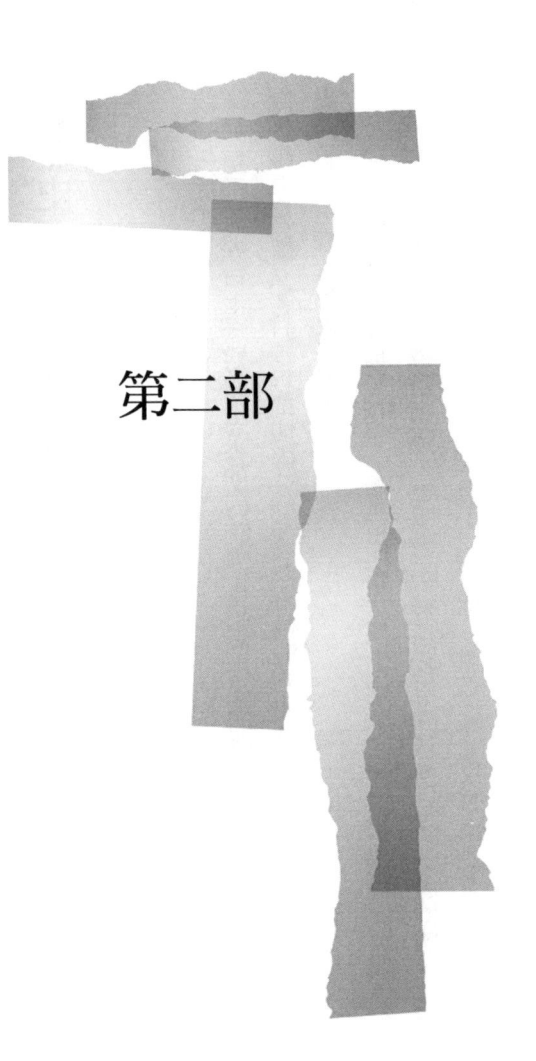

對歷史可以溫柔一點

廚房流理台上一盤盤生菜都洗好了，該先川燙的雞腿肉、前一夜鹽漬的鯖魚都備妥了，蔥薑蒜辣椒九層塔等配料，也都切碎分裝進九宮格般的成排小盒內。這是廖惜統轄的疆域，條理分明，潔淨有序，就待起火熱鍋。

「你說，謝真找他爸爸，」廖惜從廚房探出頭來，「這和我有什麼關係？為什麼要幫他？」

「嗯，如果他爸爸是余霽，會不會余霽是我爸的私生子？」遙遠捧著一把長豆，坐在餐桌旁抽邊絲、分段拆解，信口胡說八道：「這樣，謝真就是我的姪子了。我說媽媽，你的肚量還真不小啊。」

「嗥嗥哮哮神經病，」廖惜又下了一把青蔥，回頭放大聲量：「你爸爸不是這種人啦。」

「那他為什麼找余霽來當芬芳的家教？」

「應該是，資助老朋友吧，你余伯伯家裡好像不是很好過。」廖惜端了一鍋悶透的白菜魯上桌，索性坐下來，「你爸帶你去台東那次，事先準備了個大紅包，不過人家沒收，他又把錢帶回來，好幾天都睡不好。」

結婚前，進善曾透露年少時曾遭審訊，被關了好多天好多天，也許快一年了也不一定。那時廖惜只覺得詫異，張老師這樣斯文的人竟也有冤屈？政治實在太黑暗了，真的不要碰。但他最終並未被判刑，還順利讀完師院、進公立學校工作，應該是清白的，沒事了。

誰知道，他就是過不去，一直到死。模模糊糊她知道，有的恐懼是不能說的，也許因為太久了一直沒有人說過，缺乏現成的語彙，不曾被定義，若有似無像咒語般解不開。進善很可能就是受困於無名的恐懼，捆綁了一輩子，掙不開。

「嗯，爸爸跟余霽講話都很嚴肅，談國家大事，看不出有什麼兒女私情。」遙遠繼續抽絲剝繭，邊說邊想：「我覺得啊，如果爸爸有什麼耿耿於懷的，主要還是覺得對不起余伯伯吧？他一直說他害了余伯伯和其他人。」

耿耿於懷，就是耿耿於懷。廖惜追問：「其他人是誰？是姜老師嗎？」

「你說姜老師，就是我們去六張犁拜拜的那個嗎？」

那是遙遠第二次見到余啟正。他沒什麼變化，仍穿著廉價T袖和舊西褲，維持一貫的莊重有禮，還特地為遙遠帶了禮物。似乎仍當她是記憶中的小女孩，余啟正帶來一個雕工不甚精巧，但服飾異常美麗的棕娃娃。那樟木雕成的女娃，棕膚棕髮棕瞳，穿著藍底黑邊的針織服飾，紅白交錯的長穗結成頭帶，全身色彩搭配鮮豔，左腳踝圍了一圈叮噹作響的銀鈴。

十四歲的遙遠尷尬地收下禮物，那娃娃被包在紅白塑膠袋裡，一路叮噹作響，荒涼墓地彷彿也多出幾分熱鬧生氣。棕娃娃有種特殊的神祕感，似乎莊重些、成熟些、沉靜些，內含一整個心靈世界似的，超乎尋常玩具的範疇。返家後被放置在床頭，蒙塵過多時，遙遠會親手為娃娃淨身、洗衣，多年來織布早已褪色卻也捨不得丟。很後來了，遙遠才知道這是台灣的布農族服飾，圖騰紋飾都富含傳統意義，簡單的木刻也隨著不時摩挲而光滑有韻，像一個隨著歲月不斷增值的饋贈。

彼時台灣政治起了很大的變動。增額立委補選，反對黨取得前所未有的高席次，一時間國會生態大幅變更，許多新科立委急徵專業助理，余霽退伍後就進入國會任職。六張犁公墓的祭拜，由余霽事前探勘墓址，備妥鮮花、水果、沉香，打理所有行程。甫被「發現」的政治犯亂葬岡，數百個墓碑已然經過重整，鮮紅的油漆重描那些還辨識得出的姓名與被槍決的日期，整體墓地仍維持著山坡凌亂草埋的原狀，碑與碑的間距不大，山勢崎嶇，要非常小心繞行，才不會無意中踩踏了多數尚寫著「不詳」的沉默墓碑。

那日天氣陰沉，余霽穿著西裝，舉止拘謹有禮，少了些過往的神采飛揚，多了點周到的世故沉穩。他甚至貼心地安排祭拜後的餐敘，只是兩位長者長途跋涉，拈香祝禱，又跪又拜，情緒激盪，離去後皆食不下嚥，無心說話。

「嗯，你爸爸那次回來以後，常常有心事好像要哭出來一樣。」

去六張犁前，廖惜在遙遠的口袋裡塞一把榕樹葉子，叮囑她離開墓地後立即丟棄。進善是不是也有一把榕樹葉藏在褲袋裡，來不及丟棄，把鬼魂帶回家了呢？廖惜嘆了口氣：「我是覺得啦，哭出來總比他一直悶在心裡好。」

「我真的看過爸爸哭欸，在台東，跟余伯伯道歉。」遙遠端起長豆，推著母親返回廚房，繼續說：「我想他去拜姜老師，應該也是懺悔的意思，認錯了可能心裡比較好過。」

「認錯有用嗎？」廖惜炒熱油鍋，先下蒜頭爆香。

「有用是什麼意思？」遙遠拿出盤子和紙巾，沖洗過草草擦拭，盯著廖惜追問：「沒用就不認了嗎？」

「人家不接受也沒用啊。你現在懂得比較多，你說說看，你爸爸到底要認什麼錯？」

「你好會問！」遙遠爽快地說：「我這幾天上網查資料，看愈多愈覺得歷史是一團亂，說再多都不夠。」

去祭拜姜老師時，雖然已經解嚴了，但若有似無的禁忌仍沉沉壓著全社會。依稀未明的集結與討論，彼此衝撞，矛盾對立，新的改寫舊的，再被後來的發現迅速更新。爸爸去世多年以後，中學課本裡才開始出現白色恐怖字樣，六張犁亂葬岡被改為「戒嚴時期政治受難者紀念公園」，遭槍決的人臨刑前寫下的遺書，遲到六十年後終於寄到家人手中。但姜老師在台灣沒有家人。積塵的檔案慢慢被揭露，歷史的空缺漸漸被補述，如果爸爸還活著，他會因此好過些嗎？他會出面說什麼嗎？他曾是那個被半夜抓去審訊的學生，但最終又全身而退，歷史會還給他一個公道嗎？還是，檔案會讓他有苦說不出？

「那個時候，很多人被冤枉、被出賣、被刑求、被槍決，除了被怎樣被怎樣，我想他們每個人也有自己的判斷，主動做出的事。」遙遠試著說出她的推論，儘量心平氣和，不帶評價：「爸爸那時候還不到二十歲，可能不知道後果的嚴重性，也可能只是太害怕了，或者他真相信坦白可以換到好處，就說了後來會後悔的話。」

「如果姜老師被槍斃是你爸爸害的，就難怪他這麼痛苦了。」廖惜熄火起鍋，側頭交代：「你先去擺碗筷。」

「誰害了誰，哪有這麼簡單。」遙遠拿了四副碗筷，分放在餐桌的兩側，再轉身對著廚房口大聲說：「人家卜洛克小說裡，說到最後水落石出了，還是很難說凶手到底是誰，明明就環境啊結構啊一連串的錯，個人會做出什麼事，也是反映社會有問題啦。」

「凡事都有因果。有人就算被刑求，也很勇敢，寧願死也不去害別人。」廖惜端著炒好的長豆上桌。

「大家都會犯錯好嗎。以前說他們是共匪，現在要他們當烈士，那個時代這麼亂，誰能夠保證一直很勇敢？」遙遠從烤箱裡拿出一盤鯖魚，灑把鹽上桌，一併坐了下來，「我記得余伯伯說，不算是爸爸害的。不過，他應該也不是一開始就這麼想，也許本來他也很氣，甚至很恨，不然怎麼出獄三十多年了才和爸爸聯絡呢？坐牢、槍斃這麼大的傷害，要靠個人的力量來原諒實在太難了，要我也做不到。」

「是沒資格叫人家原諒啦。」廖惜陷入惆悵。她走進廚房洗洗手，又走出來，看著女兒的眼睛，憂傷地說：「你爸爸肯認錯，也是很不容易。」

「我們都不在現場，不知道發生什麼事，爸爸死了沒辦法替自己說話。我覺得，我們對歷史，可以溫柔一點。」

高壓的年代，誰不嚮往明天就要改變呢？爸爸也曾經是個仗義青年，不然何以參加詩社？堅強是很難的，需要條件，而軟弱多是一念之間，一時軟弱，招了，再回首已百年身。遙遠想著當年流淚自陳軟弱的爸爸，從被審訊，到終於認錯，已經相隔數十年。他特地到台東，不是去祈求原諒，而是當面為自己判刑。

「軟弱」這個關鍵字，在相對應的罪愆沒有被命名之前，恐怕也失去意義了，不能拿來當藉口，也不會是原因。

鐵門開鎖聲，玄關處有人脫鞋進屋。

「咦？小文和大言一起回來？」

「阿婆，阿姨，」大言一進屋就閃入浴室，隔著門揚聲說：「我全身都是汗，先洗澡再吃飯。」

「等一下要去補習又是一身髒，回家還要再洗一次齁？」

「大言愛乾淨，一天洗兩三次澡不稀奇啦。」小文隨後踏進客廳，邊快步繞進廚房洗手，邊忙著交代：「我和同學約好到畫室做畢製，等一下也要走。」

「大學生很忙，小文叫我以後不要準備她的晚餐。」廖惜向遙遠低聲嘟囔，難掩落寞。

「姨，你今天沒上班？」小文旋風般坐下，她長得高䠷結實，臉龐紅撲撲像剛跑過百米，唇色是最流行的韓系火焰紅，睫毛膏上得稍微厚了些，眨眼時顯得過度隆重。

遙遠暗自搖頭，這種彩妝真是太令人分心了。熟女流行類裸妝，講究透明感的遮瑕效果，偽裝成自然原色。少女卻有意描出粗黑的眼線，破壞原本無痕的光滑膚色，強調五官的異色衝突。但她忍住了沒說出口，免得被歸到長輩圈，阻礙溝通。所謂小阿姨，尤其是未婚的小阿姨，就是遊走在姊姊與媽媽之間的曖昧角色，對話稍不慎就會地位下滑。

小文倒像是聽到了她的內心小劇場，以慢動作眨了兩次眼皮，加強棕色眼影的深邃感，露出微笑：「上次託你買的 Off-White 翻蓋式後背包，到貨了嗎？」

「還沒，很搶手。你真捨得。」

「就說請你向我媽請款嘛，慶祝我明年畢業，不算過分吧？我媽根本不知道我喜歡什麼，我爸可能連我要畢業都不曉得，還是自己訂禮物比較快。Off-White 就是個半調子，什麼都混雜在一點，不純粹，背起來比較沒壓力。」

「背個包有什麼壓力？」

「你不知道當代搞創作的人多可憐？以前的藝術家把各種可能性都做完了，現在再要求百分之百原創，根本是逼死人。」小文不吃飯，挑了一塊白斬雞沾桔醬，放在碗裡用筷子撕開了一條條吃，抿嘴把口紅和桔醬全吞下，說：「現在到處都是 readymade，什麼都不缺，改造一點點就夠了，可以搞怪，可以亂湊，再時尚也只有一季，不必成為經典。謝天謝地。」

「既然換來換去，幹嘛這麼貴也買？以後又不會增值，不划算。」

「難說。」小文又眨眨眼：「限量款，網路轉手很好賣。」

「現在的大學生都這麼有錢啊？」

「打工賺的都是血汗錢好不好？我在刺青店一小時才一百六，有的同學去做舞台設計，責任制，又要跟排，又下田野，改來改去弄了四個多月，一檔戲含材料費才兩萬五。這麼辛苦工作，不慰勞一下自己怎麼可以？」

住宿私立中學六年間，小文看多了漫不經心的高檔花費，日常消費無底線，樣樣都是名牌。考進公立大學美術系後，她習慣和許多同學一起守著網路搶購打折商品，湊整數以節省運費，穿的用的全是混搭，風格比價格重要。十年間，小文的青春生命早已親歷消費市場的劫貧濟富。有錢人買精品，炫耀幾次還可以增值愈賣愈貴，更不用提VIP內含的優惠折扣，愈貴愈省錢。窮學生花更多時間集點數、搶購拍賣品，市場上有太多刺激消費的新組合，沒錢的人貪小便宜大量購物，三包一組用不完就過期丟掉。浪費的結果是一樣的。既然一樣是浪費，也就沒什麼好挑剔了，人人各安其位，都有得買。

「小文，你那個打工危不危險啊？」廖惜從廚房再端進一盤豆鼓炒山蘇。

「不會啊，你下次來西門町探班，晚上人很多欸。我大二時做了一個爆裂星系的暗黑作品，有客人認領了，超感動。」

「你不是打雜小妹嗎？升格當設計師了哦？」純白毛巾搓揉一頭濕髮，大言一出浴室就加入話題，氤氳水氣從他身後浮騰，唇紅齒白，潔淨清爽。

「沒有，我沒技術，阿新才是師傅。」小文站起來，裝了半碗米飯遞給廖惜，再裝一碗給大言。她興致勃勃地說：「阿新和我合作，把我的圖檔一併放在目錄上認領，有客人已經付訂金了，打算刺在胸口，下個禮拜就要開針。」

「以前住二樓的那個阿新嗎？他不跳八家將，跑去當刺青師傅哦？真不簡單。」廖惜脫下圍裙搭在椅背，坐下來說：「下次請他來家裡吃飯。」

阿新和小文同年，白天父母上班時就把他送到樓上廖惜家，三個孩子一起照顧。阿新的爸爸開計程車，媽媽在鄰近大學當清潔工，大學年年招標外包，得標者多是替換不同名稱的同一家企業，續聘的也仍是同一批熟練工人。只是一年一聘把年資切碎了，毫無累積，加上搶標金額下降，勞動條件愈來愈差，負責範圍愈來愈雜，很多人撐不住離職了。新媽撐最久，直到精神耗弱、出現幻聽，約期未滿就被解僱了。再後來，新媽自殘被強制送進精神病院，全家就搬走了。

「不曉得原來你和阿新一直有聯絡。」遙遠驚訝地說：「青梅竹馬的朋友很珍貴，太感人了。」

「你們很奇怪欸，現在各種社群軟體都很方便，不同校不同地根本不會影響好不好？如果不是阿新，我在那個私立中學根本活不下去，人和人比來比去煩死了。」

「小文，你的圖開針的時候，我可以去看嗎？」大言插話。

「又不是動物園，刺青怎麼可能開放參觀？我請阿新幫你弄個工作名目混進去，拜託你穿得潮一點，別丟我的臉。」

「好。」大言眼睛發亮，耳朵都紅了。他刻意岔開話題：「有個人要在身體刺上你的圖，你會不會擔心那個人萬一很醜怎麼辦？」

「衝突也是一種美，你懂不懂？」

「圖被認領了，就不能再刺給別人嗎？」遙遠嚼了一口青江菜，太淡，媽媽近日味覺已經不太靈光了，煮菜的分量也拿捏不準，像這樣炒了一大桌，隔夜又沒人要吃。有時晚上回來，冰箱裡都留著兩天前的剩菜。

「不行，認領了就是專屬於他的。風格可以複製，但圖一定要重畫，保持個人的獨特性。」小文停下筷子，認真思索，「我比較擔心，有人刺了又後悔了，默默雷射掉我也不知道啊。那真的太悲傷了。」

「他就算不雷射消除，以後也會死啊，身體本來就是有期限的。」

「刺青不只是刺青，是承諾，是關係。」

關係也會斷啊。遙遠看著小文和大言，沒說出口。以後，你們終究會知道的，承諾也會變。以後很快，一下子就到了。

大言夾了一筷子的魷魚和芹菜，停在半空中，眼睛看著廖惜，「阿婆，這小炒是特地為我準備的對吧？好費工，承蒙你。」

「哇，呂大言，你很會撩哦。」小文嘖嘖稱奇，誇張地說：「我怎麼沒想到這一招？」

「多吃一點，胃口像鳥一樣，哪有男生吃這麼少。」廖惜滿意地笑了。

「吃很多了啦。」大言刻意又夾了豆乾和芹菜，嚼完吞嚥下肚了，才開口說：「不過，以後不要煮我的晚餐了，我會遲到，補習班附近很多吃的。」

「你才高中，正需要營養，別亂吃那些有的沒的。」

大言丟給遙遠一個求救的眼神。

「媽，小孩子放學後還要跑來跑去不方便。以後他們週末有空再回來吃飯就好，平常你就別煮了，讓自己輕鬆一點。」

「大言太瘦了，遺傳到他媽媽，男生這樣不行。」

「現在流行瘦，穿衣服才有型。」大言舀了一碗熱湯，用湯匙小口喝。

你笨啊，和阿婆爭辯這個。遙遠對著大言打個閉嘴的手勢，隨即轉向廖惜：「廖女士，我們還有更重要的事情要做。我已經請好假，你就開始罷工好了，以後別煮了，我們去台東找余伯伯！」

「什麼重要的事？」小文問。

「你懂不懂白色恐怖？我們要去查一下你阿公的過去。」

「真假？上週老師才帶我們去景美文化人權園區，說藝術家不可以去政治化，要用作品積極回應當代社會。」小文捧起碗，就著碗沿直接灌下一口湯，繼續發表宏論：「我們班亮亮的爺爺是國民黨高官，家裡藍得不得了，每次講到同志婚姻就會吵架，世代衝突很嚴重。亮亮說兩岸如果開打，她的家人全有美國護照，保證第一個賣台。」

「同志婚姻和賣台有什麼關係？」

「你不懂啦。」

小文的口紅已經全部被吃掉了，袒露出天然健康的粉色，她睜大黑白分明的眼睛，看著廖惜說：「難道我也是白色恐怖受難者的後代嗎？」

背叛青春

收到簡訊時，余霽確實感覺心跳停了半秒鐘，倒抽一口氣原來是這個意思。

余霽先生，您好。冒昧聯絡，我是謝幼純的兒子。我已成年，持美國籍，有正當職業，對您並無其他請求，只希望有機會與您見面。若您願意，再請回電給我。謝謝。

晚輩　謝真敬上

沒料到三十年前的鬼魂再現。說是鬼魂，也不公道，那年夏天確實生氣勃發，充滿動能與希望。

解嚴前後的台灣社會騷動不安，政治禁忌搖搖欲墜，反對運動的伏流四處冒衝。那時，校園裡還有情治單位監看，遊行還有鎮暴警察的水柱伺候，前一波入獄政治犯的家屬接連參選獲勝，街頭抗爭是這樣陌生又緊張，不安但又彷彿是安全的。那時候，大家都還好年輕，相信革命不在他方，就在當下。每個人在行動前都預先評估被捕入獄的可能性，但又隱約算計著前行者還很多，根本輪不到自己頭上。

等待服役前，張老師主動邀請的暑期家教，適巧補足他的生計所需。余霽自小熟知父親的同案倖存者，多次陪同探望火燒島陸續釋放出來的舊識，有的瘋癲，有的失志，有的疑懼，也有純真又好學的。張老師卻不是獄友，余霽試著探問過幾次，回說是年少時的詩友，彷彿是局外人。但這局外人又是如此熱切關注余霽帶來的現場訊息，不時會塞錢請他代捐，像是把改革的希望全權交由他代理了。

一週三次的家教，水果切盤、冰鎮飲料從來不缺，兩名聰慧少女的基礎不錯，課外教材一點就通。他使用時事來編教材，練習不同的議題對話，沒有考試壓力的會話課，得以盡情展現老師的才華與博學。芬芳仰望他，仰望他所象徵的行動力與自主性，她像個地下黨人，等待同志浴血歸來報告前線的戰事，每一次都恨不得就在現場。幼純善於觀察，對當下流行的性別分析特別敏感，雖然對知識有點漫不經心，但不受論述限制，更自由也更大膽，更無知也更肆無忌憚。

芬芳多是追問不休，對未知充滿好奇，幼純則冷眼旁觀，偶有她抬起頭或點頭時刻，余霽才覺得當日的表現得到肯定。芬芳的熱情讓他自覺高尚，所有的前線行動都有了名目，彷彿背負著堅實的大後方支持者，必然不虧欠所託。幼純則令他不安，她對於革命有一種洞澈的冷淡，與不符年齡的譏諷，經常繞過余霽擅長的議題分析，追問行動中人與人的權力關係，令人猝不及防。

明知道這樣做會有警民衝突，為什麼不避免？

沒有衝突，媒體會報導嗎？人們會知道嗎？再說，警察要硬幹，我們也無法迴避，不如正面迎戰。

衝在最前面的人，知道你說的那些沙盤推演嗎？

討論很難全面透明化，你不知道哪些人是情治單位的眼線。

衝突的代價，誰來承擔？

如今想來，幼純質疑的多是內部民主的核心問題，但當時鬥志旺盛，面對國家暴力的鎮壓，抱著不惜坐牢也要衝撞體制的烈士心態，只覺得她的挑戰未免太冷靜、太傲慢、太馬後砲，甚至顯得高高在上，芒刺在背。然而，當她清亮的嗓音唱出原該是滄桑的「A Hard Rain's Going to Fall」時，他只覺得連吉他的和弦都太冒犯了，所有的伴奏全可以停下來，就聽她唱。

說不清楚兩個人之間的張力所為何來，也許是她比他更有一種反叛的野性吧，草莽、狡猾、敢於下注。這幾乎激起了他獵人般的本能。兩個人的互動，說實話他幾乎是步步為營，盤算著挑選她可能喜歡的英文歌曲印成教材，那些垮世代把生命全輸光也無所謂的情調，幾乎都是他對幼純的試探。也許是這樣迂迴的矛盾與張力，他的欲望高漲，很雄性，很本能，也很暴力。像是心智上無以較勁，渴望以身體的征服收場，說穿了一點都不高貴。

有時候下課時間晚了，他騎車載幼純回家，幼純雙手從容扣上他的腰側，彼此都不動聲色。事情似乎很難說是誰主動，幼純冷靜、幾乎是熟練地，也就貼過來了。女體的溫暖與芳香是陷阱，他並未失掉理智，反而是被她眼底一閃而過的詭詐所激怒，似乎不做什麼就是示弱了一般。天際線一瞬間掉到床鋪後方，鼻息埋進她的鎖骨凹陷處，再無法呼吸。

到底是他捕獲了她，還是她收服了他呢？幼純沒有假裝脆弱，也沒有故作激情，她甚至拿出保險套，笑說哥哥抽屜裡拿來的，你會用吧？如此天真爛漫，又如此直截了當。在他勃起時就該停下套用，但他任性地向她體內挺進，任水草般的濕潤淹沒至頭頂、趾尖、脊椎線、喉結，包圍所有末稍神經，直至興奮過度而草草射出時，他竟仍有足夠的理智硬抽出身來，射在她平滑的腹部，像一坨黏稠四濺的鼻涕。

面對他不合格的表現，幼純噗哧笑出聲來。事實上，她一路笑場，讓整個性愛過程充滿一種小孩子遊戲的歡愉，他竟也沒對自己的不夠中用而懊惱，就是跟著笑。那一瞬間，兩人彷彿達成一種接近相親相愛的高度貼合，是想起來都會嘴角上揚的神奇時刻，足以名列他的性愛經歷前三名。

兩人裸身到浴室沖冷水澡時，幼純皮膚白晰，與他的黝黑形成強烈對比，他環住她，恨不得把她包進去，包到很裡面去。那個時刻，他有了愛的感覺。

當兵的無聊，足以快速煉就一名詩人，他的情書乘著詩的翅膀，每一封都石沉大海。之後他被分發到外島，學弟妹們都說是被政治迫害，擔心他會被藉機修理，慰問信函蜂湧而至，當時的女友甚至多次長途搭車到東部，只為等候他的短暫假期。芬芳與幼純卻好似人間蒸發，多次去電也被果決掛斷，他暗地裡覺得顏面盡失，多少也負氣起來。

只是個青春插曲，不時浮上心頭，卻也無從、毋須追憶。

再見芬芳，已是去六張犁的時候了。她深思的模樣依舊，眉宇間多了些疲憊的老成。張老師更是不修邊幅，灰白的頭髮十分乾澀，看起來竟比父親還要衰老。兩位長者堅持要跪拜、行大禮，也只能由著他們。六張犁的窄墓坡地，已有不少紅色的線香直接插進土裡、夾在碑縫中，有些燒了一半的土黃色紙錢，飄飄蕩蕩，風吹就跑。

陰陽失去界線，鬼影幢幢。他並沒有想起謝幼純。

余理在大門口和老狗玩。

Raise your right hand，加油。她發出指令，左手托住老狗的右掌往上抬，輕輕握了手。換左掌再來一次，主要的目的倒像是為了練習英語會話。

「小理，我去買罐可樂，跟媽媽說我一會兒就回來。」

「爸，」余理仍蹲著。加油翻過身倒躺在水泥地上，余理用手掌心貼著老狗的肚腹間來回轉圈圈，抬頭望著他：「小將叔叔說明天要帶我們去鹿野高台玩，爺爺可以一起去嗎？」

「小將會開車，爺爺想去就去，不想去就在家休息。」

「爺爺剛才都好了，叫我小理，還拿水果給我吃。」

「爺爺應該是有失智症傾向了，我想帶他回台北，安排仔細的檢查。」他停下來，腦子裡同時想著幾個待辦事項，排列急緩的優先序。

「失智症會變很笨嗎？」余理輕輕推著加油翻身，站起來和爸爸一起向外走。

「會忘記很多事，也許會忘記人。」

「像是剛才忘記我一樣？」

「嗯，家裡只有蒂娜照顧他，沒人和他說話，會忘得快。」余霽摟住女兒的肩，聲音裡有很多很多的捨不得：「你和姊姊要多和爺爺說話，問他問題，跟他說你們在學校發生什麼事。只要常常練習，就會，忘得慢一點。」

記憶是需要練習的。父親一直勤於練習，練書法，練跑步，練翻譯，練時事分析，不曾有一日稍懈，保持健康身心，以待來日。

但他想要的來日一直不曾來。

余霽的反抗意識，很難說是來自父親、還是母親多一些。母系親人在他的生活裡，守護他的童年，教會他平等對待萬物的山林知識。但父親的正直、自律與教養，卻開啟了他的同情心與政治認識。早在他幼時，父親就曾帶他們到綠島探監。那是他第一次搭船，在搖晃的船板上，父親教他兩手平舉以抓穩重心，掌握平衡感就能隨著海浪波動。反倒是平日健壯的母親，卻是慘白著臉，坐在船艙裡撫心乾嘔。

綠島是由火山集塊岩所構成的島嶼，圓錐型山峰徐徐下降至海，形成部分斷層礁岩。島民密集居住在有限的狹長平地，監獄則要走很長很長的路，沒有車。父親帶了幾本受託購買的英文與日文書，還有母親特製的煙燻鹹豬肉，送進獄中。一家人沿著海岸線，走過陡峭台地，路經嶙峋的海蝕地帶，抵達一個叫作燕子洞的地方。沒有燕子飛過。

父親雙手合十，祭拜那些死去的靈魂，說他們都是很高貴的人。

到西部讀書後，他也曾親歷過一些高貴的人。彼時正值八〇年代的街頭狂飆時期，許多畢業於火燒島大學的老同學，進入校園社團義務帶著學生組讀書會，他們飽經風霜，思想灼爍，坐牢竟像是心靈的真空保鮮膜，很多髮白齒搖的人仍保有童心與壯志，未曾喪氣。他們對台灣政治經濟的分析，犀利敏銳，一點也不過時。余霽受惠於老同學的啟蒙，返鄉時和父親熱烈對話，那也許是父子最親密的時光，父親尊重他已成年而語多討教，他則分析社會局勢的變化，鼓勵父親北上參與老同學的集結。

相較於其他學運分子，余霽主修的外國語文學系是安靜許多的學院，這裡匯聚著文組最會考試的秀異學生，對未來生涯的想像，若非進入外商公司，便是出國深造，移民海外的學姊長更常是優秀校友的示範。選讀外文，多少是來自父親有意無意的教誨吧？他不信任主流媒體，對教科書也多有批評，鼓勵兒子要學習其他語文，恆常保持對權力的懷疑。當時的外文系對西方知識體系的轉介特別快，女性主義、批判理論、符號學、詮釋學、後現代……都是時髦的分析工具，但學生們最熱衷的仍是舞會派對，余霽因而成為系上的邊緣者。他存了家教費買了一台 Canon FM2 的相機，記錄街頭抗爭，利用攝影社的暗房，沖洗一張張 6 × 7 的黑白相片，投稿報紙副刊，發表圖文並茂的弱勢書寫。

學生身分所暗示的理想性、純潔度，受到全社會的期待與保護。這些從解嚴前就參與黨外的研究生們，挾著熟練的理論術語，相對豐沛的社運人脈，在校園社團裡從來不乏追隨者。他們彼此爭辯，指責對方妥協以站上道德高位；他們強調實踐才能檢驗真理，以積極的行動取得話語權；他們在校際間的烽火串連從來就不低調，恨不得因被打壓而受到媒體青睞，擴大影響力。彼時二二八事件的討論方興未艾，白色恐怖因事涉美國支持而受到淡化，他含糊說起父親是政治犯、思想犯，是外來政權濫殺台籍菁英的實例，在學生運動中更是備受矚目。

如果父親知道他竟因而獲取政治光環，必是不以為然吧？他有意無意擱置與父親漸行漸遠的事實，以世代差異解釋彼此政治主張的不同，無意也真沒時間回頭溝通。後來，父親因受難者組織路線分歧而淡出，行動力銳減，終日在家翻譯、閱讀，更無意離開台東了。余霽則一路從立委助理，到原民會委員，終於取得中央民代身分，得以實踐體制內的改革之路。

相較於父親同輩的反抗者，他是新舊夾縫中最有效掌握權力的一代，付出的個人代價不多，得到的集體機會卻不少。在同儕之間，他還算是起步晚了，不能再浪費時間，否則必是慘遭淘汰，黨內年輕人來勢洶洶，世代交替的威脅快到出乎想像。

父親老了，他在組織中從來不是核心人物，但綠島感訓期間所遇之人、所學之事，卻建構了他後半生的道德準則。他不願意忘記過往承受的痛苦，彷彿只要一鬆懈了，就是背叛，背叛青春，也背叛死去的人。打自孩童時代，余霽就目睹父親用毛筆寫了大量的陳情書，記錄過往受到的不義對待，分析國家面臨的結構困境，冀望未來的階級翻轉。寫完了又擔心被特務發現，來不及晾乾便捲起來，藏在梁柱上、夾層裡、地板下，藏在無人知曉的角落，不容青史盡成灰，以待來日。不曾到來的來日。

局勢混沌詭譎，更大的逮捕可能就埋伏在前，余啟正把整個房子敲開來，藏東藏西，位置多到自己也記不清。又寫又藏，又藏又寫，就算宣布解嚴了，他也不相信國家暴力會就此鬆手。

也許，父親從來不曾離開過綠島。他努力以一己之力，抵抗整個社會的集體失憶，綠島的六年刑期，主導了他出獄後六十年的人生。對於這樣正直的父親來說，失智症是殘酷的玩笑，還是溫柔的禮物？沒有人知道。

低沉的嗚咽聲傳來，加油跟上來了。牠繞著余理打轉，舌頭熱切舔著她的小腿肚。

「哎唷好癢。」余理咯咯發笑，搔搔老狗的肩頸，領著牠往巷子另一頭跑，回頭高聲喊：「爸，我帶加油去公園跑一跑。」

「好，不要跑太久，加油已經老了。」

巷口有家超商，叮咚您好的電動門自動開啟，統一規格的冷氣、問候聲、商品擺置瞬間湧到眼前。被熟悉感包圍，令他稍微回復自信，立即掏出手機刷了一瓶可口可樂。

走出超市，灌下一大口微甜的冰鎮氣泡水，抹去唇角的泡沫，他冷靜按下電話號碼。

「謝真嗎？我是余霽，」停頓兩秒，以誠懇真摯、略帶結巴的聲音說：「辛苦你了，對不起，我，我一直不知道。」

「不辛苦，我很好，媽媽也很好。」謝真的口氣清朗，有教養，也有陽光氣。他不卑不亢地說：「我想見見您，如果您願意的話。」

「我人在台東，台灣的東部，我父親的家。三天後才能回台北，到時再約好嗎？」

他很想請謝真不必刻意發出「您」的鼻音，現在的台灣年輕人不時興這樣說話了，但才剛接觸，直接說教未免也太奇怪。他想像謝真不知有多高？牙齒整齊嗎？模樣像他還是像幼純？喜歡唱歌嗎？個性溫柔嗎？家裡養狗嗎？穿幾號的球鞋？喜歡晴天還是雨天？支持還是反對川普呢？來台灣還適應這裡的生活嗎？腦袋裡思緒紛飛，沒一個問題是關鍵的，也沒什麼不可以問，但就是找不到適當的排列次序，可以通向親近。

太陌生，不知來意。

「如果可能，」謝真稍作沉吟，咬字清晰地說：「我可以去台東和您見面嗎？我也想認識您的父親。我只有外婆，她對我非常好，我很愛她。」

「現在不太方便。」余霽走到距離超市門口五公尺遠的地方，停下來說：「我的太太和小孩都在這裡，我還沒想好要怎麼跟她們說。真的很抱歉。」

「沒關係。」謝真沉穩回應：「等您回台北再聯絡，再見。」

「哦，再見。」

他向來主動，富領導力，此時卻覺得被掛電話。

這個謝真，步步進侵得很有禮貌，他幾乎只能被動回應。余霽的媒體形象向來是個愛家、高情商的新好男人，他甚至多次公開自我調侃，他在家中的地位無疑是女子宿舍裡最卑微的那個。溫暖謙遜的幽默感，適度示弱更凸顯了從容大器，都為他贏得更多大眾好感。去年黨內的募款餐會，嬌妻愛女曾聯手演出弦樂三重奏，她們的氣質優雅、模樣出眾，擺在辦公桌前的合照，一如預期總能引發來客讚嘆，這一家人的顏值太高，基因太好。

如今，疑似年少時的私生子，憑空出現，像夏日悶雷，說不準有沒有殺傷力。當年確乎是兩情相悅，既不是性侵，也沒有亂倫，年齡也在合法範圍內，這個美國兒子若無其他企圖，似乎也不是不能公開的事。但公開好嗎？為什麼此時來找他？真的無所求嗎？他是公眾人物，不能不有所防備。選戰早已提前開打，不分區名單即將在下個月公告，若是被同黨對手拿去當作攻擊素材，難保不會橫生枝節。在這個時間點，承擔得起任何意外嗎？他的部落根基不穩，民調靠的無非是社會形象，大選當前傳出緋聞、醜聞、負面八卦，再怎麼說都不划算。萬一這個余霽在美國還惹了什麼事，呼麻、打架、欠債、或只是念個賣文憑的野雞大學，可預見媒體必然全栽贓到他的始亂終棄，畢竟當時幼純才十七歲。

他仰頭乾掉一整瓶冰可樂，氣泡在體內發酵，良久，打了一個嗝。

痛苦不可以忘記

到台東的普悠瑪火車上，全程三個半小時，年輕人幾乎睡成一片。一開始，是精力充沛的，零食、飲料、桌遊一一出爐。桌遊是小文帶來的，赭紅色的牌面有三個鉤狀武器被圈住了，殺氣騰騰，遊戲名稱是「瘟疫公司」，Plague Inc.，每個玩家都急著將病原體傳播至全世界，擲骰子確定有多少點數，可以入侵不同等級的國家，或釋放病毒摧毀已被他人占領之國。瘟疫的占領與摧毀都很輕易，不見血腥，沒有殺戮，但有積分。積分愈高，滅國愈多，成為跨洲際的最大侵略者，就贏了。

贏什麼？成就感咩。

阿新是第一個出局的人，他四處遊走，不占領任何國家，最終手上拿不到任何病毒作為武器。不殺戮，就是死。攤手棄牌，「我主張和平。」阿新說。他的頭髮剃得腦後一片青蒼，唯留長了一撮染綠的瀏海垂在右額前，穿著倒是平常，白棉T，牛仔褲，像街上看得到的任何一個年輕人，混進哪裡都不奇怪。他輸了毫無怨氣，併到小文身後，亂出主意，騷擾大局。

遙遠犯了幾次規，笑說規則太複雜了啦誰記得住，根本這是給大人玩的吧，太黑暗太殘酷了。

她全憑直覺選擇，占領了就捨不得撤退，手上國度看似大有斬穫，但只守不攻終是敗仗連連，連怎麼輸到國土全被殲滅都搞不清楚。

後來就剩小文和謝真較勁。謝真大量投資助攻武器，戰力一再升級，以強勢武力毀掉別人占領的國土，進出如入無人之境。小文則頻頻累積點數，換取更多的事件牌，順著阿新的主意胡搞，以事件干擾既定規則，入侵無效，等量倒退，重擲骰子，總之是死打爛纏，不進也不退，專打混仗。

遊戲真像夢啊，廖惜想，切換快速，死或生都可以轉瞬即變。不一樣的是，夢裡不知道最後會醒來，被追殺、追殺人都賭盡全身力氣，沒有退路，直到最後冷汗乍醒，假的。遊戲不然，遊戲是夢外操盤，輸了再重來，重來不是重複，重來是重啟，全盤再走一遍。玩家愈鍛練愈上手，陷阱一一看破，得以作出不同的選擇，死了就重來，下一次會更強。

由於太容易了，虛擬的生與死都不算多大的代價，玩到重來三次也就互相知道底細，各個玩家都精明了也就疲憊了，四個人東倒西歪睡去。

廖惜是唯一清醒的人。她精神奕奕，鬥志昂揚。重來不是重複，重啟會改寫結局。之前怎麼沒想到呢？過往是可以被改變的，就算進善死了，她還是可以重新認識他，重啟過去，從現在往回改寫。這麼長的人生，她一直為了更好的未來而努力，很多困頓時刻，常覺孤單無助，只能奮力撐下去，以為再來就好了。但年紀愈大，未來愈少，往前看白茫茫一片，不斷壓縮的未來，還能再努力什麼呢？女兒們都要她放輕鬆，別太累，彷彿老人活著最大的意義就是無所求，不要成為累贅就好。再沒人需要你了，愈無用愈心慌，愈心慌愈急著被需要。

現在她知道了，來日無多，每天都成為過去，過去才是精采的，有情感的，現在就能改變過去，每一個未來都是現在，不必等。她總覺得凡事必有因果，什麼事都認真做到好，很計較對與錯。可是記憶會騙人，因為人要保護自己，記憶就讓你好過一點，忘東忘西還記錯了。遙遠說，記憶像電腦裡的檔案，每調動一次記憶，便多了幾分現在需要的修訂與變更，推理小說裡很多這樣的故事，主角被自己騙得團團轉，以為很正義，但發生過的事換一個方式串起來記憶，根本就變成另外一回事。廖惜不會電腦打字，不過手機有手寫板，她寫好的訊息都可以回收，改過再送出，記憶裡的因果序也很難說總是直線往前的吧？不見得是因為這樣所以那樣，很可能是已經目睹結果那樣了，所以推論出原來是因為這樣。倒著走也對。

年輕人想的真不一樣，他們變來變去，壞掉了再重來，還可以呼呼大睡，不必做噩夢。遙遠說的很有道理，對歷史要溫柔一點，也許發生過什麼並不重要，重要的是現在如何說，因為怎麼說都不會是完整的，都可能被記憶改過了，所以要溫柔一點，允許否認，也允許不同意。

遠自台北來的五位客人，陣勢顯然是太隆重了。余啟正並無慌張，只是頻頻要蒂娜再出門買些汽水好招待來客。

謝真凝神觀察老人，這就是他血緣意義上的爺爺，但陌生一如電話裡父親與他的距離。他對台灣白色恐怖不算完全無知，畢竟二戰後亞洲威權政體的鞏固，哪一個不是和美國扶植有關？他更好奇的，毋寧是這個老人與自己的連結，也許沒有連結，血親沒有那麼神奇的力量。

廖惜主導了整個拜訪，她單刀直入：「進善走了二十多年，最近卻一直託夢給我，我想他是還有什麼放不下，只好來請教大哥。」

遙遠與小文對望一眼，老太太真是出手不凡啊，誰也沒料到竟從託夢切入話題，真是千軍萬馬，無人抵擋得住。倒是謝真有點疑惑，無法掌握「託夢」的微妙語意。

「有什麼好放不下？就是失敗了。當年被槍決的人還抱著希望，我們這些活下來的人才真的難堪，一事無成啊。」余老徐徐喝了一口茶，「進善當年詩寫得不錯，不繼續寫真是可惜。」

「他心裡放不下，寫詩又有什麼用？」

「可惜啊，繼續寫，也許就不一樣了。」

「為什麼？」

「不寫，就不必說真心話，不說真心話，跟死了沒什麼兩樣。」

「我爸爸寫別的，寫科普書，教小孩子認識地球。」遙遠插話了：「余伯伯不是也翻譯了一些日本小說嗎？」

「都是借別人的嘴說話，偷偷摸摸的，有什麼好說。」他把眼鏡拿下，不知道看著遠方的誰。

「爺爺，我想知道，」小文遲疑了一下，掏出一只銀白色的錄音筆：「我可以錄音嗎？」

這是小文的田野調查現場。家中有個政治受難者，得以和巨大的家國歷史連上線，令她徹夜難眠，幾乎要改換畢業製作主題。未曾謀面的外公雖然未被判刑，但那個年代被白色恐怖牽連到的人，判不判刑都是一輩子的陰影，受害如何能夠量化？反帝、反殖民的大敘事，若沒能收束至個人經驗的具體呈現，又如何能夠撼動人心？她上網查了姜秋霞詩社案的相關資料，預作功課，帶了素描本與錄音筆，準備記錄第一手的聲音與影像，再回溯相關歷史線索。

「錄什麼音？」余啟正怵然一驚，眼神凌厲：「誰派你來的？」

蒂娜站起來，熟練地以手拍背安撫老人。她的眼睛低垂，沒有給客人任何暗示或批評。

「小文別錄了，聊天錄什麼。」廖惜直視老人的眼睛，慢慢說明：「她是張進善和我的孫女，還在念大學。小孩子想了解過去的歷史，怕聽過就忘記了，所以才想錄音下來。你們經歷的這些事，我也不清楚，不會講。」

老人被廖惜安撫了，沉思半晌，再喝了一口茶，語氣和緩對著小文說：「錄音沒關係，你想知道什麼？」

「嗯，」小文咬住下唇沉吟，擠出天真的微笑：「我想知道，我外公和你一樣都參加詩社，為什麼他沒被判刑？」

「當局要抓的是赤色分子，進善又不是，有什麼好判？」

進善年紀小，幾乎沒參加過什麼重要的會議，原就不是詩社的核心。就余啟正來看，根本就是個無辜受連累的人，不料多年後再見，才知道進善懷著招供的虧欠，常懷悔恨，甚至流下眼淚。

「你呢？余爺爺你是紅色的嗎？」小文繼續問。

廖惜瞪了她一眼。小文聳聳肩，她知道大人們都迴避敏感議題，但她是解嚴後出生的一代，挑戰威權體制彷彿是天職，沒什麼好忌諱。更何況，當代很厲害的藝術作品裡，就不乏拼貼政治禁忌碎片，以攪動而非正面對決的游擊戰術，爆破歷史，血跡斑斑。

「…………」余老囁嚅說了什麼不清楚的話，也許是習慣性的隱匿，誰也不知道。他垂下眼瞼，不知是深思還是瞌睡，再抬頭時，眼裡閃現一絲狡獪的挑釁：「誰的血不是紅色的？」

當年一同參與礦坑調查的詩友們，多少受到左翼思想的啟蒙，也懵懂想過要為理想作出犧牲。在獄中，他親身經歷了人與人之間的擠壓，因匱乏而搶奪，求私利而背叛，為脫罪而敗德，理念是何等脆弱，一擊就垮。後來被關押至綠島，苛刻的體力操勞，無望的離島，時間多了，反而有機會跟著品格正直的前輩學習，才真正體會到，不屈服於環境的靈魂，是多麼地可貴。對他來說，信仰已然是複雜糾結的認識，不是簡化的主義所能涵括。回想起來，寫詩的時候哪裡知道什麼，多是一時義憤而已。

遙遠坐到老人的右側，伸手蓋住老人家密布斑點的手背，像要勾起他的回憶，「我小時候曾經來過余伯伯家，聽到爸爸說，他什麼都招了，他太軟弱了。余伯伯還記得嗎？」

「忘了。」余啟正很快地說，可見沒有忘。他平靜地看著遙遠，平靜地說：「後來我才知道，姜老師為了保護大家，什麼都沒招認，槍決時也很從容。」

「有沒有誰，是因為我爸爸招供，才被捉的呢？」

「我們一票學生都被捉了，那些記者、工人全都被判了重刑，一整串捉起來，還有誰是能夠害到誰呢？」

「我查過一些資料，」小文說：「您被判了三年感訓，為什麼後來又在綠島多關了三年呢？」

「不知道。三年五年隨便他們亂加，有的外省人沒有家人在台灣，有期徒刑關成無期也是有的。」

老人索性拿起小文的錄音筆，自問自答起來，像要以新的自白覆蓋過去的口供。他認真地描述牢獄期間，聽聞這個獄友的冤屈，目睹那個獄友受到的虐待，一幕幕若有銘刻，生怕遺漏了誰。有的冤屈，是個人和體制的；有的衝突，是人和人的彼此提防與陷害，沒有誰和誰是一樣的。但他們被迫壓縮在資源有限的空間裡，殘酷的，慷慨的，仁慈的，扭曲的，都有脈絡可尋，甚至情有可原。他也曾身陷其中憤恨不已，如今獄友們大多先他一步離開人世，只剩他留下來作證，凝視遠方像看著老相片一個個指認。

余啟正的中文好，曾教島上居民國語，為中秋晚會節目畫海報，得以暫時脫離無意義的苦役。但整整六年的牢獄，終究多是體力虛耗，生命的荒謬與危脆感，得更加緊私下學習以維持心智清明。拿掉過往恩怨的面紗，每一個人的經歷都只代表他自己，不能被化約成為普同性的受難。他的口氣和平，並無太多悲情，偶爾甚至帶點俏皮：

「我是很不重要的人，刑期太短了，又沒人寄信給我，所以讓我免費多念了三年火燒島大學，思想上得到很大提升，也不算太冤枉。」

「人家都說，在保安處還是保密局的隔離審訊會有刑求，是真的嗎？」

「你們老愛問刑求，沒有刑求就可以這樣搞嗎？整個逮捕入罪，就是對思想最大的刑求，這個怎麼不去平反呢？」老人目光銳利，橫掃在座的人一圈，「身體的傷害只是附帶的，有的獄友被拔指甲、打斷牙齒，被吊起來灌水，眼睛耳朵鼻子都在流水，也許是流血……」

歲月忽近忽遠，在老人眼前閃閃爍爍，昏昧迷離。保密局的棍棒直接操在背上，淤青退去後仍一生痠麻；初抵綠島時衣物不足，一件長衫汗濕乾了又濕長出虱子，數個月後一名獄友染疾身亡留給他一件夾衣，才得以換洗；有個獄友把郵票貼在額頭，想把自己寄回家，從新生關成老生……每一個細節，都刻在身體裡。他陷入回憶，全身都在顫抖。

「別說了沒關係，」廖惜打斷他，「太痛苦了，都過去了，忘記就好。」

「我要說，痛苦不可以忘記。有人就這樣被打廢了，有人被單獨監禁到發瘋。我沒事，就是燈光實在太亮了，一直照眼睛，不能睡，睡了就潑水搖醒，不准睡，搖來搖去，我就尿出來了……」他撐起已然下垂半閉的眼瞼，對廖惜說：「真歹勢，真是太失禮了。」

真失禮，老人發聲混濁不清，抬起手背抹去不知是眼屎還是眼淚。

海平面的雲層很厚，海浪一波波入港，激烈拍打防波堤，在半空中碎成水花四散。富岡漁港的住家聚落在離岸稍遠處，鄰近台11線的主要街道上，販賣的多是綠島、蘭嶼的觀光行程以及各式浮潛裝備，如今門庭寥落，有的店內連燈都沒開。

已經入秋了，非熱門的觀光季，船位都沒坐滿，船離岸時，突有大浪拍打，劇烈地晃動了半分鐘。廖惜站在港口，眼睛盯著離岸之船，當船身搖晃時，她下意識地摀住心口，肚腹一陣絞動，口腔泛起胃酸的味道。

「我來過這個港口。」遙遠踩著岸邊的水泥階梯，看著挾著陣風撲向堤岸的長浪，起起落落。港口旁的水泥斜坡，當時余伯伯和爸爸兩個人就坐在那裡，望向海面。現在遙遠當然知道了，他們當時是對著海那邊的綠島，彼時島上已經沒有政治犯了，他們共同認識的人也大多不在人世，有的被槍斃，有的因傷因病死於牢獄之中，有的釋放後不知去向。

「你記得他們說了什麼嗎？」廖惜問，秋天的海風吹得她頭疼。

「說實話我不記得了。大部是余伯伯在說，應該是交代同案的誰誰誰到哪裡去了之類的吧，余伯伯好像都和他們有聯絡。爸爸啊，爸爸就一直抽菸。」遙遠扶著母親慢慢走進遊客中心，坐下來：「幸好余伯伯買了一支花枝丸給我吃，實在太香太好吃了。害我以後每到夜市必買必敗，對花枝丸完全失去抵抗力。」

廖惜望著窗外翻騰的海浪。她所成長的台灣西部，由於與對岸相隔一道海峽，海岸線受到嚴格管制，多是封鎖、駐防，不可親近，她也從沒學會游泳。東海岸朝向太平洋，相對自由、開闊，大島與離島都四面環海，黑潮的海水牽連著富岡漁港與綠島監獄，遙遙相望的人。

「我喜歡推理小說，就是要注意所有細節，找出之間的關連，證據就擺在眼前了。發生過的事都有作用，不要被自己的主觀情緒蒙蔽了。」

「我沒有要找什麼證據，只是想多知道一點，心裡比較踏實。」

「那你覺得，為什麼爸爸要帶著我來這裡啊？他脾氣壞，對小孩沒耐心，我根本不想跟他出門。」

「他也許，害怕一個人面對過去吧。那幾天，你爸爸半夜都睡不好，吃不下，好緊張，真的很可憐。」

「又不是要審判。」

「可能覺得就是審判吧。」

「所以他後來才找余霽來當家教？是自己沒被判刑過意不去嗎？」

「都有吧。你不覺得余霽來了以後，你爸爸脾氣收斂很多？從台東回來就沒打過你對吧？也許是透過余霽捐錢什麼的，他心裡比較有個寄託吧？」

「太慘了吧，明明他自己也算是政治受難者，為什麼還要覺得對不起別人啊？余伯伯也一樣，他都坐過牢了，還是對其他獄友很過意不去的樣子。」

「因為他們有良心。」

廖惜想著余老的話，好像沒多說什麼，但他的眼淚似乎又全都說了。話語很有限，再怎麼說都支離破碎，聽的人漫天裡打撈不著，兩造的溝通永遠不到頭。這是語言的限制，奇怪她卻是聽懂了。她覺得自己這一路通體澄淨，聰明得不得，不知道是不是白天夜裡都在動腦筋的緣故。倒好似以前竟是矇著眼過日子。

小文和阿新順著海風走，穿梭在不同的漁貨攤前，抬腳繞過大大小小混著魚鱗與尾鰭的水窪。最終停在濱海道路，迎向海風，咬著髮絲與鹽味對話。

「我在想，這些素材要怎麼用才好。」小文穿了垮褲，奶油色鬈髮紮成馬尾，一雙超厚底球鞋，站起來和阿新幾乎一樣高。「政治受難者的口述都很破碎，而且摻雜太多後來的想法，很難還原當時真正的樣子了。」

「沒有什麼事是可以還原的。」阿新面對綠島的方向，說：「我爸每次載到奧客，回家就一直說一直說，每次說都有點出入，增一點刪一點到後來全是他的自由創作，反正也無從查證，就隨他怎麼說。」

「你太偏激了啦，這樣說世界上就沒有真相了。」

「你非要找到一個真相，才是太偏激了。我爸口中的奧客，搞不好只是個責任制的上班族，加班到半夜沒薪水領還要花錢搭計程車，一肚子火就對著司機爆氣。這個真相我就聽不到了對不對？」

「司機和奧客本來就是矛盾的，視角不同也不能互相抵銷啊。」

「那你要找什麼真相？」

「也沒那麼複雜啦，歷史太大太抽象太沒情感，我只是想要更靠近真實一點。」

「真實就是這麼複雜。」阿新還是看著海，「像我媽，她看見的世界和我們都不一樣，但你能說不真實嗎？」

「你現在講話真是超展開欸，這已經是靈異現象了吧？」小文拿起手機順手滑了起來。

「你沒聽懂。」阿新轉過身來，把小文的手機壓下，「我媽就算不失業不發瘋，她做的工作一般人本來就看不到。」

「怎麼說？」

「你也是大學生，有時候做作品到半夜，吃宵夜的筷子刺破塑膠袋，湯汁流了一地，你也不會去擦乾淨吧？第二天怎麼變得清潔溜溜，你會想到我媽這種人嗎？」

「你現在是在說階級，還是疾病？」小文無奈地嘆口氣。

「這不是同一件事嗎？你現在講話是怎樣，簡單的道理一定要套上什麼很大的概念來說，這樣是有比較厲害嗎？」

「別笑我啦。當代美術拚命談觀念啊行動啊檔案一大堆，同學們一個個都很會說，我也很們悶好不好，不曉得以前花這麼多時間學素描要幹嘛。」她轉頭看著阿新：「你媽現在怎樣？」

「還能怎樣。有時候我覺得，送她去療養院有點殘忍，如果留在道場裡，她應該會比較快樂吧？」阿新聳聳肩，把手機塞回小文的口袋，說：「那裡沒人把她當神經病，常有人來問事，讓她忙這忙那有事做，活得像個人。」

阿新把被海風吹飽了的袖子上捲到肘關節，露出左手臂上一只小小的弓架在箭上拉滿弦，右手臂相襯的位置有一個紫藍色的繁複圖騰，線條極密，像是花開過盛，有一瓣凋零，幾許萎朽。

「這個月你什麼時候去看阿姨？我也要去。」小文把阿新的手臂抬起來細細端詳，用小指搓了搓花瓣，像檢驗真偽，也可能是抹去遺痕，說：「其實這世界瘋子很多，只是你媽比較衰，被關起來。她還會自殘嗎？」

「醫院就是吃藥控制，人變笨了，反應慢了，情緒小了，快樂和痛苦都很模糊吧。」

「還認得你嗎？」

「一陣子一陣子的，有時連會客都不行。有時會寫信給我，打電話跟我討兩百元，要買口香糖。」

「你看余爺爺，他的時間也是跳來跳去，記憶比現實還要近。」

「一人一款命啦。」阿新轉用台語說，再補充說明：「上個世紀不是有很多政治犯出獄了還參選，那時候沒有網路，我爸說他還免費載客去趕場聽政見咧，說台灣人欠他們一張選票什麼的，超熱血。」

「不一樣，以前出來選舉的都是七、八〇年代被關的。余爺爺是五〇年代被當作匪諜的那一群，沒有人敢碰。」

「聽起來，你阿公應該也是被過去纏住了，沒辦法忘記，才活得不痛快。」

「是吧，他只是個普通人，說受害也沒真受到什麼處罰，又不像余爺爺他們有信仰支撐。」

小文展開雙臂，用力擴胸，對著海說話：「我覺得他特別可憐。」

「可惜他來不及說出他自己的故事。」

「說了也要有人聽才行。」

民宿門口有數株大椰子樹及一整片楊桃，果實掉落一地腐壞，有果蠅繞飛打轉，空氣中瀰漫著果香與腐味。

趁著尚未黃昏，小文和阿新向民宿主人借了魔托車相載，到都蘭糖廠改建的園區閒逛。這是個斜坡地，一路往上走，沿途可見舊廠房的紅磚、草地與大煙囪，周邊搭建成排的個性小店，販售地下音樂ＣＤ、構樹皮手工製作的帽子與書皮、自種自釀的水果酒、貝殼手工項鍊與飾品。年輕的藝術家邊顧店，邊閒聊，邊手作獨特美麗的小飾品。小文買了一副耳環自戴，再挑了一條貝殼項鍊給阿新作紀念。

一跨出店門，阿新就低聲抱怨：「一條項鍊一千六！又不是純金做的，百貨公司也沒賣這麼貴。」

「支持年輕藝術家，你就別囉嗦了。」

「藝術太不老實了。」阿新說：「還是刺青比較實在，一針一刺都有個行情。認領圖案的人不只給錢，也獻出自己的疼痛，很公平。」

「講錢就傷感情了，走，我請你去喝酒。」小文跨上摩托車，發動引擎。

「要一直摺英文的就別找我。」

「酒喝下去講什麼都嘛通。」

園區外，公路旁的店家都放下鐵門。小文龍頭一彎就轉進巷子，放慢車速邊騎邊探看巷內深處傳來的低音鼓聲，漂流木上草草綴飾五彩燈砲的小酒吧。

「你別一副落屎面。我跟你說，這裡搞藝術的人都很潦倒，而且都沒有勞保——咦我居然押韻咧，可以改行當 rapper 哦。」小文自己被自己逗樂了，開心地說：「他們都是很有趣的人，真的你來認識一下啦。只要能過窮日子，人就會對生活比較有創意，這是真的。」

海浪的聲音更清晰了，震動如都蘭的脈動，有力的心跳。讓人忍不住想轉向海邊，坐聽海潮聲，一波又一波，在向晚的天色中，撞擊又退散。

潮退時分的海灘，像是貝殼打碎了鋪成似的，白砂如貝。和觀音外海的鐵灰沙灘真不一樣啊，廖惜想，可能是天空顏色比較藍，東海岸的長灘竟是乾淨許多。夜風涼淨，臨岸有被海水洗圓了的大小石子，觸手溫熱，想來是吸收了一整天的日曬。岸邊的爬蔓間，有豐富多樣的潮間帶生物，翻沙疾走，同時也散落了大量寶特瓶、玻璃罐、塑膠袋、菸蒂、吸管、瓶蓋、鋁箔包，還有撕裂的魚網。

遙遠陪著媽媽一邊散步，一邊彎腰撿拾垃圾。

「你在家裡都沒這麼愛乾淨，房間亂得像戰區一樣，原來打掃的力氣都花在外面。」廖惜忍不住失笑，從皮包裡拿出一只摺疊成豆腐塊大小的紅白塑膠袋，承接遙遠丟進來的瓶蓋與菸蒂。

「家裡有你就好啦。你不知道，百貨商圈是全世界最浪費的地方，不必要的包裝多到不行，還有品牌證書咧。」

「你賣那個我合不來啦。」廖惜說著就來氣：「每次你丟掉的東西都還好好的新新的，一看就很貴，我撿回來堆得到處又用不到最後還是要丟，真的很浪費。」

「就是嘛，這工作我也合不來，做久了會麻木。」遙遠再清出兩瓶捏扁了的罐裝啤酒，丟進廖惜的塑膠袋，搖搖頭說：「所以有空就要做點好事，積點功德，這不是你教我的嗎？」

「你只是觀光客，撿一撿，明天還不是又有新的。」

「你打掃家裡也是髒了又掃啊。」

「好啊，你明天再來繼續撿，好事只做一半有什麼用？」

遙遠不理會她，停下腳步屈膝蹲踞，以徒手深挖草叢中的一紙白色碎片。那多是海邊野餐後不經心丟棄的免洗餐具，日久擠壓裂成千萬片塑料夾生在草叢中，多垢不顯眼且輕薄易碎，看似無害卻萬年不得風化。

「沒用的事很多，就都不行動了嗎？」遙遠把保麗龍碎片丟進廖惜手上的袋子，低頭摳出指甲縫的積垢，親暱地說：「廖女士謝謝你啊，一直幫我收垃圾。」

墨色的海平面上，一輪明月已悄悄掙脫雲層束縛，在洶湧的波浪間切開一道銀光。那光碎成千萬片，各自散開又彼此牽引，在水面，也在水之下。

要打獵要先學會飛

「小理，車窗打開，我關冷氣了。」小將手握方向盤，向後座喊話。

「好唷！」

謝真坐在駕駛旁的前座，也將車窗搖下。花東縱谷的風大把大把灌進車內，後座的蒂娜將毛毯披在余老前胸，像小孩子掛上圍兜準備要被餵食一樣。隔座的小理則把手伸到車窗外，一路招搖尖叫。

路兩側都是山，海岸山脈與中央山脈的夾縫中，農田早已收成，現在遍植花肥，偶有多彩的大波斯菊，更多是油菜花、向日葵、萬壽菊，遍野豔色。

「好美哦，我想下車拍照可以嗎？」小理說。

車停在一處將近二公頃大的油菜花田，嫩綠與鮮黃連綿不絕。大家都下車伸伸腳、舒展腰身，蒂娜與小理跑進花田互拍，謝真也忍不住拍了幾張小將和余啟正佇立田邊的相片，縱谷被兩側山脈守護，山與田與長路綿延不絕，景緻多變。

這裡和嘉南平原真不一樣啊，謝真深吸一口氣，濱海、縱谷、野林，千變萬化，小島實在一點也不小。

「小將你的田也休耕了嗎？」余啟正問。

「我來當這個主任，就沒時間照顧了，還是領休耕補助比較划算餒。不過我爸爸很生氣，說農地休耕容易長蟲，會害到隔壁的田，被部落的人討厭。」小將把每個沉重的尾音都向上揚，像在開玩笑。

「休耕就是不種東西是嗎？不種也可以領錢喔？」謝真問。

「種一公頃稻子可以賣到五萬多，休耕補助就有四萬五，你說是不是乾脆不要種田比較好？」

「真是想不到啊。」

「這麼好的田，不耕作真可惜。」余啟正轉向謝真：「政府鼓勵農民休耕，讓美國糧食大量傾銷，你看看自由貿易有多專制。」

這幾天，謝真已經很習慣爺爺時刻不忘政治經濟分析。老人頭腦清晰，循循善誘，可能是平常沒人聽，一旦有個好聽眾，就不錯過教育民眾，或說與人民共同學習的機會。謝真常覺自己被投射為當代青年代表，即便他甚至不曾投過票。

「伊曼當立委，把結構問題窄化成文化衝突，只會爭取原住民母語教學，卻不敢碰土地和經濟問題，那才是最根本的矛盾啊。」

老人拉了拉毛毯，風大，他默默開了後車門坐回去。蒂娜遠遠看見了，急忙跑回來跟著上車，旋開保溫壺倒一杯水，遞給老人。

「這裡真美。」謝真再一次深呼吸，感到整個胸腔都受到田野浸潤，轉頭問小將：「住在這裡，很幸福吧？」

「很幸福啊，我在外面跑了一圈，還是最想回來部落。」小將正經說話時，尾音就下降了。

都市裡流離多年後，回到部落就不想再遷移了。小將擔任立委的地方服務處主任，有一份足以養家的收入，得以在家鄉穩定生活，但身分轉換也確實帶來困擾。部落原就有一套共同生活的決策體系，不是外來的行政劃分、利益分配可以輕易介入的。小將似乎握有國會權力的延伸，族人或是期待，或是冷眼，都在評斷他帶來什麼具體改變，或這改變是否通得過部落共同意見的考驗。他的田地荒廢了，族人們也都看在眼裡啊。

這些很具體的在地政治，很隱微的文化生態，該如何翻譯給立委阿里曼了解呢？不在這裡生活，怎麼會知道部落需要什麼？關心修法，要做制度性改革，怎麼不來和族人們好好討論一下，到底大家想要改變什麼？民意代表不知道民意是要怎樣當才會好。但台北才是政治核心。原住民選區太大，電視亮相的政治效益也比在地耕耘強，中秋聯歡晚會後，余霽一家人搭機隨即北返，馬不停蹄。小理即將就讀的美國學校尚未開學，她硬賴著留下來，說要多陪陪爺爺，像小孩子拖延收假，拚全力阻擋好時光飛逝。

「你看，她也捨不得離開。」

「我們會走到八通關古道嗎？」謝真看著手機上的資訊。

「車子進不去。但我們可以到山上隨便走，拉庫拉庫溪流域的林道都很美，運氣好的話可以看到猴子群，在樹上搖來搖去。」

小將返回車上，發動引擎，弓手對著花田大喊：「小理上車了。田裡有花，山上有黑熊哦。」

訪談那天，老人抹去淚水的時候，謝真就決定再多留幾天了。

對於懸空的父系親緣，他有一點好奇，但毫無線索支撐想像力，不想就沒事了。他出生在西岸中產階級家庭，同時享有兩種文化語言的滋養，歷史系畢業後找不到像樣的工作，還是倚賴流利的雙語能力，取得移民服務中心的工作，直接接觸來自華語地區的新移民。他不曾想過族群屬性和未來的生涯選擇有什麼關連，也不認為至親血緣有何值得探究，畢竟親情若無相處，說什麼都顯得刻意，甚且虛假。尋根熱在上個世紀就退燒了，身分政治更早已過時，多元時代，認同未必需要透過直向遺傳，反而更在意橫向連結，流來流去變化莫測。液態的融合與分歧，沒有什麼是固定不變的。

離開嘉義北上，行李箱夾層裡的信件鼓突，他沒打開拉鏈，但腦袋裡已然浮現航空郵件左上角的文山區地址。他曾上網查詢，附近有個地名很迷人，叫「貓空」，令人心動。

秋高氣爽的日子，他搭捷運到木柵動物園，排隊上了透明廂底的覽車，看著腳下的林木高低起伏，像踩在雲端。他終於來到貓空，在山上喝了包種茶，遠眺台北一〇一與淡水河，再搭公車迴繞下山。第二天，他又搭上同線的捷運，提早下站，走長長的路來到山邊的老公寓，那個他幾乎背下來的地址。

正值有個小孩推門而出。他禮貌頷首致意，側身滑進鐵門，直接走上三樓按下電鈴，安心等待，像是來提領包裹的人。

初見廖惜，他幾乎開口就要喊阿嬤了，一廂情願認定廖惜會幫他。就算她沒直接回應提問，但謝真知道自己的父親還活著，也知道眼前這位老婦會幫他，他願意等。

沒隔幾天，先等到的是媽媽從美國來電。

深夜時分，他在寤寐之間，模糊意識到這是旅館中午過後短暫的休息時間。幼純直接向兒子道歉，前塵往事三言兩語也就說完了，並試著和他協商，黃石山區已然開始飄雪，下週就要封山，她可以提早請假飛返台灣，等她幾天好嗎？

我想找這個人，是處理我和他的關係，你不一定需要出現。謝真說。

真的嗎？當初我沒和他商量，是我的錯；後來我隱瞞你，又是我的錯。感覺上我有責任來促成你們相認吧？

剛好相反。當時的你決定了你和他的關係，現在是我想要建立與他的關係，不需要你幫忙，真的。

那你打算怎麼說？

直接說。但我有足夠的時間等他適應後，再看要不要見面。

「好，你用你的方式去找他。」電話那頭的幼純靜默半晌，「回台灣，我也有我該面對的事。」

他聯絡了余霽，但還來不及碰面，就跟隨廖惜來到台東。

余啟正非常謙遜、講道理，除了情緒被往昔勾動時難以自持，平日舉止就像日本電影裡的老紳士，斯文有禮，一板一眼。訪談過程中，半個世紀前的牢獄檔案竟像是烙印在他的記憶桌面，一點即開，他敬重那些死去的人，教導他的人，他為了信仰未能實踐而痛苦，為了遭刑求時失去尊嚴而自責。這一切都令謝真深受震動，大感詫異。

這樣的人，實在超乎謝真過往接觸的經驗值，他好奇地又在次日單獨回訪。他維持著西方禮貌，保持友善與適度的距離，每天在固定的時間出現，和老人聊天、散步，並不忘買巧克力或甜點送給伶俐盡責的蒂娜。

有時候，他們一起出門吃午餐。老人愛喝豬血湯，大把的韭菜嚼不動，只為提味，赭紅色血凝塊的口感於老人卻是恰好，吃來津津有味。謝真與蒂娜相視一眼，共同分享食物文化上的難以苟同。洛神花茶則是三個人都喜歡的飲料，酸酸甜甜，滋味清爽。那紅豔的洛神花且甚受加油青睞，咀嚼再三，牙齒咬得沾滿血色，像是才外出逞凶鬥勇歸來，一秒變身獵犬。

老人如何理解他的出現與親近呢？謝真不知道，老人也不曾多問。他們相處，就只是生活裡的相處，謝真不曾主動把話題帶向余霽，畢竟老人又不是通向他父親的橋梁。老人多半是神智清明的，偶爾喚他「伊曼」，他於是代替未曾謀面的父親，聆聽隔代教誨，與他來台灣半年多來所感受到的政治氛圍大相逕庭。

真是個格格不入的老人啊，謝真忍不住這樣想。

「前輩都說我會種菜，其實島上的土壤混有火山灰，很肥沃，只是要懂得防風，怎麼種怎麼好。我們在整條海岸線種上花生，收成時私下藏一點可以和居民交換酒。」

「坐牢還能夠喝酒嗎？」

「白天工作很累，走路到海邊搬石頭，來來回回，用石頭蓋圍牆把我們自己關起來。到了晚上海風很冷，獄房還沒蓋好，喝點酒覺得自己不是機器，心裡舒坦一點。後來比較有時間了，監獄裡沒有適合的書可以讀，有的前輩就自己寫，寫了輪流看。」

「寫什麼呢？」

「唯物辯證法，矛盾論，台灣史，都是很基本的概念。不懂就問，老師很多。」

「感訓就是思想教育，監獄怎麼不管你們讀什麼？」

「管啊，要上三民主義、國父遺教，還要寫心得報告。前輩說，三民主義就是社會主義，匪情報告只要倒過來讀也通。」

來到綠島，他學會什麼是生產關係、價值和使用價值，以及一整套看待資本與交換的認識論。老人說著這些往事，神采煥發，即便是最傷心最黑暗的時刻，還是有人學習到最後一分鐘啊，不曾喪志。在獄中，最自私與最無私的人雞兔同籠，他不是特別有勇氣的人，但他知道什麼是值得學習的。

余啟正出身富裕家庭，高校畢業後不像其他同儕到日本留學，反而以家族經商為由，和朋友一起搭船到中國參加抗戰。在上海滯留三年間，他看見外灘的人文薈萃，國際飯店的奢華時尚，以及高聳炫富的摩天大樓。商人身分使他備受禮遇，卻又因台灣人身分而被懷疑為日本奸細。動亂中，他與友伴四處流動，參軍至郊區的窮困鄉間，親身經歷繁華上海的黑暗面，長年抗戰帶來的缺糧與貧瘠。時值冷冬酷寒，他一度感染風寒，高燒未退，鄉下農民卻將家中早已凍僵的被褥，放在大炕上像炒菜似地翻炒至棉花鬆軟能吸收熱氣了，才讓他全身包裹著禦寒。那些溫暖的，在最艱難處境裡仍善待異鄉人的人情，成了他的中國經驗裡閃著瑩光的珍珠。

戰後返回台灣，他與在上海結識的姜老師保持單線聯繫。審訊時，他的抗日經驗、半山身分絲毫沒有助益，反而更添疑慮，對執政者來說，最大隱憂正是來自島內與對岸的聯繫。

綠島釋放回台後，余啟正仍持續偷聽廣播，注意國際局勢，堅持一個人的覺醒，就算沒有同志，也不得沉淪。跨入新世紀，他曾與余霽返回上海，租界地的老建築與梧桐樹依舊，窗檯伸出長長的晾衣架也依舊。但走到黃浦江以北，他被眼前的金茂大樓、新世界大樓、金鐘大廈、數不清的五十層樓高起跳的金融大廈看花了眼，抬頭只感暈眩，餐廳要價比台北東區還貴，奢華的消費令人咋舌。繁華都會裡，到處都在蓋房子，工地內有成排臨時搭建的簡陋工寮，他從夾縫中看見，來自鄉間的農民之子打赤膊在冷天裡沖澡。

之後，余啟正便不再參與政治活動了。無話可說，不知道能說什麼。世界已經轉到他看不懂的那一頁。

小名伊曼的余霽，正式恢復族名為阿里曼．以斯巴利達夫，開始在電視談話節目穿著布農族服，談原住民族與政權的新夥伴關係，討論國中之國的可能性，主張有限度歸還傳統領域，強調母語教學的重要性。有時他在電視上看到自己的兒子，想著那個和他到富岡漁港看海、看漁船、吃海鮮，特別喜歡熬成米色的鮪魚味噌湯，尤愛挑出魚眼睛用力咀嚼至一片白糊再吞嚥下肚的小孩，到哪裡去了呢？

書架上的書，多是思想評論與小說，有些是老人翻譯的，但數十年未再刷，顯見銷路有限。老人的生活簡單，也很自律，早起快走一圈國小操場，返回家中吃清粥小菜，花生與菜瓜是每餐必備，豆腐乳、肉鬆、清炒高麗菜則輪流出現，花樣不多，但老人必吃光不留殘餘。每日讀報是大事，從國際新聞到國內政治版，全部標題掃過一遍，有興趣的內容再拿放大鏡慢慢看。午睡後，再散步，餵狗，澆花，看書，掃地，偶爾看電視，談話性的政論節目一概略過。

對老人來說，時間鋪張如無垠大海，波濤洶湧，遠來的浪也許是昨日之事，拍岸飛濺的卻是六十年前，他隨時可以舀起任何一瓢，沒頭沒尾說故事。余啟正的父親是三重地主，日本統治時期就經商有成，國民黨來台後又與新政府保持良好關係，成為土地改革政策的受益者，表面上失去大量土地，實質上分到不少股票，政治上也得了好處。詩社同案牽連不少人，他最終只被判了感訓三年，和母親找門路送金條賄賂，應該脫不了關係。但政治犯的汙名，商人也最敏感，關押期間家人不曾探視，也說明了一切。

出獄後他不曾返家，滯留台東，開過貨車，做過雜工，特務如影隨形，工作都做不久。有段時間，他以翻譯維生，找了些比較不敏感的日文小說寄到台北的出版社，至少等一個月後才知道能否拿到稿費，或能不能出版。也曾經為了省錢沒影印譯稿，出版社說沒收到稿件就此失去訊息，一年後他在書店看到以他的譯文出版的新書，掛著別人的名字。

秋美是布農女子，結實黝黑，眼睛清澈有神，留著一頭瀑布般的長髮。她在教會裡司琴，帶領青少年讀經，歌聲高亢，笑聲爽朗。她收留啟正，像收容一隻冷天裡流浪到部落的瘦狗，餵食他，讓他慢慢強壯起來，甚至不介意他是個無神論者。後來，余啟正在濱海的國小謀得一個校工的職位，閒暇時學習木雕，把部落的口傳故事雕成實體。他不寫詩了，能說什麼呢？實話都不能說，不如雕刻，要為族群歷史留下證據似的。他認真地跟隨部落耆老，手抄筆記，構思藍圖，把傳說具體化為摸得到的實體，像他獻給部落的一點勞作，不成敬意。

秋美的父親是部落裡很受尊敬的老獵人，也是台灣最後一批「未歸順番」，族人們一直頑抗至三〇年代才與當局和解，且仍強悍、有尊嚴地滯留祖居地到很後來很後來。老獵人一生歷經改朝換代的變動，宛如前世今生都早已寫就，評點世事人情，歷歷在目。

正式和日本人簽訂歸順儀式前，當時還很年輕的老獵人，曾與族人共同受邀至台北觀光。沿途的公路、火車、水庫、發電廠、電梯和百貨公司，都令長居深山的族人大開眼界，嘖嘖稱奇。但到了獵人很老很老的時候，他最念念不忘的，還是台北的圓山動物園。那些關在柵欄內、鐵籠裡，巨大無比的犀牛、長頸鹿、大象，全是深山打獵時前所未見的神獸。

「我們布農人狩獵，是為了活下去，可是日本人把那些很大的動物關起來，好像牠們是犯人一樣。我在動物的眼睛裡，看到強烈的痛苦，為什麼不把這些動物殺掉給孩子們吃了變勇敢呢？為什麼讓動物一天天被關老了，不會跑，也不會叫，生命都黯淡了呢？我的心和牠們一樣，無比疼痛。」

距離那一次台北參觀行，都已經數十年了，舊的統治者離去，新的統治者又來，布農老獵人回憶起台北的大象和老虎，仍是忍不住低聲嘆息，淚水從眼尾密布的紋路裡，溢流而出。

老獵人的女兒原本叫夏子，番童教育所的日文老師給的名字。部落歸順後，山上的孩子都流行取日語名字，等到國民政府來台，要求山胞改中文姓名，夏子才改名為秋美，部落的人不分親疏全部都姓高。高秋美從小在拉庫拉庫溪流域成長，日語說得流利，中文也學得不差，相較於余啟正的漢民族情懷，她認同的只有部落。

獵人文化在秋美身上最明顯的印記，是慷慨。她不保留食物給明天，今日有多少收成就慷慨分享，給孩童，給鄰居，給貓狗，給有需要的人。秋美愛種花，山上已經是繁花似錦，她還在門前栽種深山移植來的各式花色。秋美多麼聰明，選栽的花幾乎四季都有，輪流綻放，日日清香。喝醉的秋美，會在家中跳舞，她的身材有布農女子的結實多肉，但手舞足蹈充滿柔情，搖擺如風吹稻穗，豐收猶有餘。

余霽北上就讀大學的那年冬天，秋美騎摩托車返回部落採集竹筍，迎面撞上超載而煞車不及的砂石車。當時，樂樂溪兩側的河床早已遭商人大量偷挖砂石，兩岸都是坑洞，溪底盡是泥沙。從西部到東部，台灣經濟起飛了，部落經濟瓦解了，山上的年輕人湧進都市掙錢，再返鄉蓋房子，產業道路上來來去去飛馳的砂石車，換來部落裡一棟棟新蓋的雙層水泥屋。秋美不在了，余啟正在濱海的小屋裡，繼續工作和木雕。

現在，老人的視力尚好，眼前可見之物都是記憶攀附的線索，物件、環境、聲音、氣味都能誘發他的回憶。有時是他幻想的場景，也許是發生過，也許是想像建構的，老人走進某個無從猜測的場景，自顧自對起話來，旁若無人。

「伊曼，你要成為一個好獵人，守護家園。」老人伸手撫觸巷口的花木，彷彿那是秋美親手栽植的。他慎重交代：「守護家園就好，不管來的是漢人、日本人、中國人，不管這是什麼國。」

「但是我不會打獵。」謝真總是有問有答。

「要打獵要先學會飛，要沉得住氣，讓身體輕盈到沒有重量。野獸聞不到你的呼吸，就會鬆懈了。知道嗎？」

「我知道了。可是你根本不會打獵，你只是一個漢人。」

老人難得哈哈大笑，他轉頭平視謝真，目光清澈如晨曦：「你說的對。我不會打獵，部落的人狩獵分給我吃，種植分給我吃，他們勞動生產，知識分子只是寄生蟲。」

好老派呀，謝真也笑起來了。

進入安南瀑布與玉山國家公園前，會經過卓樂部落。部落裡有百年以上的老樟樹，鄰近產業道路的小學操場以銅版浮雕為牆，一幀幀都是布農神話與傳說。老人下車漫步、閱讀，近看又遠眺。

「爺爺，你不是也用木頭雕了很多神話故事嗎？」

「差多了，差多了。」老人陷入回憶：「伊曼小時候，暑假就來部落，玩得全身都是土，像個野人，那時候最可愛。」

「奶奶也會穿得像這樣嗎？」小理停在一幅浮雕前，圖像裡的布農女性手持玉米，背著裝滿食物的採集袋。她伸手撫摸玉米，冰涼浮突的觸感，粒粒分明：「你看，她分食物給大家。」

「奶奶穿牛仔褲，和你一樣。她也會騎摩托車，彈琴很厲害，很愛笑，幼稚園小孩子都喜歡她。」

「她會打獵嗎？」

「不會。打獵是男人的事，但女人會種植，也負責分配獵物。」

操場旁邊，豎立一座新砌的紀念雕像，底座是傳統布農建屋的黑石層，堆高約三公尺，頂端是一把紅色的火焰塑像。面對雕像的右側，一名布農獵人赤裸著六頭肌上身，腰繫褚色短裙，肩扛一隻露出利齒的山豬，手握帶柄番刀，還有一隻獵犬跟隨在側。

小理一見大喜，奔上平台，蹲到獵犬前和牠抬起的右前腳握手，咯咯發笑，「Hi Doggy，how's it going?」

「加油要是會握手就好了。」她抱著不能反抗的獵犬頸部，拿出手機自拍，對著鏡頭作鬼臉說：「謝真你看，這隻狗的眼睛是藍色的，是美國狗。」

「你在罵我嗎？」

小理大笑：「你又沒有藍眼睛，假美國人。」

老人停在卓溪鄉公所落款的「卓樂屠殺事件紀念碑文」前，拿下眼鏡一字字讀。內容依據部落耆老的口述，詳述一九一五年理番政策，強制深山內的布農族人移居平地，引發雙方多次武力衝突，後來殖民者以和解為由設宴誘騙族人至駐在所，趁族人喝醉後集體活埋屠殺。

余啟正仔細讀完碑文，轉頭問小將：「這個紀念碑是新的吧？部落流傳的故事有好幾個版本，我也聽說過，如果還有布農族語的翻譯就更好了。」他四下探看，彷彿在找什麼過往場景，喃喃說：「我記得以前還有一個很舊很醜的紀念碑，也是和這個傳說有關的。」

「來來來，被移到後面了。」小將扶著老人走至卓樂派出所前，窄小的混石子水泥台階上方，豎立著一方陳舊的長條「抗日英雄紀念碑」，灰白水泥材質，陰刻紅漆，最上方還有個青天白日黨徽，據說是三十幾年前由一名泰雅族國小老師設立的。

「啊，就是這個呀。」老人搖搖頭，「總算有人把它移開了。」

「我們布農族愛好和平，這些被活埋的祖先，是帶著山豬和米酒去和日本人和解的，後來卻被說成是抗日英雄，實在很奇怪。」小將站在階梯頂端，對著仰望的謝真、蒂娜和小理說：「不過以前都這樣啦，我們原住民如果要被紀念，一定要變成抗日英雄才有資格。」

「所以，新的紀念，是為了建立原住民自己的歷史？」謝真好奇發問。

「這些故事都是部落裡的老人說的，也不知道是真的假的，台灣有的學者說，日本史料都沒記錄這件事，口傳的並不可靠。」

「殺人的人當然不會記錄啊，」小理不以為然地說：「哪個學生會在週記裡寫打架的事，老師都會看啊。」

「你聽過族人說這件事嗎？」

「大家都會傳啊，小時候就聽說了。但這些傳來傳去的故事都很亂，有的說族人被槍斃，也有的說是活埋，反正不管怎麼死的，一定都是被日本人騙了才會被殺。不然，布農人和日本人打仗怎麼會輸呢？」小將發揮他的幽默感，得意地笑著說：「說真的，我們祖先很會突襲，打了就跑，在山裡面根本抓不到。真正被殺死很多的是日本人，他們要說自己是受害者才對餒。」

「欸，我有問題。」小理高舉右手，因為捉住話柄而得意洋洋，「你不是說布農族愛好和平嗎，為什麼跑去殺人？」

「要平等才有和平，知道嗎？台北的老師都不教吼。」小將收起玩笑話，認真說：「日本人拿走我們的槍，又要我們搬走，獵人沒有槍是要怎麼打獵？為了家園，祖先當然要拚命啊。」

「殖民者的鎮壓，向來都是很殘酷的。」謝真說。

「不過我們布農族沒有文字，很多部落裡口耳相傳的事，也許被民族自尊心誇大了，也不一定是真的。」

寫下來的也不一定是真的，謝真想。

作為一個非藍眼睛的假美國人，他不是沒有察覺以美國利益為核心的世界史，經常是錯落的，以偏概全的。移民身分鍛練了他對歧視與不平等的敏感度，真實從來不是固定不變的，說錯了，誇大了，臆測了，扭曲了，也只是現實的另一個視域，另一個可能性。你很難說它不曾發生過。

「小將，伊曼，你們要相信祖先流傳下來的故事，不要相信日本人或漢人的歷史。」余啟正說。蒂娜扶著他坐在石階上，他坐穩了，又接著說：「一代接一代的口耳相傳，就是布農族的歷史。」

這是老獵人教給他的，布農族的語言中，並沒有嚴格區分歷史與記憶的差別，祖先的經驗以口傳故事的形式，代代流傳。殖民者來了之後，這些珍貴的族群歷史，因為缺乏文字，被貶抑為神話與傳說，可信度才受到質疑。口傳必有落差，每個訴說者都添加了自己的體會與想像，族群傳說因而日日更新，永遠帶著當下的現實感。只有自以為是的殖民者文明，才需要去蕪存菁，只留下統一規格的神話與歷史。

「你說得太對了！一定是我死去的祖父跟你說，要你再說給我聽。」小將眼睛發亮，樂不可支。

布農祖先從台灣西部山林向東遷徙的漫長歷史，部落裡每個小孩都聽父母說過，是集體記憶，也是部落歷史，不會因為沒有文字就失去正當性。

相信才會口耳相傳，一旦後代的信心崩解了，也就失傳了。

「歷史是統治者寫的，有很多謊言。」謝真說：「如果我認識部落老人，我也比較相信老人說的故事，而不是別的。」

「也許要問這棵老樹，它活得夠久，都看見了。」

小將走近百年大樟樹，用雙手環抱樹幹，叫小理一起過來抱樹，否則他的手不夠長。他拉著小理的手，耳朵貼住老樹，說：「以前大屠殺的事，都是由部落裡的老人說給小孩聽，小孩子變老了再說給小孩聽，像手牽手一樣，傳說就可以一直說下去。」

他現在全想起來了，很久遠以前的祖先說過的話、做過的事，都是他從小每天學習的生活素材。父母說起祖靈的教導，就好像這些經驗發生在昨天或今日，甚至明天也可以。時間失去先後刻度，但意義永遠不失效。

「小孩子變老！」小理驚訝地叫起來。

她抽回雙手，反身背靠著老樟樹，雙手摀住臉，把指頭頂住下眼瞼往下拉：「你們看，我也變老了。」

時光堅硬如石

相約桃園機場見面，未必是個好主意。芬芳剛從國際商展返台，行李箱塞滿了待審合約、試用包、贈品，手提包裡有好幾種內含活性肽的新款面膜，還有預防眼周衰老的氨基葡萄糖胺，特別添加煙醯胺，能收縮毛孔，提升下顎線條。每一樣都加強保濕，主打活化肌膚，全屬中老年適用。

長途飛行，她在機上吃了褪黑激素還是沒睡好。淺眠，亂夢紛飛，好幾幕殘影都是她和丈夫長青的相對無言，隱匿的怨懟，艱澀的互動。

多久了呢？她已經不知如何開口了。長青有沒有外面的女人？她猜是沒有，若有也最好別讓她知道，處理關係著實太費神了。長青有一種穩定性，像他的名字一樣，變化不大。每天早上，長青會花半小時研磨限量的新鮮咖啡豆，沖煮一壺虹吸式咖啡，享受想像中的完美生活。芬芳睡得晚，早幾年聞香還會振作起床，陪長青喝完咖啡再去補回籠覺，那時孩子還小，有共同的教養分工，兩人互動也多。約莫到大言上了國中不再需要接送起，兩人似乎完成共同責任，就慢慢以互不干擾的方式各過各的生活去了。

克里斯不是芬芳唯一的情人。她常出差，一起飛就像進入異次元，和現世斷得乾乾淨淨，返回台灣再退回一對一的婚姻規格，倒也不覺有什麼虧欠。愛的退化，愛的能力會退化，等你發現時已然無跡可尋了。挽回需要能力，但失能者無從挽回，只能眼睜睜迎面撞上無愛的代價。

「好巧，我叫長青，和芬芳很相襯吧。」迎新會上玩認人遊戲，長青拿起她的名牌這麼說。好巧啊，他說，坦白無欺的眼睛，飽滿的耳垂。

他們就讀森林系，當然是大學聯考決定的，依分數排定落點，排名很末端的系所，沒有人知道未來可以做什麼。大一剛結束，班上就有三分之一的人轉系了，可見沒發展，缺乏可預期的前途。長青留下來了，因為真心喜愛山林，他參加登山社，最大志願是當上國家森林公園的巡山員。芬芳也留下來了，因為忙著打工掙錢，對未來沒有想像，看不出轉不轉有什麼差別。

長青不是戀人，是系上同學。他們各自談了一些戀愛。芬芳的對象換得快，不耐煩曖昧拖磨，要分手也絕不囉嗦，她談戀愛自有一種義氣，有來有往，不占便宜，也不在關係裡拉扯、以過往情分索求未來，她怕虧欠，怕言不由衷，怕徒勞。也許是這樣的俐落清楚，太講究損益平衡、輸贏兩訖，似乎也難能培養更長久的愛戀，總是害怕太靠近，怕傷人，也怕自傷，寧可轉身就走。

大一時，長青曾轟轟烈烈追求外語學院的美麗學姊。他穿著不流行的格子紋襯衫，紮進土黃色老氣的長褲，繫上夜市買來的仿皮腰帶，到時髦洋派的外語學院等學姊下課。他看起來土氣又幼稚，全身都格格不入，卻毫無南部人或學弟應有的自卑退怯，他的雙手有時還沾滿了上一節課的養植土，卻可以坦然露出整齊的白牙，笑得明朗又有朝氣。那些外文系的女孩們，人人手上一本厚厚的精裝原文書，經過長青身邊都笑著竊竊私語，回頭看了他一眼，又一眼。

這樣鍥而不捨的長青，真的追上美麗的學姊，一直到學姊畢業出國留學而告終。學姊上飛機那天，長青在溫室裡嚎啕大哭，同學們紛紛走避，助教想調整恆溫裝置，回頭看看這個淚人兒，下巴揚向門口示意芬芳處理一下。

芬芳拿了一包衛生紙遞到長青眼前：「要不要去校園走走？」

「走什麼？」鼻頭紅腫，銅鈴眼濕潤，像頭牛。

「總圖的頂樓，都沒人。有時哭一下午也沒人來吵。」

那天下午待在圖書館頂樓，他繼續哭，她讀新出版的卡爾維諾《看不見的城市》。長青哭累了，芬芳念一段書給他聽，馬可波羅遊歷諸國，回來說各種故事給忽必烈大汗聽，記憶與虛構彼此攀附，交織成萬花筒般不可思議的城市圖鑑，錯亂顛倒，沒有盡頭。他聽得出神，也就止了淚。

「所以，你為什麼哭？」長青說。

「我沒哭啊，」芬芳失笑：「哭的人是你欸。」

「在頂樓哭一下午。為什麼？」

「就很悲傷啊。悲傷如果沒有被充分表達，會一直回頭來找你，陰魂不散。」

長青想了想，抽掉最後一張衛生紙，說：「我已經寫了一封信，痛罵她薄情寡義。她一到英國就會收到了。」

「哇，」芬芳詫異不已，真心欽羨：「沒料到，你真爽快啊！」

他們因此成了朋友，戀人未滿。她上頂樓哭過數次，有時候，長青尾隨而來，安靜地觀察蟻群動態，遞衛生紙給她拭淚。有時候，芬芳在外打工忙不過來，蹺課過多，長青順手撕下筆記紙抄錄期中考重點，塞進她的信箱。

那個澄澈清朗的鄉下男孩，畢業後沒當成巡山員，倒是進了保險業。彼時島內經濟開始亮紅燈，一波又一波的關廠工人遊行，擋不住南進或西向的資本外移，再加上全民健康保險正式實施上路，怎麼說都不像是保險業的好時機。但是誰又知道呢？政策為房市全面護航，銀行利率快速下殺，國際金融資本進場，靠儲蓄理財的人成為傻子，投資型保險興起，一時間人人都在買股票，不懂的人就買保險避稅理財。那一波暴起的投資險，讓長青站穩了腳步。

芬芳畢業報考航空公司，受訓後綁起法式包頭，專跑長途的國際航線，在不同的時區飛來飛去。當所有乘客都繫上安全帶以防亂流時，空服員張芬芳正在狹小的機艙間快速走動，低頭在兩側檢查乘客是否繫好安全帶，直到下一波強烈氣流將她撲倒在地，髖關節脫位，不得不離開空中飛人的生涯。芬芳和長青就是在那時候結婚的，像買保險一樣，年紀到了，該安定下來了，親戚都在催了。

之後，生兒育女，貸款買房，愛登山的男孩不再有時間往野外跑，開始嗜好手沖咖啡，愈來愈專精，櫃子裡是各式器皿，有一陣子甚至買了生豆在鐵鍋裡烘炒。芬芳的嗜好是出國，開拓新貨源，跑國際商展，每個人都萍水相逢，沒時間好好溝通似乎更令人放鬆。因為忙碌，因為所有現代夫妻會遇到的庸俗問題，他們終至走向同床異夢。婚姻謀殺人們對關係的想像力，其實錯不在婚姻本身，而是人們決定踏入婚姻時，就已然內建妥協與放棄的程式，帶著隨俗之想，以為被套牢會比較好過。婚姻收納的盡是一群殘兵敗將，以家庭作為避風港，放棄抵抗，不再任性。這是非戰之罪，婚姻襲捲了所有的喪家之子，不得不發出酸腐氣。

有時候，芬芳會想，他們還找得到一個不會吵到別人，但允許彼此在場，痛快哭一下午的地方嗎？若有那樣一個頂樓。

幼純出關時，芬芳早在螢幕上看見她拉著行李箱四面張望，從而來得及調整出最從容的笑臉，迎上去。

三十年，足夠把幼純的尖下巴拉垮，眼角細紋隨著笑容散布如蛛網，幸而鼓脹紅潤的面頰頗有精神，雖然很明顯已是生過孩子、骨盆腔擴大了的婦人體態，但直挺的腰桿仍顯見活力。芬芳的身形與外貌都變化不大，這多少要歸功於定期的雷射微整，再加上合作廠商給出遠低於市價的肉毒桿菌，讓她勉力維持住面容無斑，膚色均勻透亮，說是深海魚油或膠原蛋白或藍藻之效，顧客都願意買單。

幾十年的歲月，原來也只有線上幾句話就交代完了。見了面倒像是已簽定和約的兩造，再沒有底線需要試探，再沒有餘地可以協商，聊什麼都無所謂，完全不在預期之內。

「和余霽聯絡了嗎？」芬芳問。

「還沒。謝真還在台東，我想先給張老師上個香好嗎？」幼純自然地挽起芬芳的手，像高中一樣。只是當時沒什麼資訊，可以不尷尬地提醒芬芳，手挽手不只是好姊妹。

幼純在眷村裡長大，爸爸媽媽在村子口賣麵，左鄰右舍都會幫忙照料。村子裡的孩子們幾乎是集體照養，大的帶小的，漫山遍野遊蕩。小六時，她常常幫隔壁王媽媽去租書店還書，跑腿的代價是免費讀小說。王媽媽其實很年輕，二十歲不到，由父母作主嫁給退役後賣饅頭維生的老王。老王比幼純的爸爸還要老，原本在山東老家有妻有子，撐了三十多年才看破「反攻大陸」不過是場騙局，團聚已然無望，遂拿了退休俸娶個鄉下女孩，打算就此落地生根。

軍隊裡待久了，老王不太知道如何過上尋常的家庭生活。眷村的牆壁薄，老王打老婆的聲音，從客廳一路到廚房，有時鄰居會用力敲牆，高聲喊話：「夠了老王，別打了。夠了，要出人命了。」大腿手臂常有淤青的王媽媽，終於如老王的願懷孕了，臉蛋和肚子都吃圓了，添了個帶把的兒子，山東饅頭店放鞭砲慶祝，老王更加賣力工作了。

初生的孩子尚襁褓中，王媽媽邊奶嬰兒邊讀小說。有時幼純翻開書頁中殘留的水滴狀噴濺紋路，不知是嬰兒的口涎，還是母親的乳汁。王媽媽租書多是言情小說和鬼小說。言情小說裡的女主角一律美麗脆弱，人生若有恐怖危難，無非是遭逢愛慕者強暴，所幸永遠在最後一刻由她所愛的男主角救回，總是胸衣被扯去一半，裙子都撕裂了，在哭泣聲中保住清白。不清白的，多半是配角，不重要。幼純的心跳加速，不知為何總有幾分遺憾，後來呢？沒被營救的另一個可能是什麼？她翻來覆去，性的敘事戛然而止，留下無窮想像。

幸而，言情小說沒說的部分，鬼小說補上脫衣服的後半段。

只有女鬼才掌握性的主動權，她們美麗妖嬈，纖細柔弱的模樣和言情小說的女主角未有二致，男書生為之迷醉。開始約會後，女鬼活潑主動多了，她們擅於使用身體營造陷阱，不小心露了肩，無意中拐了腳，洗浴時因意外而呼救走光，她們如此有創意，目標很一致地跌進男主角懷裡，性事就水到渠成了。鬼小說裡充斥著大膽的描述，光滑的胴體，濕潤的舌頭，彈性的乳房，粉色的陰唇與火燙的內裡，挑逗著，勾引著，無從想像因而更想知道。小學生幼純口乾舌燥。

溽暑天，國防部派來疏通水溝的阿兵哥，草綠色的汗衫全濕透了，他站在矮牆外，客氣地向抱著嬰兒搧風的王媽媽討杯水喝。

夏季還沒過完，王媽媽就和阿兵哥走了，嬰兒剛好一併斷奶。老王和小王都被拋棄了，幸而兩人相依為命也不孤單，老王加緊賣命幹活，花錢委請其他媽媽白日裡照顧小王，夜裡抱著兒子回家。村子裡不時聽聞，小王竟夜啼哭而老王兀自呼呼大睡。可憐哪，小孩子無辜啊，村子裡的媽媽們私語著。

女鬼是幼純的性啟蒙者。就算女鬼是因為死了才擁有自主性，還是大有啟發，至少證明了女人的性，除了抵擋（非愛的對象）、獻身（給愛的對象）、交換（愛的獨占權）之外，還有其他可能。主動的，有意識的，掌握主控權，而非被動，或欲拒還迎。幼純因此知道有一種女人可以怎麼活，知道欲望是怎麼一回事。家裡新裝蓮蓬頭後，她知道急速沖水的勁道，如何配合手指與陰蒂磨蹭帶來高潮，她自立救濟，創意無限，學會自慰與自娛，不假外求。

高一放寒假期間，幼純開始寫小說。藉由虛構，她終於進入年輕王媽媽的內在世界，渴求愛的女鬼，有情慾的女主角。青春是無法饜足的任性，她讓王媽媽奔逃他方，老王發瘋了，阿兵哥只是個踏板。

「那個嬰兒呢？」芬芳問。

「說實話我忘了。」幼純把手稿搶回來：「這是個破綻，我再想一想。」

「她沒帶走小孩，老王會打老婆，會不會也打小孩啊？」

「張芬芳，這是個女性情慾自主的小說，為什麼你一直關心小孩子？」

她有點心虛，又有點倔強，因為真實人生並不是這樣的。幼純國三那年，王媽媽又回來了，憔悴了些，削瘦了些，但年輕的臉畫上濃妝，手指擦著鮮紅荳蔻，小王被接回家自己照顧。村子裡流言不少，善意的惡意的都有，但似乎多是默許母親回頭，畢竟小孩沒媽媽太可憐了。老王也默默承受流言，沒再聽見他打老婆的聲音，山東饅頭還是扎實又有嚼勁，小孩和媽媽都一日日長胖了。

眷村裡，多的是不合格的婚姻、七拼八湊的家庭，日子總要過下去。

幼純繼續在洗澡時，寫小說時，演練她的情慾想像。她熟知村子裡實踐性試探的角落：籃球場的暗處，裙子掀至大腿根部的鄰家姊姊；深夜的衛生所牆角，攤放塑膠袋裡摩擦過的黃濁強力膠，還有散落的衛生紙團。她和讀軍校的男孩在後山的防空洞裡，探索過彼此的身體，好奇比欲望還要多。但性不只是性，男孩臨到最後縮手了，說要尊重她，彷彿經過歡愉的女體就壞掉了，而他要負起修補的責任。她聽得出，他怕。

拍掉身上的砂土與雜草，她一身乾淨地走回家，再沒有回到防空洞。性的歡愉與責任的恐懼，原來是同一件事，就算骨子裡各不相干，也已然糾纏沾黏。她自己找資料，到早已出國的哥哥房間裡，從抽屜底層搜出未開封的保險套，預先排除自己成為別人的責任與恐懼。

你知道為什麼金庸小說裡，我最喜歡小龍女嗎？

要命，為什麼是小龍女？芬芳看過剛播映結束的電視劇，扁了扁嘴：潘迎紫太老了吧？

我小時候看過的小說裡，小龍女是唯一一個，被強暴得逞了居然還可以繼續當女主角。強暴？哪有這麼赤裸。

小說裡她被矇著眼看不清對象，以為是楊過，就做了。之後發現不是，也沒有要死要活以為自己變髒了。幼純攤攤手，說：「和錯的人做愛，就像打乒乓球遇到爛咖，換手打就好了。」

「做，那個事，」芬芳啟齒艱難，畢竟是太少使用的語彙，練習不足。她邊想邊說：「和打乒乓球畢竟不一樣。」

「是不太一樣，打球會挑程度相當的人，打起來才痛快。做愛卻只能挑愛上的人，」幼純想過千萬遍了，她真心誠意下了結論：「若是身體合不來，怎麼好意思說不愛了呢？」

那年代籲求兩性平權的文章，她不甚在意地草草翻讀，去脈絡挑著用，下筆銳利，狂風亂掃。她朗讀男孩笨拙的情書給芬芳聽，芬芳生氣時會說話不流轉，所謂氣結，好可愛。有時她頭枕著芬芳的肩頭，說著無關緊要的話，感覺全身的血管滂沱流動，每個毛細孔都爭著呼吸。芬芳就像一片朝陽初升的廣闊平原，吸引幼純從險峻高危之處，汩汩向她流去。

當芬芳的關注被抗議化工廠的行動吸引，幼純跟著來到現場，爭辯：「為什麼埋鍋造飯的都是女人？男人只負責喊口號？為什麼阿嬤帶著孫子來輪值，但阿公只帶著菸？」

「男女不平等本來就存在，但這是生死關頭，還有更重要的事。」

「到了生死關頭還不檢討，太平時期還有人會關心嗎？」

幼純像是永遠的反對派，反對所有的既定秩序，敏感於不公平的性別對待，有時近乎不顧大局，顯得小家子氣。被劃歸為小家子氣，更敏感，更反對。

芬芳嗜讀好思，仰慕正義、平等、自由這些抽象純粹的概念，以及用行動體現概念的人，例如余霽。那天幼純其實是有備而來。保險套總算派上用場，放在書包的最內層，必要關頭拿出來，昭然若揭。余霽閃過一絲迷惑，更多是敬意吧？尊敬她竟然有所準備，似乎也因而鬆一口氣。

有備而來，誰知道避孕竟然無效呢？她只怪自己常識不足，連懷孕都是母親先發現了她的不適與過量的分泌物，才不得不面對如何善後。她沒有孕吐，食慾好到不行，特別鍾愛豆漿，吃什麼喝什麼都像是小孩的欲望，彷彿她只是個通道，輸進滋養品。最後會輸出什麼呢？她不曾如此著迷自己的身體，原本尖而小的乳房如今豐盈飽脹，乳頭也繃緊了，不穿內衣直接碰觸粗糙材質的衣料，會隱隱作疼。

懷孕的女體像另一個新的人，太新了，萬物都要為之讓位。她想起小時候村子裡來了個台北姊姊，說是借住親戚家養病。姊姊很害羞，面容稚氣，笑起來露出迷人的酒窩，成天和這些只有半天課的低年級孩童鬼混，拆解馬纓丹的花序，再一蕊套接一蕊重組成指戒、腕鍊、項圈。山路散步歸來，每個孩子身上都垂掛著五彩繽紛。慢慢地，姊姊肚子大到掩飾不住了，孩子們都聽到媽媽們聲量不小的耳語：看起來乖乖的真想不到，一定是被男人騙了，才小小年紀就吃了這麼大的虧，以後的日子怎麼過啊。孩子們繼續和姊姊散步，馬纓丹花季過了，還有鳳凰花瓣可以組成美麗的紅蝴蝶，他們有時候會帶來一碗豆花、半串香蕉、幾件乾淨未用過的紗布衣，都是出門前媽媽塞過來，說拿給姊姊用的。姊姊的眼角含淚，酒窩一閃一閃。

幼純全想起來了，很早的時候，酒窩姊姊就預示了一個可行的範本：非婚生子雖然不見容於相熟的環境，但是，總有個陌生之地可以，接住她。

三十年後，芬芳還是清瘦精實，黑色長褲襯得體型修長，臉上的妝容精緻卻淡雅清透，連偽裸妝的唇色都滋潤宛如天然。幼純忍不住捏捏她的手臂，低啞的嗓音像剛經歷過激烈哭喊，挾帶一種滄桑的魅力：「為什麼你都沒有變啊？都快五十了還不長肉。」

「你才沒有變，一下就認出來了。」芬芳熟練地回應。中年以來，這類讚美聽多了就知道不能承認，不但要以同等的讚美回敬，還要示弱，裝模作樣自棄地說：「肉長在你看不到的地方啦，都歐巴桑了怎麼可能不胖。」

這個說著客套話的芬芳，把幼純拉回現實。

畢竟三十年了，就算她們努力抵擋住、或擋不住外貌的衰老，時光堅硬如石，凡經敲打碰撞，再強大的心高氣傲也終將坑坑疤疤。更何況她身處高度競爭的異鄉，手上拿不出堪用的學歷與財力，外顯的全是種族階級性別的邊緣標誌，難以累積可堪升遷的資歷。年復一年，她掙得生存的本事，至於智識才能成就感等等，根本沒得爭，只能擱置到差不多遺忘殆盡。

大都會的自由與殘忍是同一件事，人在這裡如泉水匯入大海，風沙吹進大漠，不會有人盯著你看，也沒人把你當一回事。幼純早已習慣在經緯度差距甚大的州與州之間，隨著旅遊淡旺季遷徙，說到底，也只是匍匐求生。

黃石國家公園的觀光旅館是她待最久的地方，有熟稔的同事，多變的自然景觀，什麼心事都可以埋得很深，不受驚擾。連綿無窮的森林最是猖狂，從遠方冰凍積雪到近處春芽初萌，都同時間在一整片松木林區各自生存，間隔野火調解生態所殘留的枯木區，焦木炭與白木心交錯的森白寧靜，美得令人不敢相信眼睛。大海般廣袤無邊的湖泊，映照一樣沒有盡頭的藍天白雲，紅土豐饒，黃石碎裂，野生動物成群結隊穿梭大草原。或者就一隻馴鹿靜坐森林邊緣，初雪落在花樣繁複的鹿角上，栗色長毛散發不可思議的光澤。她第一次知道原來母鹿也能長出鹿茸，如此珍稀，如此寶貴。

十月黃石因雪封山後，她原本計畫轉往六百公里外的溫熱賭城，賺一季小費再走。內華達州草枯木黃，沙漠裡唯有這座人工綠洲仍光彩奪目，數不完的奢華酒店、水池噴泉、品牌精品，一年四季都有遊客來圓夢、試手氣、找刺激，每個轉角都像嘉年華，乞丐與兔女郎一樣多。

沒去賭城而回到睽違已久的台灣，她穿著去年打折買的過季毛料外套，對亞熱帶的秋季來說是過於隆重了，上身的低胸駝毛衫還算合宜，但失去腰線，胸型也難以突出。飛機上沒睡好，下機前補妝就知道今日皮膚狀況不佳，粉全浮在表層。

舊識比新交還難開口，生活既是無法簡化交代，不說客套話，還能說什麼？

「我整整胖了快三十磅，但美國人還覺得我很苗條呢。」幼純鬆開芳芬，環顧四周說：「出海關才嚇一跳，怎麼大家都好瘦啊，不只是廣告上的模特兒瘦，一般人也瘦，台灣女人都不吃飯了嗎？」

「吃飯是一定要的，先回我家好嗎？」

「木柵山邊的那個家嗎？」

「那是媽媽和遙遠住的地方，你想去看看嗎？晚上住那裡也行，我的房間現在是客房了。」

芬芳遲疑了一下，客氣地問：「還是你習慣住旅館？」

「我已經訂好旅館了。就怕我一覺醒來，忘了自己是出來玩，還跑去摺被子、刷馬桶，可就太不划算了。」幼純爽朗大笑，像美國人一樣地挑高眉毛，擠壓出額頭的皺紋，阡陌縱橫。

「那就先送你去旅館休息了。」

機場往台北的計程車滑入二高，後座的燈光暗淡，看不清楚彼此，似乎離往昔近一點，和當下可以保持一些距離。

「我不知道爸爸寫信給你，其實我有點羨慕。」芬芳低聲說。

「是我先把謝真相片寄給他，他才寫信來。我也許是張老師的樹洞，他把一些不知如何說出口的話暫時放進來，最終還是要轉給家人看的。」

「是嗎？我可以看信嗎？」

「謝真帶走了，他一定是拿這些信來和你媽相認，否則誰理他啊？反正，我兒子和我想的都一樣，都想把你爸的信還給家人吧，本來就是寫給你們看的啊。」

「到底寫些什麼啊？」

「信裡沒什麼祕密，都是日常生活，但對家人來說，一定特別珍貴。」

放低音量就更聽得出來，幼純的聲帶磨損嚴重，已然不是那個清亮的女高音了。芬芳不由得想起自己曾有的空姊生涯，推著餐車在狹小的機艙內，一排排詢問咖啡與茶，重複念出數百次餐點名稱，喉糖是隨身必備品。她幾乎可以想像，幼純在嘈雜的酒館裡，迴旋在餐桌與餐桌間，來回用力地複誦點餐內容。長年積累的勞動耗損，全兌現在幼純的沙啞菸嗓。

奇怪的是，破損的聲音似乎有種柔軟的力量，也許是滄桑，也許是風霜，以其飽經磨損的缺陷，令人卸下所有裝備，再狼狽再不堪也能容留安置。

「我可能是嫉妒你，也可能是嫉妒爸爸，嫉妒你們有祕密。」

「其實，」幼純輕輕嘆了口氣，很輕很輕，像只是換一個方式呼吸，「我和張老師是各自有祕密吧，誰也沒說破。」

芬芳不自覺咬住下唇，在門牙留下淺淺的唇印：「那時候，我只覺得好孤單。」

「哪個少年不孤單呢？我想了很多年，除了瘋子我不知道如何解釋自己。」幼純用低啞破損的聲音，輕輕接住她。那聲音無比蒼老，帶著多軌的刮痕，數不清的結痂再復原，因而聽來全是撫慰：「瘋子以自己為中心，所有的箭都往裡射，看不見和別人有什麼連結，最終握得住的，也只有孤單而已。」

芬芳也笑起來了，瘋子很好，會傷人也會受傷，但瘋了彷彿取得罪責豁免權，未免太輕易。這輕易幾乎令她止不住顫抖。

花也瘋了

置身觀音山國家公園裡，是看不見觀音的，但不缺夕照，每天都不一樣，有時豔有時濛，像空氣檢測器一樣。遠處海天一色交織著青綠鬱藍，層次豐富迷人，倘若夕陽被厚雲遮蔽了，鑲出閃閃金邊，藏而不隱，反而更凸顯了存在感。從療養院的窗戶看出去，可以看見夕陽的時候，也已然不准會客了。穿著同色同款制服的病友，三三兩兩散落各處，偶然間抬頭望向西側時，只能把落日留給自己，或彼此的妄想。

今日的淡水河出海口，色澤混濁，灰藍倒映著更多的灰，雲層團團裹挾著濕氣。陰天的緣故。渡船頭的假日人潮不少，阿新和小文、大言逆著人潮，搭上療養院的接駁車，直接走到最後一排並坐。路口大塞車，長長的車龍全冒著悶煙，卡住單向往北進城的流動。好不容易等到綠燈，巴士轉彎東行，上山道路的車流甚少，九彎十八拐的山路兩側電線桿上，由「神愛世人」和「南無阿彌陀佛」交錯展示，沿途少有療養院的路標，倒是重複指向「大聖殿」。

「大聖是齊天大聖嗎？」週末早上，大言蹺了一堂數學補習，硬要跟著來。從車尾窗回頭望，只見廟前豎立著「戒」與「色」兩個大字，他打開車窗讓風吹入，側身問阿新：「真有人祭拜孫悟空啊？」

「他可是戰鬥力高強的神明欸，專長是斬妖除魔。」

「所以人們來這裡拜齊天大聖，求什麼？」

「小孩子中邪、卡到陰之類的。孫悟空自己也是小孩脾性，所以對付小孩很有一套。」阿新從襯衫領口掏出一只金項鍊，正面有個齊天大聖像。他解下金鍊子，傳給大言和小文，若無其事地說：「我小時候常尿床，半夜吵不停，我媽就要我認大聖為父，當他的契子。」

「原來孫悟空是你乾爹啊，」小文大笑：「野猴子專管野孩子。」

「孫悟空會變身，會幻術，和思覺失調是同一國的。我還真希望我媽像大聖一樣，雖然身體不自由，心靈可以七十二變。」

「這樣說起來，藥物治療就像緊箍咒一樣，你媽如果要平靜，就不得自由。」

「藝術家會選擇平靜，還是自由呢？」大言追問：「那些很厲害的畫家像是梵谷、草間彌生什麼的，如果被關進療養院，還能夠保有創造力嗎？」

「不必用藝術來美化瘋子啦，如果你家有人天天被幻覺幻聽鬧到要自殺，你只會想把他關起來。」阿新把金鍊子重新掛回頸項。

「吃藥吃多了，正常知覺也會受傷吧？」

「想死的念頭太強大了，只能先靠藥物先壓下去，等度過了再說。」

「度過了就痊癒了嗎？」大言問。

「沒有痊癒這回事。今天感冒好了明天還會再患，就這樣。」

車子轉過一間老廟，廟口有人獨坐，百無聊賴地看著馬路，車子疾馳而過也不曾眨眼。地上有半瓶罐裝米酒。

抵達療養院，院前兩株吉野櫻意態娉婷，靠近海的那一頭長出數叢粉紅花朵，爭先恐後擠著綻放。

「看！花也瘋了。」小文指向窗外。

「開錯季節，花還是花。你能說這不是櫻花嗎？」

秋陽曝曬後，空氣微暖，但已略帶涼意。三三兩兩的病友聚集在大廳窗前，透過格子狀的窗欄，想像滿溢出來的霞光沒被切碎的模樣，想像流動的、自由的、穿梭來去的雲與光。

阿新的媽媽面色蒼白，身體倒是胖了，藥物的副作用造成食慾增加，病房生活也缺少刺激，零食成為日常。她看起來溫和又平靜，眼神有用藥者的過度凝定，彷彿眼周的肌肉都拉緊了，看著你都因為過度用力而顯得不自然。但那笑容是發自真心，自然而然的。

「你自己弄傷的對不對？」阿新口氣變成可愛音，像對小孩子說話。他指著新媽手臂上結痂的抓痕，以及包著紗布的手指。

「我就跟醫生說我不喜歡可致律，想換藥。可是護士一定要看著我吞下去，才肯放我走。你看吧，吃了就會便祕，然後又要吃軟便劑，再來就是拉肚子。」新媽心不在焉地說，側耳像在聽誰說話。

「拉肚子就抓傷自己哦？這樣我怎麼帶你出去玩？」

「不能出去。一下子就要上廁所，不能出去玩。」她的視線總算調焦到眼前了，露出客氣的笑容：「小文也來了啊，這位是誰？」

「阿姨，我是大言。」

「啊大言都長這麼高了，長大了，變漂亮了。」新媽熱心地握住他的手，像個通靈者：「談戀愛很好，嘛真艱苦。」

阿新招呼著大家坐下，說：「別嚇大言了啦，小孩子哪知道什麼艱苦。」他看了大言一眼，轉過頭握住新媽的手，「你還會胃脹氣嗎？不舒服要跟醫生說，可能是剛換藥，身體還不習慣。」

「說真的，身體有一點點不爽快，人才會比較清醒。」她悄聲說，像洩露小計謀，有點得意，眼神發亮。

「阿姨說得對！」小文說：「保持清醒很重要。」

「別亂出主意！」阿新一掌拍上小文的大腿，跟媽媽說：「醫生看你的反應開藥，你有什麼感覺都要說清楚，騙醫生就是在害自己，你知道嗎？」

「知道啦，吃藥我比你懂。」新媽掏出一張紙，上面刪刪抹抹寫了七八行字，珍重遞給阿新：「上次你爸爸來，說今年過年要帶我回家，我想了很久要準備什麼年菜，要買的東西很多都先寫在這裡，你要記得買。還有啊，我想邀小呆一起過年，上次我跟你說過那個小呆，她很可憐，家人就是她的壓力啊醫生還說她好了可以回家，回家不就慘了嗎？」

阿新收下紙條：「好，東西我會準備好。但你不是小呆的家屬不能帶她出院，不要亂給人家承諾，又做不到。」

「我做得到，做了二十年欸，二十年！是他們說話不算話，臨時就叫我不必來了。學校這麼髒，餐廳有蟑螂在爬，大學生的生活習慣很差，垃圾都不分類，看了又不能罵，只能默默做，一直做。」

新媽話愈說愈快，快喘不過氣。離開職場多年，但她一直沒忘記：大學生把玻璃罐丟進一般垃圾筒，她的手掌被劃出一道五公分的傷口，還要忙著先換上乾淨的垃圾袋，免得被投訴；剛檢驗過的飲水機上，浮著一層油脂，出水孔被泡麵殘渣堵住，不能直接倒進洗潔精，得先注意一大鍋煮開的沸水是否沾上異味。這些都是小事，但全都是難以解決的事，只能靠她加倍勞動，在大家來不及發現異常前回復正常。像從來不曾發生過。

只有她，她的身體牢牢記住，像大大小小的嘴巴，竟夜說著疼痛。

「阿姨，別生氣。」小文傾身向前，握住她的雙手：「大學生是蟑螂，髒死算了。」

新媽點點頭，用力呼吸，大家都安靜下來，聽著她的呼吸由急而緩。

「好啦，過年就照你說的安排。」阿新開口，加重語氣：「我等一下去問問看小呆可不可以出院。」

「你怎麼這麼傻？小呆沒有家屬來，怎麼可以出院？」

「那你要不要問一下小呆家人的電話，我幫她問問看。」

「我們不能互留電話。打電話回家如果有用，小呆早就打了。」新媽看著面前三位年輕人，神情自若地說：「過年我就留下來陪她過年，這些年菜你煮好，陪你爸爸去拜拜。」

她身上，或屋子裡，有淡淡的尿騷味。很淡，浮在空氣裡，坐一陣子便會察覺，來客會不自覺地閉氣，不好說。再待久一點，也就忘記了。

阿新無奈地問：「所以，過年你不回家？」

「那小呆怎麼辦？上次我肚子脹氣，她幫我去跟護理站借綠油精，幫我按摩肚子。我問過聖帝爺公，小呆過年要有人照顧，免得她又想不開。」

「阿姨你人真好。」小文往門外看，「小呆是哪一個啊？」

從會客室略開的房門望出去，大廳裡十數名女性病患多數是百無聊賴或坐或站，或斜靠牆邊，或漫渙無焦點地望向某處。她們彼此之間沒什麼互動，但聚是聚在一起的，零零散散的日常生活，有人對著窗口唱歌。

新媽站起來，指向一個神情漠然站著看電視的女性，不到三十歲的模樣，頭髮梳理得整齊，衣著也乾淨清爽，但身形與臉面都略有浮腫，顯見長年不運動的鬆垮與疲憊。小呆的身體歪斜，像重心不穩，以不規則的頻率，輕輕晃動。那晃動並不明顯，但她像是把身心所有力氣都花在止住晃動上，因而更是歪斜。

「小呆住幾年了？」

「不知道，我住進來前她就在這裡了。小呆是她自己叫的啦，護士都說不要這樣叫，會把人叫笨了。」新媽突兀地笑出聲來，樂不可支，笨彷彿比瘋好笑一點。她轉頭再看一眼小呆，補充說：「小呆很聰明，早上領藥吃，她會藏藥在牙縫間，護理師都查不到。」

「她幹嘛藏藥不吃？自己亂停藥很危險。」阿新不高興地打斷。

「小呆說那個藥吃了記憶力變差，她想回去念完碩士，還訂了《空中英語》雜誌，有空就背單字。」新媽幽幽地說：「是說人生有目標也很好啦，我有想過要考環保局清潔隊員，工作比較有保障，不會做一做就沒有。」

阿新走到媽媽面前，半蹲著直視她：「如果你可以定時打胰島素，不亂吃東西，我們跟醫師商量辦出院。」

「我可以啊，不過，糖尿病的藥吃多了排尿會不順，我怕以後要導尿就慘了。」她忽然專注起來的視線，像是穿越眼前的人，拋擲至難以抵達之處。

「所以說，現在對你最危險的是甜食。」

「你很囉嗦欸，瑤池金母說可以吃。」新媽撇過臉，望向窗外，「金母說我會生病是因為心裡對老闆有怨恨，如果吃甜甜的心情好，可以放下過去的恩怨，人就清醒了。」

「阿姨你血糖太高，不能再吃甜食了。」

「不行，我不吃甜的，就會恨老闆，恨老闆我就不能清醒。」

「你吃甜的會害到自己啦。」

「總比害別人好。我要去大便了。」新媽站起來，逕自走向門口，回頭說：「阿新你下山時記得去跟契父拜一下，大聖會保庇你事事順遂，成功大發財。」

阿新沒有成功，也沒發財。媽媽失業那幾年，精神狀態急轉直下，更嗜吃甜食，發慌時就帶他到道場念經、祈福。阿新靈活健壯，擅跳街舞也擅扮八家將，就算搬家到城市的另一頭以後，宮廟裡有什麼重要節慶活動，他還是會越過整個台北市趕來鬥熱鬧。

這麼多年來，他知道瘋癲是什麼，當正常的界線被標準化了，異常就被定義出來了，凡是規格之外的都不正常。那些藉著神佛顯靈而傳遞訊息的通靈者，那些在出陣時行走於火焰之上、背負刀劍挫傷猶然大步前行的乩身，都是他生活裡的貴人，接住許多從現代醫療掉出來的失能者，承擔那些被譴責為壞或笨的中輟少年。阿新小腿肚上第一個刺青，就是宮裡兄弟們結拜時，共同選定的系列飛龍圖，後來他跟了這個師傅學手藝。阿新做事細心，也耐心學習，畫雲朵尤其畫得繁複迷人，捲動如駭浪，深沉如潭水。

刺青是無比激烈的表達，雖只在皮囊表層，卻昭告了刻骨銘心的誠意。刺的當時相信要一輩子到老，與肉身同在或同腐朽，但皮膚會鬆會垮會起皺，原本飽滿豔麗的圖形，隨著歲月增長，也會像縮水的果實，滿布皺褶。不過師傅說，愈複雜的花紋愈會與褶紋結合，像老家具會長出摩挲的光澤，反而不見老，只見歲月。

阿新不了解歲月如何不老，畢竟世界於他還很新，就算自小在宮廟裡進進出出所見盡是歲月遺痕，他扛起神轎時仍自覺如旭日，生猛有力。在台東與余爺爺相會時，阿新約略感受到，老人竟得以在歲月中來去自如，新舊雜陳。這樣說很玄奇，如果時間不存在，或不存在一個線性流逝的先後序，而是過去、現在、未來同時並置，我們隨時可以走到不同的時間點，也就不需要記憶了。余爺爺像是站在時間裡面，無所謂老或不老，忘或不忘。

余爺爺說話和媽媽一樣，邏輯多所跳躍，時空任意對接。失智與瘋癲都關乎記憶的錯置，與誤觸。只是前者似乎呈現減法，刪刪減減後所餘不多，再來可能連生活自理都會出問題；後者則是只增不刪，真的假的全糾纏一起，線索太多了繞不出迴圈。認真說起來，媽媽並沒有攻擊性，若有人陪伴她吃藥控制，陪伴她別亂吃甜食，陪伴她不受幻覺驅動自殘，她也可以像余爺爺一樣正常生活。

若有像蒂娜這樣的照顧者。但阿新不敢多想，他還要預備晚上的工作。

入夜的刺青店，大言一路跟來，負責開針前、完針後的拍照存證，以免日後衍生消費糾紛。

今天是小文星圖的開針，由於圖形不大，預計三小時內可以結束。

小文在一名中年銀行員的左前胸黏貼轉印紙，紙上已抹除色彩，只餘線條，並標誌高光及陰影。預定開針的身體部位有點隱祕，深色的銀行制服會將它完美遮覆。在靠近心臟的位置藏著一個暗黑圖騰，似乎是銀行員最大膽的反叛，他脫下上衣時，甚至被自己的心跳震動得難以平復。

「等一下如果要打噴嚏，要咳嗽，要捉癢，都要先說一聲。隨時可以暫停，不要忍。」阿新親切地說。

「如果，不小心刺歪了怎麼辦？」銀行員問。他的身體很少曬太陽，慘白膚色最禁不起出錯。

「不會不小心，除非你突然亂動。」阿新很專業地說：「就算真的刺歪了，我們也有方法補救，用背景或其他線條遮蔽都可以，別擔心。皮要繃緊，心要放寬。」

大言安靜看著阿新工作，看他專注的神情，削肩上衣露出結實油亮的臂膀。阿新讓銀行員的雙手往椅背後下垂，撐開並無肌肉的胸膛，他以指背輕輕拍打貼紙周遭的皮膚，再轉過來用掌心平撫至銀行員的肩胛骨。大言感到自己的胸膛也怵然緊縮，耳朵紅了。

這其實更像是集體創作。小文構思圖案，銀行員獻出身體作為畫布，阿新以線圈與針筆刺出意象。星圖使用大量不規則的線條，造型突梯，核心概念是宇宙初始時，正反粒子間相互吸引、對撞而成的擴散與聚合。難的是色彩不好掌握，紫黑色長空拉出灰藍與橙紅的幽冥感，需要分多次上色，點狀突出如深海水母般的透明螢光。小文只負責調色，她將要見證自己的畫作終於被實踐在人體上，還有什麼更好的讚美？不是被掛在餐廳、畫廊、客廳，而是被小心地鏤刻在不見天日的胸前，日夜揣著，也許只有鏡子看見它。

被認領過的圖，將從型錄上消失，但可能會有喜歡小文畫風的人，再來客製化訂作類似手法的星圖，在不同的人體上顯現不同的企圖與心事。會不會有一天，銀行員在櫃台後清點一筆待匯的款項，一抬頭卻看見匯款人的右後頸浮現類似的星系——也許增加一些射手或摩羯的個人特色，也許顏色多了些橘光，像過度曝光的孿生版本。他的心狂跳不已，幾乎要扯下襯衫與來人相認。但不行，他面無表情地核對帳號，輸入準確的金額，用戴著手套的慣用手把匯款證明放在塑膠盤上，遞出窗口，同時以另一手按鈴叫下一號。

刺青，以針刺為烙印，以人體為載體。愈年輕的皮膚愈好下針，愈易上色，但也最可能後悔。經常是這樣，人們在袖子遮得到的地方刺下第一個祕密圖案，隱藏就是美感的本質。沒多久，也許半年，也許三年，在身體還沒忘記疼痛前，終於重返再認領新圖，將刺青延伸到手腕、手背、脖子、耳下，若隱若現是為了牽引探究的欲望，隱藏只是手段。刺青的位置選擇，意義可能更高過線條與色彩。腰側、背面、手臂、小腿都是光滑漂亮的肉身底色，承擔得起構圖複雜的人像、動物、神鬼，且公告了足夠忍受長時間痛苦的耐力，他不躲不藏，刺青說明了他是誰。

這些，都是阿新告訴小文的。關於在刺青店，他認識這個城市的獨特視角。人們總是這樣，看似張揚，實則隱藏；渴求恆久，卻多有反悔。

大家都需要藉口

午後陣雨，她們被困在靈骨塔的前廊，背對高達十二層樓總計三十二等級的祭祀廳堂，收納了如恆河之砂不可計數的骨灰罐。其中一個是張進善的。

壁龕式骨灰位前，橫擺著一束幼純帶來的花，紫色的桔梗，斜切的莖幹套上小指長的透明塑膠瓶續水，但也許不必等到枯萎，花束就會被統一撤離了。這裡有二十四小時空調與光控，誦經的聲響也很節制地收在隱約可聞的低聲迴盪，麻煩的是尚未死透之物，例如水果與鮮花，容易滋生蚊蠅與蛆。

廊道的盡頭，透光雲石包覆的圓柱形結構梁，由內打光形成柔和的金黃光柱，營造佛光普照的意象。西北雨斜線潑灑，她們只能退到護欄內，背靠著淺色花崗岩的牆面，展望背山面水的富貴好風水。

「其實，我一直想知道爸爸找你談什麼？」

「是我約張老師見面，他退了我的稿子，我不服氣。」

「連續約，一定不是單方面。」芬芳說：「爸爸性情古怪，有事沒事都悶著頭生氣，為什麼跟你有話聊？」

「我們談小說，我的小說，後來他也開始說故事，不知道是真是假，我也沒聽懂，關於純子じゅんこ，關於戰爭，還有戰爭中死去的人。」幼純轉向廖惜：「張媽媽知道純子是誰嗎？」

「不知道。」廖惜搖搖頭。

她近日常常回想與進善的過往，有時像是聽到「阿秀」的呼喊，那是專屬於進善對她的暱稱，秀是閩南語發音，疼惜之意，已然是他對她最親密的表達了。無數個半夜他噩夢驚醒，廖惜拿毛巾擦拭額頭冒生的細汗，進善會緊捉住她的手握到胸前，她感覺到劇烈的忐忑，用溫熱的掌心貼住他的起伏。

阿秀，他說，捉住她的手如浮木。應該是巨大到難以承受的恐懼，他無聲喘息、冒汗、顫抖，面孔也扭曲猙獰了。這些噩夢長達數十年，難道並未隨著死亡消逝嗎？

她確實不曾聽進善說過純子，但在進善寫給幼純的第一封信裡，就出現這個名字。

幼純小姐，

收到謝真的相片，想來你們母子均安，十分可喜。

當初您向校方揭露自身隱私，承受極大壓力，卻護衛了我的安全。我對您的虧欠與感激，難以言盡。與您課後的文學討論，令我回憶起年少往事與對純子的思念，內心澎湃不已。為人師表，我對您的關心確實懷有個人私情，至今想來仍覺慚愧。

您的小說刊出後，引發許多討論，顯見是同學們關心的主題，這應該是您所樂見的。這一期校刊，有許多精采文章，年輕一代勇於表達，且關心校園外的世界，我想我已經沒有什麼足以指導你們的了。

他鄉異地，需要時間適應，也許現在是辛苦的，未來是甜美的，也有可能您正同時經歷苦與甜，這就是人生的滋味。馬齒徒長，我也只能說這些無關痛癢的話，真心祈求上蒼，賜給您與謝真平安喜樂。

祝您全家幸福

進善敬上

民國七十八年六月二十八日

純子是進善思念的人，她與他有什麼過往呢？重要嗎？人都死了，還需要計較這些嗎？進善離職前性格愈見乖覺，和余啟正見面只有更增加焦慮，家裡多訂了幾份南部的地方報，白日翻讀新聞，夜半常有輾轉反側，對於時局的改變，他有點跟不上，又似乎總擔心著什麼。

秋季開學後，進善連續好幾天晚歸。半夜醒來就不再回到床上，在後院抽菸至天明，莫名的顛狂，發熱的興奮。也許他那時正在記憶中迷路吧？迷路令人恐慌，但他未曾洩氣，反而像是被點燃鬥志，接近亢奮。入睡前，他甚至因為突然的勃起，摸索著試探猶然豐盈的廖惜的身體。她在黑暗中裝睡，既有絲厭憎，也有點困惑，爾後遲疑地回應他，磨磨蹭蹭，像是不情願，又彷彿沒那麼不情願。那幾天，也許是他們趨向沉寂的婚姻生活中，罕有的繾綣貼合，彼此的眼神裡也多了些異樣。

學校裡有什麼事嗎？

最近比較忙，有些學生文章寫得真好，但有點危險。

危險什麼？罵政府嗎？

寫未婚懷孕，寫墮胎。

這能登嗎？

一直到校刊出版，進善因審查不周而遭學校懲處，火速自請離職，廖惜才看見這篇引發爭議的小說。彼時已然流言四起。

「我猜想，我的什麼模樣讓他想起純子吧？純子可能是老師年輕時認識的日本女生，不過，他說得顛三倒四，我也分不清真假。」

「純子是爸爸年輕時的戀人嗎？殖民時期，日本女生應該不會看上一個台灣人吧？」芬芳說，看了廖惜一眼：「媽你不要亂吃醋哦。」

「無影無蹤，恁毋發神經。」（無憑無據你別亂想）

「我和張老師大部分時候都在討論小說，也許往事說出來就像小說一樣，都有虛構的成分吧。」幼純伸出雙手接住屋簷滴下的雨水，像小孩子一樣手心手背輪著洗，清涼的觸感讓她微笑了：「認真說起來，我也沒對張老師說實話。我那時很好笑啦，又想挑戰學校，又想挑戰我自己，躲在小說的背後，透過虛構來試探，看看禁忌的界線可以到哪裡。很迂迴，又自以為聰明。」

「也有可能是因為，幼純的小說剛好讓爸爸可以躲一下，他藉著關心別人不要踩線，才敢說出真心話。」芬芳停了一下，接著說：「任何人直接面對痛苦，都會想閃躲一下吧？」

「躲什麼呢？」

「知道是什麼也許就不必躲了。」

「我總覺得，進善刊出幼純的小說，早就知道會被學校處分。」廖惜慢慢說出她近日的想法：「他好像就在等這個處罰。」

「張老師被處罰了嗎？」

長廊的護欄開口就在面前，以爵士白大理石雕砌的飛天仙女，約有半人高，挺立兩側。雕塑石材本身溫潤有光，衣摺垂墜感也很立體，敞胸、振臂都內含流動韻律，像是仙女也在等待，雨停了就要離去。

「我爸被記了兩支懲戒，氣不過就自請離職。外面的人看起來，他就像是引咎請辭一樣，有些風聲說是因為師生戀。」

「啊，沒有人告訴我。真不好意思。」

「是他自己的決定，他從來沒有怪過你。」廖惜說。

天際邊閃過一道電光，沒有雷響。

幼純走近右側的仙女，單手撫觸裙襬。凝結在半空中的飄動，滑滑涼涼的，尚未被雨打濕。

「我真的很抱歉，一直以來都只想到我自己。」

那年夏天特別長，暑假結束後，幼純投了篇小說給校刊。進善是編輯室的指導老師，負責看稿、改稿、審稿。

審什麼？沒什麼。例如一篇談論西方美術史的文章，認真的編輯從圖書館藏書內，找出六張經典作品翻拍，作為附圖。當時滿街都是盜印品，翻拍技術夠好、印刷油墨盯得夠緊，圖文並茂的美編效果可期，著作權從來不是問題。問題是，其中可能有一張希臘羅馬神話壁畫的附圖，需要上調半公分以刪掉左下角一名男性神祇裸露的陽具。

只有刪掉一點點，對整個構圖不會造成破壞。

這是藝術，又不是色情。

我了解，可以刊登，但女校刊物出現男性生殖器，還是有點不雅觀。

那又不是重點，這幾個女神的乳房也都露出來了呀。

所以我說現在學校已經不會那麼保守了，就是避一下而已。

不避一下，光是想要避一下，就知道敏感的事不能碰。審查無非是這樣，沒有標準，但有個不言自明的內心小警總，時不時就起了關鍵作用。張老師是個好人，大家都知道，他不太干涉編輯方針。當編輯室決定採訪地區性環境汙染抗爭議題，或對全校學生進行課外讀物的問卷調查，他都尊重學生的自主性。唯有在最後完稿時，他會堅持部分調動與刪除，例如化工廠公害案，採訪居民很好但不必直接批評地方政府，你的資料來源沒問題嗎？你清楚來龍去脈了嗎？又例如，投稿寄來一篇老舍〈月芽兒〉的書評，他謹慎查證，確認是台灣正式出版而非來歷不明的簡體字版，已經不是禁書了啊他欣慰地說，那就刊吧。

張老師總是耐著性子說服，態度不強硬，很委婉，甚至接近懇求，所以編輯、作者也就接受了。又不是什麼大不了的事。張老師謹小慎微，說是保護學生，不如說是恐懼。

那恐懼四十年了，種進他的身體裡面，過不去。

幼純的小說，挑戰到尺度了。她不直接描寫性器官，但走在道德邊緣，看著看著就要滑落，卻又聰明地點到為止，拓展讀者對性、責任、禁忌的想像力。認真檢查，確實在文字敘事上挑不出毛病，但放著就不免引發爭議。

幼純不怕爭議。她主動找張老師談退稿。

他想說服幼純，但她的抵抗讓他猶豫。才剛結束的這個夏天，先是余啟正的出現，再來是余霽的行動，芬芳的關注，幼純的質疑，一個烽火世界就在眼前，新的改變就要來了嗎？會改變嗎？他旁觀著，不阻止（有什麼資格阻止），也不介入（沒什麼條件介入），若無其事繼續活著。

這稿子燙手，他想刪改，卻遭到作者頑強抗辯。他有點疑惑，像在舞台下待太久了，不了解為什麼忽然有了角色。

畢竟是中學生校刊，談些大家關心的問題不好嗎？

大家都很關心感情和欲望啊。

女校的校刊登這樣的故事，不太妥當。

明明存在的事實，不說就沒事了嗎？優生保健法都實施了，之前有學姊懷孕了只能偷偷拿掉孩子，這不是更危險嗎？

虛構與真實相互滲透，以小說之口說出現實的禁忌。幼純在小說中偷渡思索的難題，虛構的解方，任意指涉現實。她讓家教老師成為一個怯懦的偽君子，為了即將赴美留學而不敢承擔懷孕的後果，小說中的女學生沒自殺，她去做了人工流產手術，不受嬰靈禁忌的威脅，告別不成熟的戀情，迎向自我成長的新生。

小說運筆流暢，大量使用意識流的主觀敘事，外界事物經過主角的心理篩檢，顯得處處可疑，充滿不透光的惡意。她寫情慾，毫不留情，愈是悖德，愈見現實殘酷。她自小在市場看多了人情世故，她渾身是膽，不怕。

男主角嘴巴上說要改造社會，卻不敢負起行動的責任，說什麼解放也太虛偽了。女學生也有情慾，也該負起自我保護的責任，我覺得她並不無辜。

你們這個年紀太自以為是，沒看到事情的全貌，我怕你會傷害自己。

誰有能力看到全貌？文學才不需要面面俱到。

現在自以為是的，以後很快就會被自己推翻。

推翻了又怎麼樣？說過的話不能反悔嗎？人不都是從錯誤中學習嗎？

她年輕氣盛，咄咄逼人，不待稍息就逕自突襲：

「張老師，じゅんこ是誰？」

放學鐘響，他好似沒有聽見。是誰打開暗室？已然定格的底片一條條垂掛半空中，兩側是成排的孔洞夾住一格一格的畫面，回憶多到關不住。

純子真的存在嗎？她也許是個象徵，是個隱喻，是他生命中熱情與欲望的投射，隨著時代的號角聲，真心誠意貢獻給帝國的擴張。戰後的純子，到哪裡去了呢？台灣已無容身之處，原鄉能接納她嗎？她將要感受到身體的飢與寒，終於冷眼看破夢想的虛妄、現實的殘酷，她還記得他嗎？

他忙著奔向新的主流，學習新的國語，融入新的時代，無視周遭的殺戮已悄然環伺，最終被捕時招出同儕，成為一個怯懦的人。解嚴了，自認清白的人們籲求真相，他們振振有辭，理直氣壯。他曾親筆寫下同儕名單的供詞，將如何被檢視？他如何辯稱他審慎考量過，寫出來的全是早已曝光的名字？真的會有人想知道嗎？錯了就是錯了，還狡辯什麼？

未經顯影的記憶被風吹動，半透明的底片懸空搖晃，被狂風吹亂了相互遮覆，彼此磨損。那必然是一場無人知曉的風暴，從來不曾被命名。

關於理想，關於背叛，年輕的幼純聽得出懺情，但聽不懂歷史。那歷史如此陌生且缺漏甚多，時代的狂風吹過縫隙，也吹向無以修補的破洞，所有的證詞聽來都如囈語，耳邊只餘呼嘯聲，怒目無視，巨響不聞，人與人之間通通接收不良。二戰不就是抗日嗎？她父親就是個老兵，眷村裡愛談戰爭、秀出身上彈孔的成年男性太多了，她倒盡胃口，習慣性充耳不聞，自以為是。她與張老師的對話，游移在過往與當下，虛構與真實，衍生無窮無盡的想像枝蔓，直至夜幕低垂。

少女的力量在於不假思索。她像獸一樣，直盯著獵物，讓呼吸與森林同步，讓人無所警覺，她本能地利用你對她的好，實現她所無以實現的。她敢於豪賭，一下注就是全押，不留退路。幼純是純子的進化版，她直接、大膽、相對世故，她知道張老師在她身上看見了什麼她所不知道的，更無所顧忌地靠近。

彷彿一個未竟的夢想，四十年後竟然觸手可得，他壓抑得血管發燙，周身都在痛。他以為有機會改變，但無以分辨虛實。他潛入記憶泅游，訊息多到無法呼吸，抬頭只見大海的波浪全部一個模樣，脫離潮汐牽引，進退失據。

直到訓導主任約談張老師與謝同學，說他們遭舉報放學後滯留編輯室，學校不得不介入調查。

調查什麼？十七歲少女與中年男老師入夜仍滯校不歸，他想不出更好的理由，真的只是指導寫作嗎？

秋風來襲，他的淺色襯衫被冷汗浸濕，顯現內裡縫線的痕跡。

始料未及的是，幼純供出更爆炸性的事實，抵銷諸多臆測。她暑假期間和校外人士談戀愛，未婚懷孕，心中徬徨，向張老師請教寫作技巧，也商討輟學出國事宜。核彈級的消息，校方想壓都壓不住，母親到校倉促辦理離校手續，證明女學生校外行為不檢點，決定赴美依親。既然事件發生於校外，女學生又自請退學，師生滯校就相對是微不足道的小事了，毋須進一步調查。

張老師失去教職，不是因為師生戀疑雲，而是因為期末校刊出版，刊登少女墮胎的小說，校方以妨礙學校名譽之由，懲戒指導老師。屆齡退休的張老師隨即遞出辭呈，舉家搬遷北上。

女學生退學，男老師請辭，兩項巧合終究引發非議。未婚懷孕的小說是真是假？大家都懷疑其中必有關連。解嚴了，政治民主的籲求天經地義，性道德汙名恐怕還是最晚鬆綁的。張老師不會不知道。

「雨停了。」芬芳拉起廖惜的左手，十指相扣著走出長廊。

「進善參加戰爭，參加詩社，一開始是對的，後來都變成錯的。時代變來變去，活下來實在不容易，大家都需要藉口。」廖惜邊走邊說，轉向幼純：「我覺得，張老師對純子的感情，他不是故意說得模模糊糊，而是時代改變太快，怎麼說都不對。」

「你這樣說，我就懂了。」幼純小心跨過一潭水窪，加快腳步跟上來，走在廖惜右側：「以前年紀小，真的不了解張老師翻來覆去到底在痛苦什麼，有點當他在說夢話吧。可能也是我太自私了，只想著自己。」

「那一期校刊，張老師跟我說，文章很好，同學們都很關心。就算學校後來很生氣也沒關係，我知道他內心是高興的。」

「謝謝你，希望你不是為了安慰我才這樣說。」幼純感激地說，單手放在胸前。

「是真的。搬到台北後，張老師過得比較輕鬆，失眠也變少了。」廖惜舉起相握的手，用拇指輕輕磨搓芬芳的，輕聲對她說：「他只擔心你。」

停下腳步，廖惜從手提袋裡掏出進善寄給幼純的第二封信，交給芬芳。

幼純小姐，

昨天芬芳總算對我開口了。整整四年不曾對話，想來她是受苦了。有時候，停留在過往的悔恨太久，會以為自己仍困在原地，不肯承認已經可以作出改變了。時光流逝，人們會學習與成長，但悔恨總是擋在前路，讓我們看不見自己已經長出新的力量。最後就不是當年的我做錯事，而是現在的我還在重複犯錯，繼續悔恨繼續錯，再沒有藉口可以原諒自己了。這是我自己的經驗，也是近年來的省思。也許有一天，芬芳還是會對我失望了，而我確實也無法為自己辯解，只希望她能快樂一點。

台灣正在快速變動，今年五月還有女學生反性騷擾、要求情慾自主的遊行，您若沒離開，可能也是改革的積極參與者吧？謝真一切安好嗎？成為母親後，我猜想您會比同齡的芬芳更成熟些，也比較能明瞭一名老父親對女兒不捨的心情。

祝您全家幸福

進善敬上

民國八十二年六月二十日

搬到台北，芬芳以同等學歷報考大學，也驚險地上榜了。大學四年，校園裡異議性社團繁多，較之余霽所說的更精采，也更多樣。芬芳視若未睹，一個也沒參加。她兼了三個家教，自己負擔學費與生活費，還不時塞給遙遠一點零用錢。她站在風起雲湧的社會變革之外，漠不關心，甚至偶有譏諷，像個刻薄的局外人。

幼純生下孩子了嗎？有時在夢中，看見一個縮小版的幼純，天哪這麼可愛你一定很愛她，你們會一起唱歌嗎？她毫無滯礙地說出溫暖合宜的話語，知道那只是夢。有時她想像，如果幼純還在台灣，背著嬰兒上學、抗爭，必然成為婦運場合中拿麥克風的那個人。或者她只是帶著孩子微笑坐在一旁，啊這沒什麼，我只是做一個人應該做的事，負起我作出選擇後的責任，真的沒什麼。幼純會這樣或那樣，都已經不關她的事了。改變令人疼痛，不改變亦然，她看著那個壞掉的自己，一點也不想變好。

拿到畢業證書的那天，芬芳第一次走到陽台，和父親並肩。陽台斜對角，有一株青楓高過三樓，對生的五爪葉層層疊疊，森然蓊鬱。茂密的樹梢伸出一叢叢翅果，奮力張開薄翼，像綠色的蝴蝶展翅待飛。

對不起，她終於說，眼睛看著前方。

父親詫異地側身，手臂橫過她的肩頭，稍有遲疑，終於決心用力攬住。他轉過頭，也看著前方。

四年的靜默，瞬間被捲入真空，像天空裂開一道縫隙，吞噬所有難堪與難受，又迅速收攏如常。芬芳知道她被原諒了。不過當時她並不知道，鼓舞父親伸出手臂的，也許竟是因為蒙受離職的責罰。終於能夠原諒自己的人，才有能力原諒別人。

高挺的青楓枝頭，翅果展翼，喧囂的靜止畫面。芬芳依然記得，當六月的風徐徐吹過，一朵朵綠蝴蝶紛紛脫枝而去，漫天飛舞。

謎底早就揭曉了

遙遠記憶中的父親，從來就是個喪氣的、失志的人，在學校講課似乎耗盡他所有的耐心額度，回家再也不言不笑。他的生活陳舊、有序，偶爾被干擾會暴怒。那暴怒，像是世界被摧毀了，小題大作至莫名其妙，只能躲得他遠遠的。或許是命名之誤，他給了她這麼有距離的名字，說不定正反映了他當時的心靈狀態。離我遠一點。

「我真的太不了解我爸爸了，原來他年輕時還寫詩呢。」遙遠以深色不織布擦拭玻璃櫃面，抹去所有指紋，再噴了一層稀釋酒精，換乾燥的淺色不織布再擦一次：「我媽興致倒是很高，每天找我討論新發現。我本來還以為他們感情不好呢，那一輩的人不時興離婚，老來伴常比陌生人還不如。」

「是因為當時的女性沒有經濟能力，才不得不賴在婚姻裡求生存吧。」蜜亞說。

「錯！以前的教師薪水低，很多數學英文老師都開補習班賺錢，我爸教地理只有死薪水，還跑去賭賽鴿把積蓄都輸光了，家裡全靠我媽開文具店才撐過來。」

「賽鴿？那不是都黑道在控制嗎？你爸好敢。」

「可能那時候沒那麼複雜吧？就我出生那幾年，也不知道我爸一個讀書人怎麼跟著人家賭，一定輸很慘嘛。我很小時候就要幫忙我媽做生意了，她邊顧店邊做手工每天忙個不停，我都還有印象。」

「你不是說你爸是因為師生戀離職的嗎？你媽真不值得。」

「哎唷，師生戀女主角回台灣了，她說不是，我媽也說不是。」

遙遠將衣架按照一定間隔掛好，井然有序是分門別類的結果，方便翻查與展示。打亂了再重整，日復一日。她想起這段時間對過往的翻攪，人的經驗如此夾纏反覆，怎麼分類都不免掛一漏萬。也許這才是真實的本質，複雜夾纏一團亂，天生就逃避被翻查，拒絕被展示。

能夠建檔的全是剪接過，擦拭過，連指紋都不留。

叮咚，蜜亞點進手機，半晌笑出聲來：「欸你看一下『凶手不是我』，史卡德根據你給出的訊息，認定那個美國來的私生子大概是特務，是當初追隨老蔣來台的外省勢力，利用私生子來製造政治醜聞，奪回政權。」

「太古典了吧，還老蔣咧，哪個年輕人知道他在說誰？」

「史卡德的工作就在調查局，你想不到吧？」

「難怪他叫我想辦法去拿到立委的毛髮，可以幫忙和私生子對一下DNA。原來是職業病。」

「調查局管很多欸，貪瀆、賄選、洗錢、毒品什麼的。史卡德還要負責蒐集民情，他說那些民間抗爭根本不是祕密，有時候行動都上電視了線民還在睡，他直接上網查還比較快。」

「現在還要養線民嗎？那是上個世紀的工作方法了吧，你叫他先去各大社群軟體、交友平台註冊帳號，民情全在那裡。」遙遠停下手邊的工作，轉頭問：「你們看完歌仔戲，史卡德有進一步表示嗎？」

「沒有。」蜜亞手持洗潔噴劑，清理試衣鏡。她盯著自己的煙眼妝，稍作顧盼：「大叔出手大方，就是講話太囉嗦，不管說什麼都為了展現他懂很多，真的夠了。」

「他秀了一堆學問，卻換不到女生的崇拜，很可能由愛生恨喔。你就演一下配合配合，不要引起殺機。」

「放心，調情是我的專長，常練習，會保護自己。」蜜亞迴轉三百六十度，繼續盯著自己，和身後的遙遠在鏡中相視一笑：「你呢？親子協尋到哪裡了？」

「謎底早就揭曉了，我們只是繞原路走回去，東張西望。」

陪伴媽媽探索父親的過往，表面上看來是修補家族史，其實更像離家出走的旅程，陪伴媽媽脫離家務牽絆，也拯救自己免於受到過度關注。現在走到哪裡了呢？她想，記憶原來不是拿來證明的，而是發現，放在不同的脈絡裡重新發現。多重線索各自有了嶄新發現，湊在一起連結成自己相信的版本。謝真找到他的發現了嗎？媽媽又發現了什麼？

「東張西望也花不少時間吧？你最近很少在群組留言了。」

「本來是為了找事給我媽做，結果我自己要先補很多功課，查愈多資料愈覺得歷史太武斷了，當事人好像在歷史裡，又常常是歷史包不進來的。對於我爸爸，還有那些不能說話的人，我好像多了一點同情。」

遙遠邊說邊下意識踮起腳跟，望向落地窗玻璃外。隱隱然傳來悶雷般的蜂鳴聲，她們依職業慣性知道又該應付一波剛下遊覽車的客人了。蜜亞轉進櫃台後方，遙遠也不自覺深吸了一口氣，兩個人都快速收斂表情，作出名店服務員應有的適度倨傲與微笑。

雜沓的腳步踩上光可鑑人的地板，購物人潮像蝗蟲般分散湧入，他們不經心地拎起剛摺疊好的衣服，比對身形後的襯衫潦草掛錯分格，汗漬的手心劃過剛擦拭的玻璃櫃面。

打開家門，客廳一片闃黑，遙遠心中有幾分失落。真是太不公平了，媽媽交派的工作害她一整天燒腦掛心，廖女士倒沒事去睡了。天下有這麼勞逸不均的結盟關係嗎？

推開廖惜的房門，壁上的小夜燈亮著，均勻的呼吸起伏略含鼾聲。真的睡了！遙遠坐上床緣，輕輕撫觸平放在薄被外的臂膀。

廖惜立即睜開眼睛，逆光看著遙遠，像等待已久。

「你在做夢嗎？」

「嗯，夢見火車站，沒有人，車很多，在上面、下面、這邊、那邊走來走去，我不知道要搭哪一班車。」廖惜伸出手，讓遙遠撐著她側身坐起來。

「很恐怖的夢嗎？」

「不會，車廂的燈開著，隨便我坐都不用錢。」

「老人卡免費，夢裡的火車跟公車同步了，不錯喔。」遙遠開了燈，坐在梳妝台前的椅子上，面對她：「你想去哪裡？」

「你把我吵醒了啊，不然我想叫火車開到天上飛，車窗亮亮的很漂亮。」

「你真會做夢，我都是夢見跑給人追，累死了。拜託和你換一下，讓我坐火車到外太空。」

「還有海，和你爸爸去看海。」

夢境異常清晰，是彩色的。也許這是另一個可能的現實，滲透到夢裡再現。進善正看著海，海上的船帆很遠，像一幅畫，也許是攝影棚的布景。廖惜甚至感覺，是她一腳踏進這個夢境，海浪才開始波動，配樂才及時播放，她聽到潮水一波波退去捲走沙子的聲音，海鳥迴旋啼叫。

阿秀，我想成為一個勇敢的人，一直沒做到。進善轉頭說。也許他沒說，但夢裡就是清楚感知到訊息了。

如果你活著的時候，也可以這樣聽懂你的想法，就好了。廖惜心裡想著，竟脫口而出。她被自己的聲音嚇一跳，像是戳破夢境的謊言，下意識掩嘴四下張望。

別怕。進善的掌心暖暖握住她的，安靜地把訊息傳給她。

我不怕。她把訊息安靜回傳，你才是那個一直在害怕的人，現在什麼都不必怕了。

可以心電感應！廖惜被激勵了，果然進善是來溝通的。她心跳如雷，想著近日好多疑問要釐清啊。你是自願去日本的嗎？當時招供是不是有什麼苦衷？純子或幼純對你來說到底是什麼意思？進善總說她擅於發問，一問就直指核心。像這樣全然通透的心意相通，實在太難得了，她一定要掌握機會問出什麼重要關鍵才行……

你帶我去觀音看海的那一次，已經開始喜歡我了嗎？

是。

海風吹得身心鼓脹，廖惜安靜地單獨浮上海面，站在浪花尖頭，將雙臂伸到最遠的地方，彷彿擁抱大海。她毫不費力地轉圈、舉臂、抬腳，優雅地在海上跳舞，全身筋骨都配合她的節奏，一轉一旋都踩在天涯海角。她只要望向哪裡，哪裡就長出新的視野，哦不，甚至新的時間也被長出來了，任她踩踏，無窮無盡。

遠方的船舷站著誰，也許是進善，也許不是。她一點也不在意。

醒來的時候，廖惜繼續躺著，不動聲色地回溫夢境，銘刻於心。這樣就不會忘記了，不忘記，夢裡的世界就彷彿拉出一條隱祕的連線，四通八達。她等不及想和遙遠討論，等著等著又睡著了。她在新的夢裡記得上一個夢的提示，過著夢與夢之間互有連貫的生活，前後銜接，醒來倒像是中場休息，休息夠了又要返回夢裡。有如過著兩個平行人生，夢裡夢外輪流活。

「今天去拜爸爸，芬芳和幼純說了什麼？」遙遠問。

「差不多啊，你都知道的。芬芳好可憐，我看她想哭又不習慣哭。」廖惜起身從梳妝台上的皮包，拿出進善寄給幼純的第一封信，關於純子，還有幼純的猜測。

「真的有純子這個人嗎？」遙遠看完信，忍不住說：「案情並不單純喔。」

「不知道，也許不只一個人也不一定。」

「會不會，純子是爸爸編來騙幼純的，畢竟一個中年大叔被少女吸引，自己也會覺得很丟臉吧？說你長得像初戀女友，這是搭訕的老哏。」

「無影無蹤，嘷嘷哮哮。」

「你不要感情用事嘛，廖女士。」遙遠從凳子上起身，坐上床沿，問：「以你現在的高齡來看當時的爸爸，應該有足夠的睿智來理解他的中年危機吧？他一輩子為了背叛同志而痛苦，回首人生實在很無聊，自己虛構一個初戀情人來追求愛情，也是情有可原吧？」

「你真的很不孝，」廖惜笑起來：「把你爸爸說成這樣。」

「說成哪樣？爸爸什麼心事都不說，這麼老了還去糾纏女學生，如果發生在現在一定會被舉報性騷擾。」

廖惜仔細地將信紙摺回原狀，放回天藍色的信封內，像收藏一朵雲。她平心靜氣地分析：「這個純子，也許是他在公學校的同學，也許是在日本做工時認識的，反正都跟戰爭有關。光復以後，大家都說抗日，這些事就好像汙點一樣，都不敢講了。」

「你太過時了哦，廖女士。現在已經沒有人說光復了，戰爭結束就結束，就算脫離殖民地，換國民黨統治又有什麼光明？」

「你爸爸是有參加戰爭的，他十二歲就去日本工作，專門製造轟炸機。」

「哎呀！」遙遠驚訝地說：「原來除了白色恐怖被捕，爸爸還有其他的祕密啊。」

「很多家庭都有年輕人被徵召去打仗啊、生產武器什麼的，可是戰後大家都不敢說，久了就變成祕密了。」

廖惜出生於終戰那一年，但戰爭的陰影一直烙印在家族男性身上。成長過程中，她太熟悉這些失志的男人，各自懷抱不可言說的創傷，壓力多由家族女性默默承擔，讓生活如常過下去。

「爸爸去日本當童工，是被強迫的吧？」

「不知道。我的小叔叔也有去打仗啊，後來就成天喝酒，醉到掉進河裡淹死了。那時我還很小，只記得他瘦得像一張紙，成天飄來飄去。大人都說他根本不想打仗卻被徵召去當兵，心裡不甘願，可是戰爭好像不放過他，一路跟回家。」

「廖女士，你是不是睡太飽？想起這麼多往事？以前都沒聽你說過。」遙遠脫掉襪子，盤腿坐上床，好整以暇地說：「這就好像拼圖一樣，不同的碎片湊起來，才知道能看見什麼。」

「你爸爸是受日本教育長大的，和我叔叔不一樣。我猜，他去當少年工，可能覺得很光榮吧？我念小學的時候，在操場唱國歌也常常很感動啊。反正學校都教我們要愛國，只是不同時代愛的國不一樣。」

「厲害喔，一針見血。」遙遠掀起被褥的一角，蓋上自己的大腿，「爸爸對純子、對戰爭的熱情，應該都是真的，就算後來改變了，也不能一筆抹銷，這樣就好像不承認他之前的人生一樣。」

「不被承認，真的太苦了。」

「我想啊，就是因為那時候的社會只能說抗日、光復，爸爸才沒有機會釐清自己真正的想法，因為怎麼想都不夠正確，就更不敢想。失敗的愛國和失敗的戀愛一樣，如果被說成只是無知或受害、被騙什麼的，實在太傷人了。」

「你很懂戀愛嘛，怎麼自己不再去談一個？」

「爸爸如果還在，也會逼我結婚嗎？我看他自己的婚姻都應付不來了。」遙遠把媽媽往床裡側推，空出位置來讓自己躺平，占據半張床。「說真的，和這樣一個心裡有病的人結婚，你難道不怨嗎？早知道他一直被回憶困住，你還敢嫁嗎？」

如果早知道，這種假設是拿來相罵用的，效果只是讓前面的努力全作廢。廖惜這一生確實也常有怨嘆，為什麼總是她要負責來體諒呢？痛苦的人就享有任性的權力嗎？努力撐下來的人，更渴求被理解，期望被抱一下說你辛苦了，而不是被鼓舞你實在好堅強。

離職北上後，進善似乎比較有勇氣和過往打交道，也可以面對當下的生活。有時田裡有落單的白鷺鷥駐足，進善會停下勞作，安靜不作聲，像怕打擾了似的。她不知道他是否也想起後院的白鴿，以及那一段不堪回首的惡賭時期，無明的瘋魔，收拾善後耗盡她所有的力氣，與情分，之後兩個人也再沒談過此事。不說，但她沒忘。

現在，她不想等誰來體諒了，自己抱自己比較快。廖惜從床的另一側起身，走到五斗櫃前，找到一只牛皮紙袋，抽出謝真帶來的另一封信，遞給遙遠看。

幼純小姐，

台灣的深秋季節最是怡人，家居附近的山色千變萬化，落葉與新綠俱美，對老人來說，已是難能可貴的恩賜。

每日凌晨，我與妻至山腳一處農地種菜，除草、澆灌、摘採都是很耗力的勞動，竟也成為生活中最富詩意的時刻了。天亮後，騎摩托車載妻至鄰近市場擺攤，我還要跑幾處餐廳送菜。離開學校後的生活，較之前更為忙碌，也更實在，流過汗的身體竟也更有力，想來我的前半生是太過萎靡了。

謝真應該開始學習識字了吧？孩童的母語是詩，詩來自日常生活，不知道您與他如何溝通呢？芬芳小時候，我自己也還在努力學習中文，常常讀報紙給她聽，不知這是否造成她日後個性過分嚴肅？遙遠最可憐，我不曾教導她知識，反而常過度責罵她，幸而她遺傳了母親的開朗樂觀，令人欣慰。父母是孩子最重要的環境，影響甚鉅，可惜我明白這一點時，已經來不及補救了。但願您與謝真都保有詩的心情。

祝您全家幸福

進善敬上

民國八十二年十一月十六日

這是第三封信。廖惜特別喜歡，因為提到她以及兩個女兒，也描述了他們共同耕作的菜園，勞動、育兒皆是日常。

說起來，除草是最沒有成就感的苦差事，拔了又長，只要三天不下田，菜苗就被野草綑綁，奄奄一息。但進善頗有耐心，一小塊一小塊像接力賽，沒有盡頭也沒關係。有時他會說起老家的白惡死地，箭竹像利刺入土，有魔性之美；有時他知性地分析木柵務農環境不佳，氣候偏濕，幸而山坡日照足，葉菜類都好種。

「明明主要是你在種菜、賣菜，爸爸就是可以說成他也一起忙，真好意思。」遙遠不以為然地說：「天還沒亮就要摸黑採菜，冬天的露珠凍死人了，我都記得。哪有什麼詩意？」

廖惜坐到床沿，嚴肅審視遙遠：「你是不是因為爸爸的關係，才一直不敢結婚？」

又來了，遙遠舉起右手：「我發誓，和你們無關。我沒有不敢，我只是現在沒有想，以後不知道。」她把信紙湊到廖惜眼前：「在我還不認識他的時候，他可能也曾經是個不錯的爸爸。你看，念報紙給還不識字的芬芳聽，好可愛唷。」

「你比較倒楣，只記得他對你凶。」

「大人都這樣，自己心裡不暢快，就罵小孩出氣，可是小孩子不懂，會當真。我以前真覺得自己不行，對未來也不敢有什麼期待。」

「可憐。信裡頭你爸爸也知道你可憐。」廖惜伸手摸摸遙遠的臉。

「沒關係，幸好我樂觀開朗，像你。」遙遠拉住她的手，笑說：「後來我迷上推理小說，發現我每次猜凶手都比別人準，才知道自己也不笨嘛。」

「你本來就很聰明啊，很小的時候就能自己顧店，每次找零錢給客人都不會算錯。」

「和你在一起有安全感呀，人一旦覺得自己被信任，頭腦就靈光了。」

近日和媽媽一起拼圖，遙遠才開始認真思索爸爸的生平。那一代的台灣人，成長時期快速經歷了劇烈變化的政治認同，若不是挫折自棄，就是精神分裂，像酗酒的小叔公一樣。相較之下，爸爸來得及重學國語，還能夠教書、編教材，已經是很少數、很幸運了。但表面上的無縫接軌，其實隱藏了太多看不見的破洞吧？爸爸年少時去日本做工，雖是製造戰爭武器，但沒真的上戰場殺戮；後來因為白色恐怖被捕，又無罪釋放，也沒真坐過牢。他也許只是個隨波逐流的人，只不過風向轉太快，他被拋到漩渦裡，無力掙扎。在這個翻案的年代，他不是普遍定義下的受害者，也沒什麼具體冤屈好平反，他甚至是隱藏版的出賣者，連創傷都沒得說。

「念護校的時候，寒暑假我都陪你下田，如果不是因為曬太陽會長雀斑，我是很喜歡腳踩在泥土上，每天看得到田裡的變化，真的很奇妙。」遙遠說著往事，精神都來了，再加一句：「不要叫我陪你去賣菜就好了。」

「你的工作就是在賣東西啊。」

「動手做的事，我都喜歡，以前當護士打針擦藥我也很在行。賣東西是不得已，要對討厭的客人笑也是不得已，就是工作嘛。」

「天天做不喜歡的事，很難受吧？」

「我也沒什麼條件可以選，習慣了。只要能夠養活自己，不必任何人為我犧牲，還可以做一點做得到的事，就好了。」她用手肘撐起半身，轉身面向廖惜：「你現在最自由，想做什麼呢？」

「我想再種點菜，你幫我附近找塊地。」

「這附近沒有地了，全拿去蓋房子。我幫你找幾個大木箱，在陽台弄個小菜園好了。」

「你想吃什麼？」

「你想種什麼？」

「……」

「不要做什麼都是為了孩子。我不需要。」

廖惜想了想，又想，然後說：「我想種花。」

會忘記的是體諒

沙發是暖黃襯棕褐條的大地色系，數支充電線整齊排放在角桌上，還有一列報紙與雜誌。粉綠色的牆面，掛吊幾幅油畫，畫風各異，富貴花開、高山遠水、平野浩瀚，多取材自然景物，替代窗景正對著大樓水泥牆面的沉悶無聊。

豪華版兩天一夜的全身健康檢查，是余霽安排的，由小將全程護送老人北上。但對九十歲的余啟正來說，還是有點折騰了。限時排便、排尿尤其不是容易的事，他維持老紳士的禮貌，每過一個關卡都道謝再三。

「不好意思啊，我動作慢，你們辛苦了。」他站在X光照射房門口，微傾上身殷殷道謝。

已然轉身的醫檢師慌忙回頭，一臉尷尬地雙手合十回禮，再快步離去。

「好了爺爺，要去照心電圖了，在走廊很遠那邊。」蒂娜推來輪椅：「坐這個，比較快。」

老人略有躊躇，忍耐著將魁梧的身體塞進輪椅：「多謝。」

「不謝。」蒂娜說，腳程輕快，動作俐落：「爺爺，等一下全部檢查完，你可以好好休息，我去找妹妹一下子。」

「那個來住過我們家的妹妹？」

蒂娜將單子交給護理人員，小聲跟老人說：「妹妹在台北照顧小孩，不敢出門，怕警察抓。我去找她，一下子就回來。」

「晚點回來沒關係。」

健康檢查只是確認器官老化的已知事實，老人嘀咕，多此一舉。總算告一段落，老人忙催促小將和謝真離去：「今天一整天辛苦了，你們先回去吧。謝謝啊。」

「我留下來陪你吧。」謝真說。

「陪什麼陪？晚上有蒂娜在，沒問題。」

「醫院有空調，這個病房有床有沙發，比我住的地方還好睡。」

「謝真留下來很好，我先回花蓮，台北空氣吸不飽，氧氣太少了，頭好暈，下週再來台北接你。」小將聲音洪亮，寬敞的單人套房裡盪出回音，他低頭檢查手機上的行程表：「余霽說，明天的失智症門診他也會來，選舉好忙，他每天都睡很少。」

老人睡眠倒是好的。不熬夜，不失眠，不中斷，固定在第二次雞鳴悠悠轉醒。往昔不請自來，影像聲軌都清晰，輪番在未睜開的眼前播放，隨時可以定格、聚焦、調整順序，昨日今日明日已失去辨別意義，他的心洞察分明。到第三次雞鳴時分，就差不多可以起身，此時蒂娜多半已將門前的花澆過一輪水了。

台北沒有雞鳴。老人睡得昏沉，遠方傳來悶雷，是空調的低頻聲。

記憶力衰退是針對性的，此時此刻流失得特別快，記不住剛才發生什麼，過往倒經常插播，時間跳接突梯，眼前人轉瞬就成了陌異之人，令人驚怖。你要做什麼？和誰說了話？說了什麼？誰指派工作給你？誰替你掩護？你還找了誰？我已經知道了你還不說？你說不說？說不說？周身冒著冷汗，已然衰老低垂的陰莖，仍殘留驀然失禁的羞恥。身體都記得。

老人睜開眼，一張年輕的臉俯身看著他。老人用盡全身力氣，拉住最後一絲尊嚴，嘶啞低吼：「我沒有！」

年輕的臉有幾分疑惑，有幾分關注，捲著舌說：「沒事兒。」

那刻意的，過分濃厚的捲舌音令他全身顫慄。啟動所有腳鏈拖在水泥地面行走的聲軌，淹沒他的感官，遠方有槍決聲，是誰在飲泣？他動彈不得。額頭冒出細汗，多皺的頸部挾持豆大的汗水匯流到胸前，混濁的瞳仁睜再大也無濟於事，眼前只有塵埃，野火燒過的灰燼。

陌生青年被拉開，一只微熱的濕毛巾兜頭罩下，遮住他的視線，吸飽暖水的巾子輕輕按壓他的額頭、脖頸。「爺爺，這裡是醫院，我是蒂娜。」慢慢一字一字說：「我是蒂娜。」

「我沒有！」

「爺爺，這是醫院，我是蒂娜。」毛巾擦拭脖頸的另一側，有漂白粉的氣味。

「……」

「爺爺，我是蒂娜，這裡是醫院。」像歌謠似的反覆節奏。

「啊。」老人鬆懈下來。

「我們在台北的醫院。」蒂娜將病床緩緩拉升，示意謝真倒杯水，「爺爺先漱口，要起床了。」

嗅覺回來了，聽覺回來了，歪歪扭扭的，視覺回來了。老人看見謝真無措地站在蒂娜身後，真像年輕時的伊曼啊。

主治醫師是失智症權威，門診大排長龍，多半是回診換藥的、拿慢性病處方簽的，老人居多。診間上方的電子告示，跳號十分緩慢，候診的人都很習慣了，每個人都低頭滑手機。

一位老婦自言自語，意態愉悅，和看不見的對象大聲對話。旁邊座位的人輕輕側身，與她拉出距離，相互不干擾。她愈說愈開懷，聲音愈來愈大，有個抱孩子的年輕媽媽走到老婦眼前，以食指放置嘴唇前，微笑示意音量放小，孩子在睡。

婦人會錯意了，她暫時中斷與虛空的對話，回以天真爛漫的微笑：「你說什麼？說什麼嗎？小孩子要問事嗎？要等一等唷。」手伸出來就要逗弄小孩。

媽媽驚嚇抱緊孩子，轉身急步逃開。所有人不約而同抬起頭來，視線暫離手機，警戒地盯住老婦。

診號在此時跳了下一號。

遠遠角落裡有個青少年彈跳起身，快步走來，將老婦從座位上拉起：「阿嬤，輪到你了。」他的褲管有新舊交錯的油漆刷痕，右手拎著安全帽，左手拿著健保卡，熟門熟路帶阿嬤進了診間。門關上。眾人放心地低頭繼續滑手機。

再過半小時，余霽抵達了。暫停跳號，插入余啟正的特別門診。診間內，老人不耐煩地回應一些固定題型。那些日常生活的問話，看似親切，其實更像是陷阱題，從你的短期記憶裡抓漏，最終累計積分，作出是否失智的裁判。

有關生活起居的習慣，多半由蒂娜代答，醫囑也是說給蒂娜聽的，含用藥時間與日常照顧。護理人員給出的注意事項，甚至有現成的中印文對照，可見十分尋常。

「不必住院嗎？」余霽問。

「不必。在熟悉的環境，放輕鬆，事情儘量自己做，平常要有人和他聊天，免得語言能力退化得太快，照顧就很麻煩了。非藥物性治療的部分比較重要。」

老人客氣地向醫師道謝，扶著蒂娜，開門默默離去。

「有時候，他會有妄想傾向，懷疑有人要害他。」余霽繼續坐在診椅上，代替不在場的父親追問。

「疑神疑鬼是失智前兆，這很普遍，只是照顧者比較辛苦。除非患者有傷害自己的行為，還是居家維持正常生活最好。」

「他會私下說鄰居或看護的壞話，很自我中心，以前不會這樣。失智連人格都會改變嗎？」

「他生病了，擔心別人要陷害他，所以看見的都是敵人。」醫師快速在電腦檔案裡打下關鍵字，抬頭看著他：「家屬要有心理準備，你會愈來愈不認識他，他對你也是。」

「沒別的辦法了嗎？」

「要注意血糖控制，別亂吃東西。」醫師看了護士一眼，護士按下診號。

謝真跟著余霽走出診間，兩人並肩走到大樓外的吸菸區。

「我等一下還有個行程，」余霽看了一眼手機上的行事曆，誠摯地說：「晚上一起吃飯好嗎？謝謝你陪伴爺爺。」

「晚上我有課。」謝真看著他：「你和我媽媽見過面了？」

見過，他和幼純兩個人都胖了些，老了點。他甚至知道自己的髮線退得太遠，額頭太亮，故而稍稍動了些心思，選定一間老式咖啡廳，估量著昏暗燈光的粉飾作用，皺紋與衰老都可以略有隱藏。

老咖啡店有特殊的懷舊情調，早期裝潢不會把牆面全打掉，故而視線常被壁磚阻擋，桌與桌之間雖配置緊密，卻有一種奇妙的遮蔽感。彷彿置身孤島，你也許聽得到鄰桌的交談聲，但那些語句被地毯與厚磚牆吸掉了，如滴水入海，不起波紋。至少你在自己的島嶼裡，不覺得被干擾，四周若有拍岸之浪，也只是浪而已。

幼純的圓眼睛還是那樣黑白分明，穿衣品味也還行，但怎麼身材全走樣了。她的聲音沙啞，談吐仍是明快，富有魅力，且多了份年少時沒有的爽朗。只是因為外形的去性化，那魅力也就只是爽朗而已。那年夏天，汗水浸漬青春的狂熱，曾經螞蟻鑽心似的瘋魔，也可以打磨到如今毫無銳角，不扎不刺，冷靜至趨近冷淡。

從幼純的眼裡，他也看見自己的模樣，衣著得體的中年政客，長期在螢幕前訓練出來的從容、風趣、油腔滑調。他不是當年口說大道理實則只想剝下她衣服的年輕人了，他知道如何真摯地看著對方，握手時內含適度力道，並將另一隻手也交疊上去，增加誠懇的說服力。但他們沒有握手。

三十年的距離像洪水一樣暴烈沖刷，他們分隔兩岸遙望彼此，留心自己的模樣是否依舊，說出口的都言不由衷。

一杯紅酒後，她的顴骨上浮現幾許斑點，是老人斑。美國不時興雷射微整嗎？他忍不住被她的老人斑分心。還不到五十歲呢。幼純不是來對質的，只是禮貌上來親自知會，對於自己未能更早明說而道歉，像問題的核心只是時差。她為年少的幼稚決定而搖頭，沒有埋怨，也沒有懊悔。她舉起高腳杯一仰而盡時，很難不注意到她的手指骨節粗大，硬皮外露，那是一雙操勞過度的手，也許比她實際年齡再滄桑十歲不止。

但她的皺紋與下垂的雙頰，怡然自得。

「我好自大啊，以為有決心就行，直到孩子生下來了才知道有多難。我當媽媽，真是沒天分，糟透了。學好久還是學不好。」

她平靜地陳述，平靜地看著他，沒有演練過的忐忑不安，也沒有交換同情的千迴百轉。預先排除他對孩子出生的決定權，是她的不對，但她沒有乞求原諒，余霽甚至感覺她可能早已知道他知道了。

他知道。上個世紀就知道了。

六張犁祭拜後，父親迂迴傳來也是迂迴從張老師那裡得知的訊息，問他是否要查清楚？遠方異域的親生子。

但查清楚是為了要做什麼呢？他可以，或真要，耗費心力問到底嗎？取得答案是必須付出代價的，他能夠，或打算，不惜犧牲什麼做到什麼呢？這是行動的時機嗎？彼時他正狂熱投身政治改革，那個夏天的性發燒早已熱力全失，黯淡朦朧像濃霧後的遠燈，無以照明，也沒有溫度。他拿不定該用什麼情緒才好，最後他從震驚轉為憤怒，憤怒他被隱瞞多年，被剝奪了對於孩子出生的決定權，宛如關係中被粗暴排除了主體，遭到片面遺棄。事實也真是如此。

也許，憤怒更適合作為放棄的藉口。

他的前途看漲，政治犯家屬與原住民的雙重受迫害身分，都像加分題。他急於實踐理想，也拿捏妥協的分寸，要忍一時圖謀大事。立委助理經常代理主子出面喬事情，從交通罰款銷單到小型工程招標，插手才知權力多麼好用。龐大的舊勢力剷除不易，它們在苟延殘喘的同時也會長出自我更新的能力，向競爭對手學步，披上改革的外衣，混淆視聽。可是另一方面，反對力量取得執政權，也多少承襲了舊政權的統治手段，只是精巧些，程序或內容修整得更不易察覺。於是雙方愈長愈像，照鏡子般難以分辨，民主漸漸被窄化成政黨協商，只要對手比你爛，協商就比本來好。他還是相信改革的力量，想做事，做有效且有益的事，就算打了折扣，但看得到成果。

過往的書生論政，不過是藉著批判他人以墊高自己，什麼也不做的手最乾淨，但沒用。體制內改革從來就不容易，要長時間積累才得見成效。繼續掌握權力，於是成為堅持改革的最重要前提，此外都是其次。

偶爾，很偶爾，他會想到那個不知性別的孩子，從極度的內急卻遍尋不到廁所的噩夢中驚醒。再也沒有尿意與睡意。

現在，這個孩子就在眼前。複製他的深沉輪廓，母親的白晰清秀，長手長腳卻舉止溫和，笑容帶點孩子氣。他記得他三十歲時已然經手無數法案，與國營企業董事長闢室密談，協商金額動輒上千萬。但這個謝真，歷練不足，聽來也一事無成，教英語維生也只能說是遊蕩度日，都來台灣快一年了還沒什麼盤算。

「你想繼續在台灣停留多久？」

「我有工作，已經 renew 居留證，再一年，至少。」

「你的中文閱讀還可以嗎？我的辦公室裡，有些國際聯繫工作，需要有雙語能力的人幫忙。」

「我想搬去台東，公司在那裡也有開美語教室。」謝真直視著他：「海邊可以衝浪，山上也很美。」

「台北的資源多，機會也多，假日去台東度假，飛機也才一個小時。」余霽不動聲色地瞥一眼手機，司機已經在大門口等他了。他看著謝真，再度露出真摯的微笑：「你願意加入我的工作團隊，多認識我一些嗎？」

「你呢？你想認識我嗎？」

認識要花時間。謝真上網搜尋過余霽的資料與談話影片，但面對面才知道兩人若一起出現，要冒著多大的被對號入座的風險。他沒想讓這個血緣上的父親陷入兩難，也還不知如何建立關係。但他不喜歡對方主動邀約工作時，隱約暗示這是個更好的發展。

他模模糊糊想起自己的初戀。十六歲時，謝真帶了黑人女友返家，從舅舅和外婆客氣而猶疑的眼光裡，看到什麼祕而不宣的價值取向。那猶豫與遲疑，正因為映照了美國社會真實的模樣，也映照了他在旁人眼中所看見的自己，從而更刺傷了他的心。

舅舅和外婆是新移民，他不是，他出生在美國，住在中產階級的寬敞社區，享受的資源也不比其他白人少，人人平等是天經地義的事。成長過程中，漸漸知道世界並非他自小以為的那樣，到處都碰上種族與階級的潛規則，用眼神、失笑、挑眉、漠視與輕忽，靜默地說個不停。家外是這樣，家裡竟也是這樣，他對扶養他長大的舅舅憤怒咆哮，甩門而去。

打電話向母親訴苦，正在賭城打工的幼純專注聆聽，沒給出可行的建議，只說：「我相信你，但世界要改過來很慢，也很難。你要很小心，小心找到你的同伴，不要落單，不要讓自己被世界改變得太快。」

話說得像繞口令，他有些迷惘，但幼純還要忙著加班，也沒能多聊。他知道她的生活並不寬裕，餐廳或旅館的工作從來就不輕鬆，體力勞動銘刻在身體的痕跡粗糲，再多的粉妝也掩蓋不住。幼純寄回來分享的相片中，同事多是有色人種，肥胖者居多，不像舅舅辦派對時來的那些同事們，多半帶著在海灘曬出古銅膚色的自信，以及明顯看得出晨跑健身的結實小腿肚。當年幼純來到美國時，正是他如今的年紀，他不知道幼純被世界改變了多少，但知道她不會這麼快甩門而去，畢竟他的學費一直由舅舅挹注。

夜裡，銀花來敲他的房門，送上一碗冰豆花。那是謝真從小最愛的夏日甜點，一回他帶到學校，鄰座的好友菲利普以為是優格，拿湯匙舀了一口就直接吐到地面：我的天這是樹根爛掉的味道吧？什麼中國巫術！他當時還覺得好笑，毫無芥蒂。

什麼時候，什麼事情，才開始值得介意呢？

「我這一生，常被人看不起。」銀花坐在他的床頭，慢慢說，說自己的故事。那是謝真從小就知道的，關於貧窮，以及貧窮家庭裡有限資源的調度。

銀花有個光燦耀眼的名字，但生來就是斷掌，被鄉下接生婆預言會剋父剋夫，因而被送到隔壁村的農戶當養女，那是個更貧窮的家庭，多一個人口也是多一個人力。長大成婚生下幼康後，銀花的前夫因肺炎早逝，如此倒像是坐實了剋夫的預言，婆家和兩個娘家分別大吵一頓，從此袖手不管母子。銀花遠走他鄉，再嫁的對象是因工傷跛了一隻腳的退役軍人。斷掌與跛腳，誰也嫌不得誰。

她的一生，從來就是被輕視的對象，一直也沒能符合世間給定的合格標準。銀花不抱怨，不自憐，她說故事，只是要佐證：「我知道被人家看不起的艱苦。」

「知道又怎樣？窮人翻身後，最會欺負窮人。」謝真冷靜地說，他其實已經很客氣地沒再提種族問題了。

「真歹勢讓你覺得看不起你的朋友，」銀花收拾桌上的空碗，下定決心般告訴他：「再把女朋友帶回來看看。我只是不習慣，需要時間相處，慢一點，久一點，就好了。」

中文真的很不精確，話繞前繞後說，都足以指向同一概念，排除二元對立，保有似是而非的可能。少年謝真未必完全懂得，但銀花那種自知為難的讓步，願意承認脆弱、接納不足的厚道，安慰了他。

很多年以後，在外婆喪禮上看見幼純的女友，她操著波多黎各口音，年紀與謝真相仿，眼神帶一點防衛，一點硬撐出來的滿不在乎，不主動搭理人。他一眼認出這女孩身上的刺，長年被輕賤而特別敏感的自尊，也許不曾有人接受她的脆弱。慢一點，久一點，相處多了就好了，他彷彿聽見銀花說。

相處需要條件。幼純總是來去匆忙，人們的假日休閒是她的工作旺季，她的工作密度並無太多餘裕，難以從容經營慢一點、久一點的親子關係。沒條件的人，說改變或被改變或許都不是因為選擇，而是沒得選。

你要仔細看，有條件的人作了什麼樣的選擇，想要得到什麼。他終於聽懂銀花沒說出口的。

踏進病房，蒂娜已經開始整理行李，打算結帳了。老人眼前有一盤削好的木瓜，他正慢條斯理地拿叉子吃黃澄澄的果肉。

謝真從背包裡掏出一封信，攤平遞給老人。

幼純小姐，

今日，余霽的父親余啟正先生邀請我們全家人，一起遠赴台北六張犁，祭拜四十多年前被槍決的師友們。我年少時便十分敬佩啟正兄的正直、勇氣與學識，我們先後遭到逮捕，他在綠島服刑六年，我在獄外苟且偷生。數十年來，我遠離社會現實，心靈受到很大折磨，甚且一度誤入歧途，家人們也跟著受苦甚多。

當年，你們三個年輕人自由奔放地討論社會議題，我心中十分羨慕，同時也暗自膽怯，主要還是對時局轉變缺乏信心的緣故。反觀啟正兄，他出獄後長期受到監視，生活常有困頓，仍保有理想與信念，令我十分慚愧。今日跪在已故老師的墳前，我默默起誓，餘生有限，就算做不到什麼有用之事，也絕不會加入保守行列，阻礙時代進步。

您在美國作為新移民，想必也不容易。我曾在不同政權下生存，學習統治者的文化卻扞格不入，備感艱辛。援此，殖民地人民多有世代衝突，我與父母親、與芬芳遙遠之間，即有巨大鴻溝，彼此無法理解，有口難言。我猜想，移民家庭難免出現世代差異，您與謝真要學習彼此體諒才好。

祝您全家幸福

進善敬上

民國八十三年二月二十八日

老人掏出老花眼鏡，帶著一點困惑，緩慢閱讀信件。他讀得非常慢，若不是因為手還在微微發抖，會以為他已經閉上眼睛睡著了。進善的字跡工整，絲毫不見潦草，像鋼刻的，不難讀。但好多字老人已經遺忘了，從漏洞百出的識字庫裡，遍尋不得。那些字各自掉到不同的洞穴裡，他有時撿到了彷彿記得，但語意曖昧不明，不知道要向誰問。

正直、理想、勇氣被慎重寫在航空薄箋上，力透紙背。他翻過來，撫觸凸出的筆跡，感覺一種年輕的氣息，來自一封亡者的舊信。這封信漂流二十多年才抵達他的手中，但他已經太老了，認不出信裡形容的那個自己。他感到既無助，又無措。

謝真走到老人的眼前坐下，謹慎地說：「收信人幼純，是我的媽媽。」

「哦，我不認識她……」

「她是余霽先生年輕時的朋友。」

老人沒有迴避他的注視，他困惑地拿下眼鏡，看著謝真像第一次見面。良久，他問：「你和你媽媽，也有世代衝突嗎？」

「不知道。我是阿嬤帶大的，從小習慣和老人家相處。」謝真皺皺鼻子，露出無辜的模樣，說：「有時候我對媽媽生氣，比較像是站在阿嬤這邊，怪我媽太像小孩子，太任性。」

「要彼此體諒才好。」老人緩緩把信摺回信封，「我想我過去，一直不了解進善的痛苦。就算我們同樣被捕，同樣受到傷害，彼此之間還是有很大的矛盾，無法互相體諒。」

「現在呢？」

「我老了，很多事忘了。」

「痛苦也會忘記嗎？」

「不會，痛苦帶在身上。會忘記的是體諒。」

老人將信還給謝真，站了起來。

「爺爺，可以走了哦。」蒂娜拉著行李箱，站在病房門口說：「小理說他們在家等你回去吃飯。」

余啟正不喜歡高樓，壓迫，浪費。

余霽喜歡，樓高望遠，一覽無遺。

如今余霽高居文教區大廈的二十一層樓房，客廳的落地窗恆常以雙層簾布密閉。按下電動拉繩，含遮陽材質的銀灰藍厚絨布、內襯鏤花白紗的窗簾，徐徐向兩側聚攏，露出五門式的隔音氣密玻璃，像一幅等比切割的巨大畫框。

窗外是相隔六線道馬路的另一幢三十二層高樓，多數陽台都窗簾緊閉，偶有一門洞開，穿著睡袍的男人正倚著陽台，面向馬路抽菸。

余啟正面向玻璃窗站立，魁梧的身材已然有些許佝僂。窗簾拉開後，黃昏西曬的餘暉占據客廳四分之一斜角，照亮大理石牆內鑲的假壁爐，無煙的紅火投影逼真。余霽坐在客廳打通書房的裡間大辦公桌前，一盞閱讀燈打在桌上的文件，他成為暗處的黑影，久久不曾翻動一頁。

密閉氣窗完美地隔絕車聲與人聲，室內的安靜充塞至每個角落，父子的呼吸聲，震耳欲聾。

好的人生

中正機場已改名桃園機場，內部大幅整修，候機大廳以蝴蝶蘭作為裝置主角，桃紅色喜氣洋洋，熱鬧的富貴之氣。清晨時分，check in 的班機有限，不必排隊就辦完了。

兩個一身便捷的年輕女孩笑鬧著從眼前越過，手上夾著登機證，肩上背著登山野營背包，興奮地互相搶話。她們走路輕盈，近乎跳躍，嘴也不曾停過，她們攔截彼此的發想，對對對我也是這樣；跳接未竟的話題，別別別那種爛咖你根本就別理他。千言萬語，說不完。

等她們都走遠了，芬芳才回過神來，把機票交到幼純手中。

「你這趟回來，太匆促了，都沒機會帶你四處走走。」她穿著挺直的刷白牛仔長褲，墨綠色皮外套，一身俐落，笑著叮囑：「台灣這幾年變好多，下次有長假了再回來待久一點。」

可是我沒有長假，幼純想，但沒說。她敲敲自己的頭，回應芬芳：「時差還來不及調過來，又要趕快調回去了。感覺根本沒清醒過，就要走了。」

「會捨不得離開兒子嗎？」

幼純饒富興味歪著頭看她：「真沒料到你會問我這個，為什麼？」

「很奇怪嗎？謝真改變了你的人生，很重要不是嗎？」

「他有他的人生，改變我的是自己當初的決定，不能賴到他身上。」

兩個女孩又繞回來，明顯是走錯方向了。她們抬頭辨認機場指標，嘰嘰喳喳大惑不解，互相捶打也只是在玩。高個子那位啊了一聲，不知道說了什麼，綁馬尾女生連連跺腳，笑岔了氣，該糟了該糟了，都怪你都怪你。那聲音不是生氣，是親密。

幼純踩上通向二樓海關的手扶梯右側，她今天換了套在台東夜市買的連身長裙，毛外套搭在臂上，除了登機箱，沒有多餘的行李。芬芳站在低一階的位置，兩人緩緩上升。

「你在美國的時候，想過要聯絡我嗎？」芬芳說。

「啊？」幼純側身，耳朵向著她，她們現在差不多一樣高了。

「你沒想過要聯絡我嗎？」芬芳也側身面對牆壁。

兩個人都注視著深色牆面，那裡倒映著兩個並肩上移的身影，面孔模模糊糊。

「一開始是有的，很間接。我寄了住址和謝真的相片給張老師，我想，如果芬芳願意，會知道如何聯絡我。但後來我情況很糟，也怕你真的聯絡我。幸好沒有。」

芬芳垂下眼，盯著手扶梯的地面，夾縫中有不少細細碎碎的沙石、碎屑，她忍不住想用眼睛把這些殘骸一一挑出。機場的電梯原來這麼髒。

「收到張老師的信，我不知道我是鬆一口氣，還是失望。」幼純看著牆上的芬芳：「我承認，那些信件對我來說，都是搜尋你的雷達。沒找到就算了。」

芬芳沒接話。

兩個倒影都離開牆面了，手扶梯繼續空蕩蕩轉動。二樓海關出口冷清，不必排隊，零星的客人徘徊在幾間名產店，意興闌珊，收銀機前的店員掩著口小心打了個呵欠。

「你還要上班，先走吧。我進去逛逛免稅店，難得回台灣總要挑點禮物回去送人。」

芳芬微笑道別，目視著幼純檢驗證件、踱到海關那一頭、揮手離去。她轉身到接機大廳的商店，刷卡買了兩瓶威士忌，直接開車回家。

小文在清晨時分返家，感覺一整天的粉妝全厚重地黏在肌膚上，油亮骯髒。

半夜還有人要追藥，她覺得累了怕撐不到早上，也跟著加碼。平日她連咖啡包都不用，不明成分的混藥最危險，只有那種初入門的新手最天真，為逞強還是表態什麼的，任何傳到手的奇怪包裝都敢拿，完全沒有安全意識。可是昨晚她真的是大意了，亮亮遞過來土灰色小紙片，不到一半指甲大小，要她含在舌下濡濕吞下。那紙片太不起眼，她仰頭瞇眼還看不清楚，一鬆手就滑入口了，含在舌根時釋放出陌生的土味，她當下皺眉想吐出來，但口腔裡僅餘小坨紙漿黏附在牙齦，有微小的顆粒感，只好連吞兩口水硬生生嚥下。

藥效來得很慢，她都半躺在沙發上快睡著了，才被腦裡轟然炸開的光華意象嚇醒。像跨年煙火爆個不停，豐沛煙花以前所未有的幻化之形，變動無窮。小文睜開眼睛，燈光昏黃，但她視覺敏銳，簡直可以透視所有事物，連空氣都內含金光，每個東西都在顫動，火樹銀花，熠熠生輝。

眼前七橫八豎，有人醉倒，有人纏綿，有人在低聲說話，音樂不知何時轉為悽愴的拉赫曼尼諾夫，聽起來倒像聖樂似的，每個音符都往上提升，異常動人。寬敞的大廳像是沒有盡頭，手指向遠處延伸，指尖快速振動，空氣也附和般地振動起來，所有的牆壁、擺飾都在扭動。物質組成的基本元素每一顆粒都顯影了，正負粒子的不確定性就在眼前翻來覆去，扭動、流離、非固定才是實相，只是平常被視線固定化了。她知道這不是想像力被打開，而是之前丈量世界的方法都錯了，使用初階的感官工具，再如何勤於感受與想像也是不夠的，如今她親見萬物無常，每一刻都在快速變動，每一瞬間的塵埃聚合又離散，竟有俯瞰眾生之感。

她輕輕跨過睡著的、躺平的人，就算是磕磕撞撞也像浮在雲端，傲視所有人。她全身充氣地浮游至樓梯旁，找到正在跳舞的亮亮。

怎麼樣？你喜歡嗎？亮亮拉著她，開心旋轉。

樓梯會動，小心不要掉進去。她悄聲說，擔心被樓梯聽見了。

好，你也小心。

小文倚著牆坐下，離樓梯遠一點，守護著跳舞的亮亮。她不必回頭也知道，那道牆的本質也是流沙，無數小粒子生生滅滅，扭動一如樓梯。但觸覺是安全的，她閉著眼還是看到萬花筒般的幾何圖形，光彩耀目。她知道是藥物放大了感官，宛如電腦配備大幅升級，跑得比平常快上百倍，解析度也加強了，沒有模糊的畫素，每一個粒子都清晰可見。她彷彿站在高處，對一切本質了然於胸，孑然一身在腦中花園遊蕩，意象翩翩，自覺簡直是富可敵國，立於世界之頂，再無其他罣礙。

似乎是睡著了，也似乎還做著夢，小文不知躺了多久，頭腦清晰，但身體發冷而蜷縮成蛹。有人靠近了，撐住她的頭，扶著她慢慢起身。她睜開眼，是個陌生人，笑著的面容在她眼前放大又放大，占據整個房間，從喉嚨深處吐出一隻粉蛾。小文嚇得哭起來，用力掙脫，身邊全是彩蛾紛飛，銀粉從快速張合的雙翼掉落，像下著七彩螢光的暴雨，她無法呼吸，雙手緊抱著頭，瑟縮回到牆角。她聽到人們聚集過來的腳步聲，如雷貫耳。

「小文，是我是亮亮，你別怕。」亮亮引導她慢慢走到沙發，說著什麼她聽不懂的話。

亮亮變成外星人，她恐懼地想，推開拉著她的亮亮，啊不，是外星人的手。繼續哭。有人從她手上拿走手機，小文還在哭。空氣都是蛾翅搧落的毒粉，她不敢呼吸，空氣都有毒。

有人在耳側喊她，溫暖的手撫住她抱著頭的手臂，讓她的鼻子露出來，「找人來帶你回家，好嗎？」

「好。」她拚命點頭，眼睛不敢張開，怕看見變成外星人的亮亮。

「打給誰？」手機的藍光晃到她眼皮前，晃了又晃。

「阿新。」她小聲說，不敢張開眼。

「誰？」

她接過手機，藍色螢光仍在閃爍，但手機鍵盤變得陳舊無比，像玩具一樣。她凝神想著熟悉的號碼，但手指一再從鍵盤滑過，做不到，撥不出，她挫折又無助。周圍還是火樹銀花的聖境，但她連個電話都按不出去，其中必有什麼難解奧祕，她想不透。

「你告訴我號碼，我幫你撥。」

「好。」她抬起頭，看見剛才要扶她的陌生人，關心的神情，友善的人。她好想請對方張開嘴，喉嚨裡有隻粉蝶你知道嗎？但這個想法古怪得令她忍不住笑出聲來。

阿新來接她時，小文已然平靜許多。沒料到藥效時間持續這麼久，她用盡全身力量抵禦流動的視覺與意識，終至疲憊不堪。阿新向亮亮討了兩杯熱茶，陪著小文安靜喝完，拿了背包走出戶外，在深夜的街道漫步。

「這是誰家？客廳居然做了隔音，太豪華了。」

「亮亮家，她爸媽出國了。」

「裡面全是你同學哦？」

「有一些，其他都是亮亮的朋友，慶生嘛。」

「現在好一點了嗎？」

她附在阿新耳邊，悄聲說：亮亮變成外星人了，她的朋友把飛蛾吃進去又吐出來，你要小聲一點，不要被那些彩蛾聽到，會追出來。

「我剛問過，這個藥會有幻覺，吃之前都沒人跟你講哦？」

「不是幻覺。事物都是無常的，生生滅滅，只是你看不到。」

「哇！才一個晚上，你就參悟變成我師父了，不錯喔。」

小文指著路邊的行道樹說，它們也一直在動，有的哭有的笑有的張嘴吶喊，數十年的心情她都看見了，知道了。火樹銀花十分美麗，她的心富可敵國。

「好，我們在這裡坐一下。你實在很誇張欸。」

半夜的社區公園，安靜但不平靜，不斷有人進進出出。有的在說話，更多看著手機，涼亭裡幾個睡袋窩在角落，還有蹓狗的人，蹺家的青少年，孤單睡不著的老人，吃零食的失眠者，抓寶可夢的中年人。台北的深夜，無聲的喧囂，熱鬧非凡。

坐了很久，阿新趴在石桌上睡著了，夢中不斷揚手拍打蚊子。

疲憊像疹子一粒粒爬滿小文全身，她看著樹的悲傷，無能回應，她看著火樹銀花，神光熠熠。她再度閉上眼睛，安靜凝視腦中的萬花筒，直至異相漸次退潮，退到底了，她彷彿也睡著了。

睜開眼睛，樹又是樹，把所有表情都吞回去，不哭不笑不吶喊。

小文站起來，推推阿新：「我們走吧，天都快亮了。」

「你現在可以坐車了嗎？」

「可以。吹吹風可以醒醒腦。」

「再走走，車子在公園那一頭。」

她知道阿新最不喜歡她和朋友們用藥助興。新媽一直渴求回歸平靜，免除幻覺的干擾，小文卻自動召喚飛蛾來襲，實在太難以自圓其說了。幸而她知道，阿新不會給出傷人的勸誡。他熟悉很多嚼檳榔、喝蠻牛保力達P、使用安非他命提神的勞動者，最氣那些看似公正實則汙辱的勸說，那是劃界線的話語，而阿新他們總是被劃到不好的那一邊，必須導正的那一邊。

天色即明未亮，清潔工推著掃地器具，開始打掃落葉及散落垃圾筒外的酒瓶與菸蒂。晨跑的人陸續來了，涼亭內的遊民也起床摺捲厚紙板。

「我媽以前也掃過公園，天沒亮就要來。很多遊民都變成她的朋友。」

「為什麼？」

「不然遊民的被子都被當垃圾掃掉了，晚上怎麼睡？」

「你怎麼知道他們是朋友？來晨跑的人也會和清潔工交朋友嗎？」

「有一次我媽忘了帶手機，請一個遊民來我家按電鈴幫她快遞。」

「你怎麼知道那是真的？不會是來騙手機的？」

「看了就知道。那個人頭髮大概很久沒洗了，但眼神很乾淨。我跟他一起回公園，看到他們都把被子藏在特定的角落，我媽不會拿去丟。可是有時候管理處來臨檢，直接抄走了也沒辦法。」

「有的遊民也是思覺失調者，也許他們頻道對上了，好溝通。」

「最好是。遊民不是病友，多數還可以工作，只是付不出房租。」

「你媽媽也可以工作啊，是工作不要她，才會亂到沒辦法好好生活。」

「你這樣說也對。」

「等一下你回我家睡，中午再搭你的車一起去上班。」

「哦。你弟在嗎？」

「青少年半夜不在家在哪裡？怎樣？」

「沒怎樣。」阿新跨上摩托車，把安全帽遞給小文，說：「我認床，你上樓我就走。」

「害你這麼晚睡，今天請假別去上班好了。」

「說休息就休息，你是老闆哦？」他催了兩次油門，下巴往後揚：「上車了啦，我很怕你又遲到，大學生打工就是紀律不好，丟我的臉。」

「好啦，對不起，以後不敢了。」小文跨上後座，貼著阿新的安全帽大聲問：「你以前有幫媽媽掃過公園嗎？」

「沒有。」阿新看著前方：「她要我好好讀書，以後才有好的人生。」

醒來，正午日照已曬滿整個房間。家裡很安靜。小文繼續躺了一下，昨夜的狂歡與潰散，像默片般無序地在腦海中閃動。

聽到身體重重跌在地面的聲響，她無奈地起床，順手拎了一條髮帶把奶油色亂髮盤在頭頂，在廚房找到蜷縮於藏青色瓷磚上的芬芳，渾身酒氣。小文熟練地到浴室放熱水，打濕毛巾再擰乾，回到廚房，擦掉芬芳一臉的殘妝。想起昨晚阿新遞來的熱茶，又轉身打開櫥櫃，捉了一把爸爸珍愛的普洱茶丟入滾水。

「頭很痛。睡不著。」芬芳的聲音微弱，背靠著梳理台坐在地面。

「什麼時候開始的？」小文看看手機，飛快傳簡訊給外婆：

媽媽又喝酒了，快來，我要去打工了。

「好幾天。」芬芳含了半口濃茶，又吐回茶杯，好苦。餐桌上有半瓶米酒，已經喝掉大半，她想去拿，但站不起來。

「爸爸不知道你又喝了？」

「他睡書房，沒見到面。」芬芳打個嗝，喉嚨深處湧起胃酸與混酒，嘴裡全是食物腐爛的臭味。她搗著嘴說：「你今天沒課？」

我昨晚根本沒回家。小文無奈地翻個白眼，想到上次媽媽喝到胃出血送急診，禁不住心煩氣躁地問：「需要送你去醫院嗎？」

「沒有用。」芬芳指指米酒，「給我。」

「連料理酒你也喝。」小文站起來，把剩下的酒全倒進洗手檯。

「啊……」芬芳眼睛總算全睜開了。她瞪著小文把空酒瓶放回桌上，瞪著小文翻找流理台，又搜出一瓶水果醋，旋開瓶罐，也倒光了。她目光如刀，瞪著女兒，殺死她。

小文坐到高腳椅上，和芬芳面對面，從上而下睥睨她，不說話。

「我只是頭痛。喝一點酒可以止痛，再來就不喝了。」芬芳一開口，淚就流下來了。

她愈想解釋，愈說不清，愈說不清，愈委屈。身體慢慢滑倒地面，嘴裡還想辯解，但酒鬼的羞辱感，襲捲所有意識，串不成有意義的話語。芬芳終於放棄，嗚嗚咽咽哭起來了。

熱流包覆著她，一波又一波。

青灰與墨藍的海水，黑菇蕈的孢絲像水母般漂流，成群的浮游生物被鎖在大氣泡裡，漂浮不定，四壁撞牆。芬芳踩在會扎腳的礁岩上，雙手不知疼痛地一把握住岩石的銳角，不讓身體隨著海浪漂流。好暖呀，她迷糊中覺得餓了。溫泉一樣的暖流裡，一棵棵開滿果子的樹，飄浮在水面上，觸手可及。她摘了，哦不，根本是才一動念，那顆水蜜桃就主動來到她掌心，嬌滴滴，豔光流淌。她一口咬下，酸的，好澀，果汁流了滿手，黏膩。她甩手丟棄。不知道為什麼這麼餓，她東張西望，周遭儘是果實纍纍，但她如此飢饞，不得饜足。

探身向前，從芭蕉扇葉的果樹上，不摘自落地取出一顆黃澄澄的柑橘，晶瑩如珍寶。她小心剝開果皮，飽滿的果肉密布米色纖維，新鮮甜美，她放心撫觸那些緊密相連的果瓣，像肥胖的船隻並肩靠岸。她捏緊一只小船就要送入口中……不，船上有不知名的小乘客。她把咬了半葉的果瓣，拿到眼前，白色黑色紅色的蛆，爭先恐後從果肉內裡翻爬而出，一隻又一隻，像米粒，像芝麻，像血滴，全部都蠕動個不停。

蛆、果肉、酸水、有翅的成蟲、發爛的果肉……漫天灑下，愈美麗愈腐爛，黏附在身上，無處可躲。芬芳反胃，嘔吐不能停止。

溫暖的毛巾包覆，熱水溢過她的頭髮。

睜眼，是廖惜。芬芳裸身浸泡在浴缸裡，空氣中飄著柑橘味，髮稍殘留檸檬香。四野攀附著琥珀般透亮鬚莖，她縮起腳尖，感覺瓷磚地面像爬滿了蜘蛛，張開細白長腳爭相逃逸，數千隻足底套上圓形吸盤，一步一頓，各有去向，匆匆忙忙，永遠走不到盡頭。

廖惜扶著她起身，水流滴滴答答，好吵。頭痛回來了，暈眩回來了，浴室裡的水蒸汽好似飽含著氮氣泡，把她的血管塞爆了。

芬芳裸著身，閉上眼，坐在梳妝台前，轟隆隆的熱氣吹乾她的頭髮。她感覺吹風機裡的熱氣一絲一絲全吸進肚腹，溫暖，舒適，安全，想睡。但腦袋裡的影像轟隆隆飛速跑。

「爸爸和幼純的事，是我向學校告密。」

廖惜不作聲，繼續用吹風機烘乾芬芳的頭髮，直至蓬鬆微鬈。

「我寫在週記裡，說老師和同學很晚才離開校刊室，說這件事非常不妥當。」芬芳像夢遊一樣，看著梳妝台的鏡子，鏡裡的女人細瘦見骨，剛泡過澡的裸身有淺紅色的乳暈。

「我可能想把幼純搶回來，或把爸爸搶回來，我不知道。」芬芳面向鏡子，瞳孔放空沒有焦距，「從結果來說，我根本是恨他們吧？」

「那時候你還小，不知道會變成這樣。」廖惜嘆了口氣，輕輕梳理芬芳的鬈髮。

「我不知道嗎？週記是可以說真心話的地方嗎？」

語言會傷人，文字會壞事，她寫下心情，導師上報學校，一切流程終於逸出她所能理解的去向。

還有什麼事，可以傷害他人，同時摧毀自己呢？出賣與背叛，再沒有比這更惡毒的事了。壓抑的人，可以同情；逞強的人，可以不捨，偏偏嫉妒是這樣難以啟齒，連壞都說不上。借重自己不認同的權威，打壓所愛，毀滅一切只為所有人一起痛。嫉妒是毒蠍，啃噬她至體無完膚，揮之不去的，只剩下羞辱。

語言太輕浮，所有的詞彙都像垂掛在半空中的根鬚，飄飄盪盪，哪裡都抵達不了。芬芳像是受了莫大冤屈的小孩，抽抽噎噎說不出話，只能使用呼吸激烈表達。她嘆息，啜泣，過度換氣，最終精疲力盡，流失所有生氣。

廖惜拿了件乾淨的睡袍，拉著芬芳的雙手套入，從下襬開始，一顆一顆幫她繫上鈕扣。芬芳鼻頭紅腫，一臉殘痕，仍在哭。

「後來，你跟爸爸說了嗎？」廖惜幫她拭去眼淚，扶她上床。

「沒有。也許他知道。我不敢說，幼純回來我還是沒說。」

「說不說，結果都是一樣的。」

「不一樣。」

廖惜幫她蓋上被子：「你記得你爸爸的信嗎？說希望你快樂的那一封。」

頭好疼，什麼都想不起來。但她知道，收信的是幼純，但確乎是寫給她的，她幾乎可以全部背下來。芬芳的眼淚又流下來了：「他跟我說，再沒有藉口可以原諒自己了。」

「才不是。」廖惜坐到床邊，用手指梳理芬芳的頭髮，一小綹一小綹攤平在枕頭上。「你爸爸說，悔恨沒有用，現在改變還來得及。你一直停留在那裡，其他人都走到很前面了。」

「其他人，你是說幼純嗎？」

「我是說，你還要這樣下去多久？」

芬芳閉上眼睛，把被子蓋到臉上，賭氣不再說話。

廖惜站起來，將窗簾拉上，把燈光調暗，把被單拉到頸下。芬芳眉頭深鎖，眼睛仍緊緊閉著。

她走到門口，聽見芬芳在背後說：

「媽，你陪我睡一下。拜託。」

森林沒有輸贏

「狩獵文化的時間觀是循環的，繞了一圈還會回來，不怕不夠用。」余啟正看向窗外，侃侃而談：「太陽、月亮、星星都有規律的週期，春去冬來都可以預期，所以獵人對大自然有信心，不浪費，也不囤積。」

早晨讀報時間，多了對談者，老人總是興緻勃勃，智識絲毫不見流失。

「和大自然相處並不容易，野獸和天氣都很危險。」謝真說。他平常說話時不捲舌，偶爾留心了，捲舌音又顯得太過刻意，倒是很道地的台灣味。這段日子，他常跟著小將跑部落，有意無意間，又多了點刻意尾音上揚的腔調：「人類很脆弱，要活下來並不容易餒。」

「沒錯。在山上，一不小心就可能冷死、摔死、餓死，有時候獵物比你強大一百倍，獵人也會被咬死。大自然要殺人是沒在怕的。」小將說：「所以我們對自然很敬畏。Hudas（祖父）說，獵人只跟森林拿今天要吃的，分給部落的老人小孩都吃得到就好，不能要太多。」

「這就對了，生產過剩，就容易導致分配不平等。」討論生產與分配時，余啟正的聲音總是有力的，充滿思辨的熱情：「部落的共產模式，太有智慧了。」

「不是共產，是共享啦。」小將最愛和老人抬槓。他一本正經地說：「部落族人還是有自己東西，還是會比較一下，誰織的布比較美麗，誰蓋的房子比較實在。如果什麼都是共有的，你說我這些禮物要送給誰？」

小將經常帶來禮物，也許是一箱野菜，或是自釀的小米酒。老人很喜歡這些來自部落的饋贈，開心時就會呼喚已經不在的秋美一起享用，聲音在空蕩蕩的屋裡散開來，沒有回應。

蒂娜總會機伶地大聲說：「我去拿杯子，爺爺今天喝酒。」

眼前沒有酒，倒是有一鍋熱豆漿和一疊油條，老人剛喝完一碗，蒂娜又酙滿一碗。客廳裡傳來新聞播報聲，那是不久前余霽返鄉才新購入的六十五寸液晶電視，跑完全國焦點新聞，輪到地方新聞：

台東綠島公館漁港今天上午一隻梅花鹿落海，海巡弟兄合力將牠救上岸，隨即帶到附近山區野放……

老人放下豆漿，踅回客廳，盯著螢幕上的公館漁港，一隻濕漉漉的成年鹿在海水中驚恐掙扎，救援隊拋出救生圈及浮水繩救牠上岸，港口邊有許多民眾圍觀。鏡頭轉到記者採訪官員：

海巡署東部分署第十三岸巡隊綠島漁港安檢所表示，今天上午接獲民眾通報梅花鹿落海，隨即帶人前往救援。據目擊民眾表示，這隻梅花鹿疑似遭野狗追逐，情急之下跳入港口……

「救回來怎麼放回山上去了呢？農民一定急死了。」老人喃喃自語。

「這些梅花鹿都是人工復育，不是農民飼養的，野放才有能力變強壯一點。」小將站到老人身旁一起看電視。

綠島漁港安檢所呼籲民眾，若於海域、港區及岸際發現有危難及生態保育等案件，請立即撥打海巡署118服務專線。

「什麼復育？很多農民都種圓葉子餵鹿，到處是啊。」老人有點生氣了。

「那是很久以前，早就沒有了。」小將拍拍老人的肩，扶著他坐下，耐心說明：「去年我帶小孩子去玩，島上有個生態園區，人工復育很多鹿，好可愛，走來走去都不怕人。」

「梅花鹿從冰河時期就存在台灣了，很古老欸。」謝真搜尋網路資料，快速補充：「不過，經過荷蘭、日本、漢人大量外銷鹿皮賺錢，牠們的棲息地全被破壞掉，五十年前就在野外絕跡了。」

「嘿嘿，梅花鹿和我們布農族一樣，都是原生種，也都因為經濟利益被趕出原生地。」小將示意蒂娜把電視機的聲音轉小，苦笑著說：「我看這隻梅花鹿一定是人工養殖的，才會被野狗一追就怕了。我們原住民在都市待久了，也是一樣，膽子都變小了。」

「狗為什麼要追原住民？狗是好朋友。」老人迷惑地說，像是完全忘記剛才的談話脈絡，不知置身何處。

電視螢幕如今已轉移到一則廣告，年輕的男孩皺著眉撫住胸口，胃食道逆流是嗎？女孩微笑地遞上一包腸胃藥，一錠搞定。老人有點不知所措，抬頭看向謝真，時光瞬間回到秋美過世前，他正值盛年。

伊曼，你媽媽回部落採筍子了是嗎？

嗯。

桌上有一封信，你幫我到學校對面去寄，不要被門外的那個戴帽子的人看見。你去寄信，不要被發現。

嗯。

快去。

謝真走到書桌前，那裡空蕩蕩並無任何信件，但他還是拿起背包，像懷藏著一只信箋，向老人揮揮手，走出門外。

太平洋如此遼闊，謝真並沒有非回不可的故鄉，也沒有必要達成的生涯規畫。他的朋友們都曾在高中或大學畢業時，離開核心都會，到其他地方看看走走，作為過渡。謝真和其他的華裔青年一樣，從來不浪費時間去體驗人生，趕進度般讀完該讀的書，拿到該拿的學位，就投入職場工作。這一年多的旅程也許是銀花阿嬤送給他的禮物，先停一停，想一想，慢一點沒關係。從陝西到台灣，他四處遊蕩，覺得自己熟悉中文環境了，開始懂得一點台灣人說話、思考的方式，才按下張進善家的門鈴，再沿著未知，走向台東。

去年底，幼純匆匆返台一週，謝真騎著摩托車，帶她走過縱谷，來去東海岸。這裡的平野莽鬱，山崖斷谷俱是銳角，台灣的山與海只有在東部才如此狹路相逢，景致奇美不亞於黃石。幼純沿途興高彩烈拍照，比謝真更像個觀光客，對原住民文化也僅止於美學層次的欣賞。

如果當年你找余霽討論懷孕的事，會不會有什麼不一樣？

他在當兵，我們的感情也沒好到論及婚嫁。若他不要你，我卻想生，不就像拿你當籌碼與他糾纏？若他要你，硬要負起責任把我娶回家，你就變成他的籌碼，與我糾纏。不管怎麼說，這些糾纏都對胎教不好。我不知道如何解決，逃到美國比較容易。

後悔過嗎？

哪有時間後悔。環境改變，語言不通，未來沒有展望，這些困難全部和養孩子的困難夾雜一起，我簡直頭昏腦脹，分不清楚被什麼困住了。幼純彎了腰撿起一顆黑色的圓石。

所以你選擇出去工作？

至少能夠經濟獨立，還保有一點尊嚴吧。幼純苦笑著說：我可能有點痛恨母親這個角色，以為自己活得不快樂，都是因為這個身分。幸好阿嬤把你照顧得很好，舅舅一家人都對你好，你才沒長歪掉。

那你呢？

你大概不記得了，我的情緒不穩定，看了好幾年心理醫生，貴死了。

我只記得你不讓我爬在你身上，好像我聞起來很臭。

幼純把手上的圓石遠遠丟進海裡，轉頭看他：「對不起啊。」

他想想，使用昨天在連續劇上學來的新台詞：「算了吧，沒關係。」

「出去工作很重要，我才有機會被磨練得，強壯一點。」幼純又撿了兩顆圓石，在掌心裡把玩，緩步向前：「也只有一點點。」

「可是你都沒有回信給張老師。為什麼？」

「我活得亂七八糟，不知道跟他說什麼，也不想面對他以為的那個我。」

那些得不到回音的信，一年一封寄來，沉默而漫長的等待。直到謝真將它們帶回台灣，一一找出線索，循線交託給相關的人。也許這就是張老師的原意，慢一點，久一點，沒關係。

往山裡走，沿途有野猴搖晃樹枝，發出吱吱聲響。余理是短跑選手，四百米接力賽跑她總是第一棒，負責搶在槍鳴時衝出線，一舉領先群雄，挫對手銳氣。她身手矯健，有天生的好嗓子，但鋼琴沒學好，學業成績也不行。走進山裡，她火力全開，遙遙領先帶隊，不到一小時就耗盡精力，滿頭大汗。

蟲與鳥競相鳴叫，聲音多到分不清種類。謝真跟緊小將的腳步，他全身配備齊全，但背包裡的兩大瓶寶特瓶裝水著實太重，很快就跟不上了。

「小理，在山裡面，贏在起跑點是沒有用的。」小將緩步而行，讓謝真逐漸縮短差距，「你慢慢走，和森林一起呼吸。」

她仰起頭，陽光篩落到地面，森林的呼吸是風嗎？她閉上眼睛，同時聽到七八種聲音，也許是竹雞，山紅頭，還是烏鴉？這都是小將教過的，但她無法辨認，尖嘯或圓潤的鳥叫聲都很好，比鋼琴好聽一百倍，她甚且喜歡葉子與葉子摩擦的聲音，腳步踩上落葉的聲音。

「我賽跑從來沒輸過，真的。」余理略感沮喪地說。

「森林裡沒有輸贏，樹木和石頭會告訴你怎麼走，怎麼藏。你要靜下來認真聽。」

「你是個詩人，小將。」謝真說。

「在森林裡，任何誰都會變成詩人。」

小將掏出小刀，隨手從山徑旁撿起一段枯幹，削掉旁枝，磨平了尖刺處，遞給余理：「爬山靠的是耐力和心意，不能急，沒有人和你比較。」

余理接過木杖，試了高度，剛好，釋放了一點重心壓力。她一步一點重新調整速度，不服氣地回應：「獵人跑得比山豬慢，就被吃掉了。」

「獵人要沉得住氣，有時候吹笛子模仿動物叫聲，引誘牠們出來，鬥智也鬥力。勇氣和生存能力很重要，但不是為了比誰強，不必搶第一名。」

我可以跟媽媽說，我是獵人的小孩，有勇氣就好了嗎？余理小聲嘟囔，大人只會說大話。選後父親的陣營大勝，立委席次吊車尾保住了，全台灣的主要部落都安排了慶功拜票。寒假一開始，余理趁機跟著小將舅舅返回東部，理由是學習母語。新一代既被要求國際化，也要在地化，所有「化」字輩的動態語彙，都帶點洋洋得意的自我吹噓，像標籤似的左支右絀。但她知道這個理由最好用，爸爸無法拒絕。

「聽！」小將停下腳步，凝神側耳山谷間。

尖叫似的鳥鳴，像雙槳划開湖面，後勁無窮，一聲繞著一聲轉。四面山谷也傳來應和聲，好幾隻鳥相互接續，像天然歡樂頌，每一個新揚起的清音都承接之前的餘韻。

「運氣不錯，吉祥鳥代表我們會受到森林保護，一路平安。」

謝真掏出手機拍照，大面積的針葉與闊葉相間的林地，看不出吉祥鳥藏身之處，只有一聲接續一聲的鳴唱。

余理的笑臉主動晃進視框，她高舉登山杖，反身作出英勇的模樣要他拍照：「這是打獵的幸運日，希望可以遇到台灣水鹿！」

「水鹿是保育類動物餒，殺了會被捉去關，你們老師沒有教嗎？」小將板起臉孔嚇唬她。

余理咯咯笑起來：「還說沒有輸贏，動物被你殺了不就輸了嗎？」

「殺動物是為了生存，要感謝動物的犧牲，賜給我們食物。」

「一面殺動物一面謝謝牠，好像牠們自動為人類犧牲。」謝真搖搖頭說：「死掉的動物聽了會生氣吧。」

「森林裡的動植物，每天都在生生死死，人也是啊。活下來的人，要用感謝的心送死者上路。」

中午在駐在所稍歇。余理的背包裡倒出蒂娜準備好的水果和飯團，謝真拿出兩大瓶礦泉水，小將先洗滌屋後摘來的野菜，沖刷表面的泥土，甩去水分，然後從自己的背包裡掏出三只圓筒狀的悶燒杯，拆開紅燒牛肉泡麵，各塞一包放進滾水，野菜一併塞入，旋緊杯蓋。五分鐘後開瓶，油香四溢。

用餐前，小將帶領大家禱告，敬天，敬地，敬祖靈，阿門。

「這是布農族的祈禱，還是西方基督教？」謝真問。

「都有吧，所有的文化早就米克斯了，你也是雜種啊。」

他們各自找了石塊散坐吃麵，熱氣騰騰，香辣嗆口。

「這泡麵太好吃了！」謝真驚呼，不可置信：「小將，你是神。」

「你是神經病！」余理暢快笑個不停。

「今天只能走到這裡，帶你們四處看看，下午兩點就要準備下山了，我們帶的衣服不夠保暖。」

偏離一般遊客的主要山路，小將引著他們踏向崎嶇的獵徑。白楊木和山毛櫸蔓生，茂密的灌叢草叢中不時傳來窸窣之聲，顯有動物棲息、活動，帶動著獵人也活躍起來。

「運氣好的話，也許可以看到山貓、竹雞或鼬鼠。」

「噁，我不要吃老鼠。」余理說。

「沒有獵槍，看到了也捉不到。」小將說：「小理如果跑得比野兔快，可以捉一隻回來吃。」

「祖靈會幫忙我吧？」

「你昨天有沒有作夢？有好夢的話，祖靈會給你靈感。」

「什麼靈感？」

「獵物會自動來找你。」

對獵人來說，山是無時無刻不在成長與變化的，各種精靈來來去去，有的是來示警的，有的是祖靈前來打招呼，必須認真聆聽才能對上頻道。以前部落發動大型狩獵、突襲敵人，前一晚都要一起睡覺一起作夢，起床後分享夢境，才能決定要不要行動。

「夢占很準的，大家一起和祖靈溝通。」小將說。

「如果有人做了好夢，有人做了壞夢呢？」

「壞夢表示害怕，只要有人沒準備好，就不要行動，祖先不要我們受傷，發生不必要的犧牲。行動前，如果有人跌倒、放屁、咳嗽、打噴嚏，也是祖先在告誡我們，不要輕舉妄動。」

「什麼？放屁也不行？」余理高聲說。

「表示你前一天亂吃東西，不管是自己拉肚子身體虛弱，或聲音驚擾到敵人，都會讓大家陷入危險。」

「夢見鹿，是好夢嗎？」謝真想起一路帶他來到東部的廖借。

「山鹿是神獸，射耳祭就是鹿耳，夢見鹿是美好的祝福。」

「嗯，夢占真的很準。」謝真肯定地說。

在森林中，時間變得循環重複，沒有過去與未來，與祖靈同在。有時雜草和倒木已然掩沒去路，需要以開山刀砍出行走之道，若沒能接續獵徑，又會再繞回常走的路。

「看到土穴不要亂動，可能有小動物在裡面。母獸要保護小孩是會拚命的。」小將說。

「猴子！」余理手指前方，小聲地叫起來。

向陽的樹林間，倒吊著好幾隻獮猴，成群嬉鬧，前後追逐，蹬向更高的山林，旋即消失在濃蔭之間。只留下金屬般的銳音，在山谷間迴盪。

「別叫，也別追。獼猴個性溫和，不會主動攻擊，可是如果牠們以為你有惡意，會丟石塊、丟硬果，也會大聲叫囂。畢竟這是他們的家園。」

蚊蠅滋生，表示溪流近了。溪谷邊的鹽敷木，入冬時，葉子會由綠轉紅，上覆薄薄的鹽巴，提供動物所需的鹽分。山徑上有一排新鮮的獸跡，顯見離去不久。

「是不是黑熊啊？」小理停下來仔細端詳。

「腳印淺淺的，是隻年輕的山羌，可能體型比柴犬還小。」

山上的物種多樣，飛鼠不時從林間竄過，好奇回頭叫著似乎想玩。沿路也看到一些山羌的足跡和糞便，還有一些更巨大，像草食性動物留下的糞便，可以看到未消化的植物纖維。

「再往前進入高山原始林裡，就可以看見更多大型動物。不過，」小將領著小理，開始轉身沿著原路走回，不再回頭：「山下的商人會出高價購買，要小心捕獸夾。」

「這是違法的吧？」謝真問。

「有的族人為了生活，也是不得已的。」

「這樣做不對，祖靈會生氣。」余理回頭看了一眼林道深處。

「以前的獵人，可以靠森林活下去，現在沒有錢，活不下去。」

對面的樹叢抖動了一下，幾隻鳥雀疾竄而出，在低矮的枝椏間滑翔、跳躍，啄食水麻和懸勾子的紅色漿果。鮮紅的汁液爆裂開來，不規則灑落灰白的岩石上，像斑斑血跡。

沿著虛線走

陽台花園迫不及待開張了，春天栽植，夏日花開。

當季盛放的茉莉、梔子、九重葛，還有一株深盆栽種的含笑。被青楓擋掉陽光的那面邊牆，掛滿了鹿角蕨和蝴蝶蘭。地面上排列齊整的木箱，毫不意外地被空心菜、地瓜葉、茼蒿、紅菜占領，廖惜又買來單盆的秋葵、辣椒、青蔥、九層塔。花園最終還是成了菜園。

整個城市陷入防疫警戒，感染數字占據政治焦點，追蹤確診者的足跡，也成為全民行動的指標。病毒與宿主的關係十分曖昧，發病愈隱藏，傳播力愈強悍，不知不覺中去了市場、繞過超市、喝過咖啡、上過賓館，甚至參加了一場高中同學聚會，足跡全暴露在公眾眼前，在地人手機在同時間叮咚作響，當心！幾月幾日幾點到過那些地點的人，呼吸過同一處空氣，接觸過同一處設施，病毒可能黏附在你身上。人們互相提醒莫成為防疫破口，以高規格的防堵，全面隔離病毒。

「疫情升高，大家都擔心學測怎麼考？」大言說。

「不要考算了，」遙遠大笑：「都世界末日了還考試？」

「才不是世界末日。」小文說：「我媽我爸的工作根本是發國難財，忙得很。大家都拚命吃維他命，加強抵抗力，或加緊買醫療險，怕理賠不夠用。台灣人的求生意志實在太強大了。」

週末晚餐，每一道菜都額外配備公筷母匙，夾入自己的碗內，再換一雙筷子就口。餐桌因而看來非常擁擠，不確定哪裡塞車或如何插隊夾菜，飛濺的口沫早已越界滲透。

「這些菜帶回去，清燙就能吃，有機的。」廖惜遞給小文一個裝滿青菜的大紙袋。

「我家又不開伙，拿回去放冰箱放到爛，太浪費。」

大言直接打斷話題：「阿婆，你知道我爸和我媽在談離婚了嗎？」

「知道。離婚了就不能送菜喔？」廖惜夾了一塊雞肉，放進大言的碗裡，再換回自己的筷子，得意地說：「你爸最喜歡我種的秋葵。」

陽台的木箱全是長青釘的。他根據陽光照射的方位，分配花草蔬菜栽種的次序，設計排水，並挑選合適的培土。做這些事的時候，他非常專注又細心，甚至愉悅地吹起口哨。

離婚是芬芳提出來的，他受了一些打擊，但很快恢復平靜，畢竟孩子都大了，也沒有財產或債務糾紛，好聚好散已是難得。倒是疫情吃緊後，長青和芬芳的工作都忙碌起來，離婚手續暫時擱淺。兩人的關係既是面對過了，彼此再無期待，不必欲言又止，也不必猜，封閉的防疫生活，兩人各自在家工作，竟也鬆動成和平共處的室友。偶爾在客廳、廚房狹路相逢，像中場休息時間，有默契地停步閒聊，這才驚覺彼此間，竟已多年未曾真正交談。任何話題一經啟動，都內含龐大的空白待補，無法三言兩語敷衍過關。

室友的最大交集是這樣，線上詢問對方要吃什麼外送餐點和飲料，等熱騰騰的食物上門，各自離開洞穴，一起坐上餐桌共食。偶爾長青煮咖啡，芬芳削水果，太日常了，甚至會不經意提起初戀學姊離婚後回台灣創立公關顧問公司，真沒想到啊都是老朋友了她還報價毫不手軟。相互隔離的集體氣氛下，他們被親密地留在同一個屋簷下，沒有共同的未來可以規劃，話題就迴繞著各自分岔的現在，稀奇又新鮮。兩個人都有種恍惚感，如真似幻。

遙遠問小文：「好多醫院都嚴格限制探病，阿新媽媽還好嗎？」

「療養院也不接受探視了。」

「為什麼不准？」大言問：「我上次跟阿姨說，會再去看她。」

「避免群聚你懂不懂？本來只准直系血親去看，最後乾脆全部禁止了，少接觸少風險。大家保持社交距離，都戴著口罩，又何必面對面看來看去。」

「阿新媽媽在裡面會很無聊吧？」廖惜說。

「一定會吧，沒病都被關出病來了。」小文說：「她打電話跟阿新說海風是鹹的，會殺菌，把病毒都吹跑了，應該比我們在都市裡安全。不要笑，殺菌真的是阿新媽媽說的，搞不好是護士教的。」

「她這麼跟得上時事哦？」

「不然咧？住在裡面都說以後會出來，不能和社會脫節。」

美好的以後，現在永遠是準備期。現在從來不會結束，一年又過一年。

走出戶外，口罩成為日常必需品，口鼻暴露在外的人被指責為潛在的傳播者。那些來自國界之外的人，與感染者同處一室的人，被強制困守在特定的空間，以時間流逝來證明自己的清白，或以隔離來阻斷病毒繼續擴散。當國界也遭防堵時，病院也只是大籠子裡的小籠子了。

一場突如其來的全球大疫情，國界管制重重，謝真順勢留在台灣也無所謂似的。年輕人就是時間多，大把大把揮霍都不要緊。關於這個世代，生命中需要努力的事不多，沒什麼集體責任非扛不可，浪擲不一定是浪擲，蹉跎也未必蹉跎。謝真偶爾打電話給廖惜，敘說近況也問候彼此的家人，他們像是協尋的共謀者，後續還有沒完沒了的後續追蹤。

「旅遊業和餐飲業都很慘，我媽失業了，她說她又開始寫小說。」

「寫什麼？」

「寫森林和動物，聽起來像寓言故事。我笑她只知道森林裡的度假飯店，哪裡知道野生動物在做什麼，要她先去看看動物頻道。」

廖惜想說，你知道你媽媽十七歲寫小說，就已經轟動校園了嗎？她眼睛裡看到的森林，也許不是你想像中的森林。但這些話，似乎也沒什麼好說。子女想真正了解父母，靠親情是沒用的，一定要有好奇心才行。時間還不到，任何訊息也無非是風沙，飄散無方。

國際新聞日常性地更新災情，以不規則的平方數疊升確診病例，與失去感官判斷力的死亡數字。災難一幕幕串連超乎人類經驗值的魔幻場景：焚化爐火力全開也來不及燒完死屍，大型溜冰場被徵收來當停屍間，數百萬移民從都會核心徒步出走返鄉，大城市紛紛封城死寂如外太空，寂寞的住民約好每天黃昏時刻尖叫敲出聲響，那聲音在摩天大樓間震盪如山谷回音。

這些都是真實的嗎？

老人的記憶像破洞一樣。現實經常坑坑疤疤，記憶更是遍布不齊整的孔洞，篩漏的總比留存的多。掉了也就掉了，坑洞指向墜落，指向流失，指向淪陷，也可能指向過濾與淘汰。誰也不知道哪一個更嚴重些。余啟正習慣晨起散步到海邊，旭日自海平線浮現時，有時雲霧鑲著金光，霞光雲影特別美麗；有時晴空一無遮蔽，日照生猛璀璨，難以逼視。

總有一瞬，無與倫比的絕美時刻，老人與謝真都陷入沉默。

我忘記了。

沒關係。

我想要想起來。

等到想起來的時候，就知道了。

知道什麼？

知道你忘記了什麼，不知道就不重要了。

洞沒有底，是現實不可測的反面與背面，漫無邊際，逸失的將不會被尋回。老人的失智愈來愈明顯，呈現在動作的遲緩，思索的斷裂，記憶的錯接，部分自理能力的失去。破洞沒有顏色，不是黑也不是白，只吸納光線而不反射任何訊息。洞讓出空間而永久占據了空無，以其缺席而恆常存在，空無和不存在本身，就是洞的主體。謝真現在知道了，逸失的將不會被尋回。

余啟正開始失去部分短期記憶，剛說過的話轉眼就忘，今日發表的論述，明天見到海邊日出時又說了一次，豬血湯吃到一半忘記咀嚼。他的時間是莫比斯環，前後相通，正反連結，超越線性思惟，但可預知的破洞將逐漸大到阻斷所有通道。

什麼是可以徹底抹除的？他忘東忘西忘記自己已然遺忘，但總有些記憶溫柔地長相左右，有些恐懼則糾纏不放，不知道留下來的會是什麼，陪伴老人共度漫漫餘生。

全球飽受病毒威脅，空中依舊忙碌。客機載量嚴重縮水，但貨機需求大增，過往由人挾物進出海關的，全灌進貨艙運送。空服員減薪賦閒在家，機師受訓改飛貨機，停駐多是偏遠郊區，來不及睡飽又要轉飛下一站。貨機不需要服務，以降低運輸成本的需求排定班表，而不是人的生理時鐘。

都說病毒是公平的，無人得以倖免，於是人們開始說，這是個糾錯的機會，按下暫停鍵，讓地球喘口氣，休養生息。但很多人沒有暫停的條件，那些點工制的、論件計酬的、自雇自營者，房租水電飲食都免不了，只有收入確實是暫停了。各行各業都受到劇烈衝擊，最高檔的名牌店倒是沒事，有錢人的高消費本來就是另一個世界，VIP還是繼續看目錄搶貨，只是店面暫時關閉，遙遠與蜜亞開始放無薪假。失去收入的第三個月，雇主主動協商，兩造都是疫情下的受害者，關門期間，高額店租還要繼續償付，員工的資遣費就免了，但可以開出非自願性離職證明，讓她們向勞保局請領失業給付，像是個恩惠似的。

失業者要領補助，前提是證明自己不偷懶。遙遠熟知失業給付的請領程序，每個月兩次應徵記錄，參加就業促進研習，以證明有高度的求職意願。研習課程由蜜亞挑定，兩人約好一同上課，課程主題是「與成功有約，提升自我競爭力」，現場座位兩兩相隔，簽到將近兩百人，年齡高低差足足可以三代同堂。

封閉疫情下，失業者的大型聚會。人人都戴著口罩，穿著也十分多元，有的人像是到樓下便利商店買杯飲料，趿著拖鞋就來了，有的則打領帶、拎公事包，也許天天就穿這樣到公園晃蕩維持上班假相。唯有蜜亞的絳紫色嶄新夏裝引人側目，一位穿運動服、頭髮捲入鯊魚夾的婦人，甚至回頭張望了不只兩次。

失業了還穿這麼騷準是個賤貨。蜜亞吃吃笑，隔著空位貼近遙遠耳際，低聲說出想像中的畫外音。打開植鞣皮手工復古單肩包，她拿出一件亞麻短外套，有條不紊地穿上，睥睨四下的不以為然。

講師是上市公司的行政部協理，第一個問題就請大家靜心思考：「為什麼此時此刻你坐在這裡？」這個開場白隱含譴責，現場沉默到近乎沉重，空調呼呼特別大聲。

白板上的第二張投影片：「提升個人競爭力，創造存在價值」。講師以說故事取代抽象概念，接連放出數張勵志投影片，罹癌教授樂觀面對困境，截肢小子戰勝人生，最終以林書豪為例，從冷板凳到尼克隊的七連勝，如今已是台灣之光。

遙遠默默笑起來，上一次她領失業給付時，也看過一模一樣的投影片，只是講師換人了，但教材沒更新。蜜亞傳來 Line 簡訊：

林書豪早就離開 N B A，換到 C B A 北京首鋼，他也是中國之光，哪裡有錢哪裡光。

她回傳一個和尚修行的貼圖，大大的「忍」字扛肩頭。

第三張投影片才是重點：「你是人才，還是人力？」講師以銳利的眼光掃視一圈，刻意稍作停頓。然後說了三個泥水工蓋教堂的故事，第一個泥水工說在塗抹磚塊，第二個說是砌磚蓋牆，第三個說建造洗滌人心的教堂。這下子學員們全聽懂了，視野決定了人力和人才之別，話語具象化了人的價值。

「你不能改變環境，但你可以改變心境，態度決定了你的高度。今天你好好幹，也許被老闆看中了，還把女兒嫁給你咧。」講師的聲調略帶高亢，不忘附贈笑點：「在座女性也別灰心，你的客戶可能家財萬貫還有個獨生子。大家都有機會，機會是給作好準備的人。」

儘管在座學員多已是中高年齡了，還是一如預期地笑起來了，聽不出有敷衍的意思。樂觀是失敗者的必備品，隨時可以接受檢驗，否則就是失志喪氣，罪加一等。講師露出滿意的笑容，以溫暖的鼓勵作為演講總結：「人因夢想而偉大，夢想因人而實現。」

剛好三小時，掌聲如潮水般湧起。老的少的失業者紛紛站起來，擠到門口，在課程卡上蓋章，帶著趕下一個行程的姿態離去。

蜜亞湊過來，隔著口罩問她：「那個立委私生子的事，告一段落啦？你媽還好吧？」

「本來就沒事。私生子跑去台東打工度假，英文好的人實在過很爽。我媽最近都不談我爸爸了，還要我幫她報名社區大學去學油畫。」

「你爸出賣同志的事，得到諒解了？一切 R.I.P？」

「理解那個時代的限制，不代表犯錯的人就該被寬恕。和解如果是恩怨一筆勾銷，對受傷的人來說，也太不公平。」

「不然呢？真相大白，該認罪的認罪，該賠償的賠償，不和解又要怎樣？」

「傷害已經造成了，受傷的人不必再怪罪自己就很謝天謝地了，保留一點怨恨沒關係。」遙遠轉入捷運站的電扶梯，反身說：「只是我們對凶手的想像可以更複雜一點，不要只是發給他壞人卡，可以更有脈絡的，怎麼說？就是可以接受人都很軟弱，但不一定要原諒他做過的事，太容易原諒就會忘得快。」

「好壞沒那麼簡單二分啦。最近看到一個英國劇，搞到最後殺人的是那個最不起眼的，就是太平常了，才挖掘出人的內在可以有多黑暗、多變態。」

遙遠笑了笑，她知道沒對上話。把凶手妖魔化終究最讓觀眾放心，愈壞愈和自己無關，萬一凶手也會搖下車窗買玉蘭花，也有微小的奸詐和夢想，反而令人失措，找不到位置站。她和媽媽也許各自有不同的理解方式，至少都是把爸爸放回時代脈絡裡重新看待，彼此所見不相融也沒關係。

防疫期間，蜜亞變身為直播主，以過往熟客為基礎，團購中高價位美妝保養品。這是遙遠的老本行，本來也該共同亮相，但她天天待在家裡才發現原來自己這麼不喜歡上妝，臉好油，再也不想粉墨登場了。她幫忙蜜亞發文案、寫小編日誌、回覆留言，反正是無本生意，也不需打卡，有一搭沒一搭做著。倒是蜜亞做出興趣來了，小麥掌鏡，打光漂亮，背景設計也不俗，情侶搭檔工作，爭執不少，但似乎也生出前所未有的穩定感，想長期做下去。

「史卡德願意幫忙策畫行銷，針對公務員的消費習慣下手。」蜜亞展現高超的組織長才，將身邊用得上的人全網羅進她的新事業，「不過防疫期間，他們局裡也很忙，還要等一陣子。」

「病毒和調查局有什麼關係？」

「很多唷，防疫如防諜，小心病毒就在你身邊。他要偵辦散播疫情假訊息啊，囤積防疫物資之類的。」

這幾個月，蜜亞的創業天分完全被激發出來了。打扮漂亮、上網直播只是最表面的部分，她更深入分析市場客源，善用人際網絡，合理分配利潤。公家單位收入穩定，團購能力驚人，項目從珠寶到洗衣精都可以，標榜客製化的高價蛋糕、產地直銷的有機水果都不怕賣不動。

她胸有成竹：「史卡德說，公務員群體封閉又怕死，購物要健康要有機要有格調，只要有人帶頭像是撿到便宜了，再貴都賣得出去。」

「很多人不出門，網路購物的時間多了，最近線上詢問也增加很多。」遙遠笑著說：「有沒有實質下單就不知道了。」

「危機就是商機，剛剛老師不是說了嗎？機會是留給作好準備的人。」

「你沒聽清楚，老師說的機會是和富二代結婚。」

「自己當富豪比較快！」蜜亞的眼睛沒有離開過手機，捷運才過了四站，她已經賣出五千元業績了。

遙遠中途下車，繞到花市逛逛。她選購了一只長達五公尺的強力伸縮桿，再挑兩盆吊掛式的天竺葵和矮牽牛，迷離的墨紫，明亮的嫩黃，像瀑布似地垂墜繽紛。客廳的陽台已被植滿蔬果的大型木箱占領，當季花色只能搶攻半空，如此花菜分離，竟像是變身兩倍大的庭園。

想像美麗多層次的陽台花園，遙遠不禁得意地笑起來了。

現在廖惜很少出門買菜了，想吃才做，現摘現煮，分量少，不講究。烹飪變成技術含量很低的事，不知道為什麼以前耗費這麼大的心力張羅。

晨間健走得滲汗了，回家沖個涼，享用遙遠準備好的、永遠猜不準搭配的早餐。遙遠喜歡變著花樣玩，照例是光備料就把廚房弄得像戰場一樣，吃完了有心情再找時間洗碗，鍋碗瓢盤的位置完全打亂過往的秩序。但這些都不歸廖惜操煩了，她努力視而不見，走到陽台澆花剪枝施肥。

「你記得嗎？小時候你來菜園，常一個人蹲在田邊採飯增波，吃得滿嘴紅通通的。」

「飯增波，就是刺波對不對？」遙遠陸續端上熱豆漿、培根蛋貝果，以及一盤早上剛採收的清炒薑絲紅菜。她熱切地說：「我想起來了，酸酸甜甜的滋味，好想吃喔。」

「你爸爸說那個花叫荼蘼，是春天最晚開的花，不和人家爭，什麼寂寞開最晚。那個花，小小的，白白的，香香的，現在很少看到了。」

「我只記得刺波。花很普通啊，莖葉刺刺的，居然有這麼美的名字。」

「荼蘼開完了，再來就會結紅果子。」廖惜已經採好泡茶的薄荷葉，走回廚房洗淨，忍耐著不動手碰那些沾滿油汙的鍋盤，再走回餐桌坐下來：「我想種會結果子的花。」

「好啊，好看又好吃。但花市裡好像沒有看過。」遙遠咬了一口貝果，豪氣萬千說：「沒關係，我們去山上找。」

到哪裡的山上找呢？

現在廖惜又拿回發問的樂趣了。好長一段時間，她不問，只有說，要這個吃飯，要那個注意，說很多，內容多是重複，主詞都不是她自己。但發問不一樣，發問若重複很可能是問錯方向或對象，要再想一想。發問是行動，是衍生，一個問句拋出去，要等待回應，或主動找答案。發問是起跑前的微微踮腳，為了拉大彈起的步幅，而不是停在那裡不動。

遙遠把筆電搬到餐桌，秀出螢幕上的幾幅老地圖，深山的路徑多以黑或紅色的粗線標誌，但也不時可見虛線，指的是以前開拓出來的古道，但因失去經濟效益，無人踩踏也不再修整，蔓草叢生終至被森林收回。虛線的路早已經毀壞，不存在了，此路不通，真要按圖索驥是沒有出路的，只能困在山中等著被救援。

「可是啊，如果你帶著山刀一路砍，就可以沿著地圖的虛線，把古道一刀一刀砍回來。」

「你要帶山刀出門嗎？」

「廖女士，發揮一下想像力嘛。你的記憶就是地圖上的虛線，我就跟著你，把飯增波找出來。」

「就算找到，也不是以前的紅果子了。」

「所以不存在啊。」

不必挑週末，可以是任何一天，她們第二天就戴著醫療口罩出發了。走到累了就回頭，次日再走。

連續好幾天，她們沿著記憶虛線走，在城市的邊緣探勘：北上後第一塊菜圃，現在已經是電梯大廈了；找到可食野菜的那個荒地，已經鋪上柏油成為拓寬的產業道路了；向菜攤老農租下的那片田地，現在是停車場。

在現有的空間，戴上不同時間向度的眼鏡，廖惜隨時可以召喚出多面向的疊影，一條路迂迴來去，每日都有新意。

一個星期後，終於走向山路。貓空一帶早已成為觀光路線，河堤邊的後山，倒有不少分歧的山徑，彎彎曲曲竟也走得到老泉山。沿著既有的林道走，找不到飯增波，倒是採了不少日日春，回家插枝養了就活。六月的天氣已然炙熱，沿途的檸檬、土芭樂都結果了，被陽光照射得溢出微酸的香氣。其實廖惜最想種的還是可以吃的植物，花開後結成果，種起來最上算。

陽台的花圃真不夠用啊，廖惜說。

實在太小了，她又說。

午寐時分，夏日陽光曝曬，她環顧四周茶園，怎麼葉子都老了還沒人採收？廖惜伸手撥弄尖稍的茶芯，一碰就碎，滿山的茶樹像倒骨牌似地全跟著碎了一地的枝梗，倒像是她一手摧毀了似的。忙解下頭上的花巾搶著收拾，花布像個無底洞，收容沒有極限，怎麼樣也裝不滿，她低頭探看，沒看到茶芯、茶葉，倒像個幽森破洞，遠遠透著光，也許是窗。

索性高舉花布，探頭入洞，廖惜的身體跟著滑入，來到寬敞明亮的現代化大廳，銀色螺旋狀往上又往下。眼前有一整排關上的門，幽靜，尋常。每一扇都通向一個稍有偏移的世界，未知的多重將來，也可能是被遺忘的過去，或者是尋常當下的反面。打開才知道。

心如擂鼓，廖惜毫不猶豫地推門而入，果然看見小鹿正在溪邊喝水，陽光從樹叢裡篩落。她捧起一流溪水啜飲，看見雙手白淨如少女，看見自己在水中的倒影，有小鹿般的眼睛。原來那是她自己，她就是解答，她就是提問，她往深山裡奔去，留下一行獸跡，將有人尾隨而來。

慢一點，沒關係

疫情持續蔓延，病毒頑強抵抗，在不同國界間流竄，披著不同命名，變種再變異。城市終於宣布三級警戒，在廟口戴口罩聊天的老人家，遭檢舉群聚而被開罰；超商收疊桌椅不准入內用餐，建築工人蹲在工地的牆邊吃便當；外送員接單忙不完，躲在機車與騎樓的夾縫間快速吞飯；移工被限制外出以避免群聚感染，好像病毒會挑選特定族群傳染。隨時有人在網路上傳手機錄影，捉現行犯，斥責那些趴趴走的人，那些居然還去排隊等鹽酥雞的摩托車騎士。

「你還記得爸爸的最後一封信嗎？他覺得，坐困愁城。」遙遠的下巴黏附一抹巧克力醬，餐桌上散布著麵粉、奶油、擀棒、糖粉、杏仁片、雞蛋和電子量秤。她正在做麵團，作業版圖無極限，廚房裡也是滿目瘡痍。

「所以咧？」

「我們現在就是坐困愁城啊。」

「嗥嗥哮哮，你去看看其他國家，台灣很安全好不好。」

寫生畫架豎立在客廳最好的位置，潔白的畫布上，以鉛筆勾勒山坳裡的茶園，星星點點的微小採茶女。廖惜剛調好橄欖綠的底色，薄薄刷了一層，等不及乾透又刷一層。社區大學停課了，遙遠幫她下載了一個繪畫教學網站，廖惜霸占整個客廳，跟著線上老師學習構圖，畫具和畫布一批批進駐，空氣中浮著松節油的氣味。

「可能是我被困住了。」

「天天作菜弄吃的，你也覺得很煩了吧？」

「我想去考丙級廚師證照。」

「什麼？」

廖惜往後退一步，換了一支粗圓尖的畫刷，開始一畦一畦塗出茶園的輪廓。她用色大膽，下筆粗放，畫面多是塊狀，少有細節，有時想像流動得太快，實在不耐煩等待油彩乾了就急著塗抹新色，畫面便不免混濁，只能等更久，一再重來。畫布於是愈塗愈厚，層層疊疊被藏在下面的失敗顏料，像那些沒被意識面提領的夢境，暫時隱藏，並未被真正抹去。

遙遠提高嗓子，把聲音清楚傳進客廳：「我說，困住就要突圍啊。」

「好。」廖惜停了筆，轉頭看著女兒，然後說：「廚師執照要考手藝，也要考清理的速度。」

「一項一項來，急什麼。」遙遠把擀好的麵團分成三等分，一分拿來發酵，明天做蛋糕，二分先揉成長條放進冰箱冷凍，等等要烤曲奇餅。

「餅乾別加糖，下午阿新媽媽要來。」

「沒問題。」遙遠將保鮮膜攤平在桌面，感覺手掌的溫度將麵團化為可塑的，介於固體與液態間的彈性稠狀，慢條斯理地捲揉成形。她滿意地綻放一朵微笑：「餅乾就是我的突圍。」

「突什麼？」

「你繼續畫圖啦，我也有我想要的啊。」

城市封閉的時候，異物被排除，孔洞被圍堵，但總有歪斜的縫隙透著光。遙遠已經想好了，不管現實的罅隙有多麼不可捉摸，她都打算擠身而過。擠進去，其實就是擠出來，裂縫是空的，通向不可知的另一端。溢出一線光的門縫，不擇地勢從岩縫中長出來的小樹，挖深外牆間隙以容人躲避軍警追殺，都是現實裡微小的破綻。因著破綻而留下活口。

未來不見得更好，但現在又好在哪裡？那些線頭鬆脫的，擠壓崩裂的，也許是現實裡可商酌的一點餘地，允許不平滑的破綻，容納不完美的瑕疵。

疫情初起，刺青店就在瀕危的臨界點。身體工作太彼此貼近了，太非必要了，等到鬧區被宣布為染疫重災區後，開針訂單全面停擺，還要應付強制消毒作業，阿新的師傅只能提早解除店約，認賠殺出。

警戒升級前，阿新把媽媽接回家了。當防疫成為城市的主旋律時，瘋子反而可以找到隱匿之處，愈封閉愈安全，愈隔離愈無害。許久不曾坐上摩托車後座，新媽環抱兒子的腰肚，早上吞的藥劑令她有些朦朧的愉悅，風呼呼作響，感官都輕淡了，隨時可以漂浮起來似的。

等待紅燈時，阿新將媽媽鬆脫的雙手重新鏈接起來，指扣相連，交叉抱緊。新媽感受到肚腹貼上阿新的背脊，恰好的溫度。她將下巴靠上阿新的肩頭，隔著兩層安全帽，用力說：「謝謝你喔。」她被送去療養院前，阿新還在念國中，半夜偷騎大人的摩托車出去玩，被她狠狠訓斥，並給出「以後你考上大學就買摩托車給你」的承諾。那個未能實現的諾言，她都記得。

阿新以右手發動引擎，左手輕輕扶著她的環抱。

新媽沒有再說話，她用力抱住阿新，用力壓抑不值得活的自棄之感。無法給出承諾的人生，說不來的苦。

返回陌生的家，新媽花了整整一個月徹底清掃，床單、被單、枕頭套全數更換，窗簾、踏墊、冷氣濾網都拆下來洗淨，浴室瓷磚的牆垢，總算被一層層清刷過。更不用說，父子倆幾乎不換季的衣櫃，被分類調整安置。果然是專業清潔工，新媽做事既細心，又有方法，大量的勞動令她夜裡沉沉安睡，日間看來幾乎是容光煥發。只有一事抱怨，八里沿河的濕氣重，父子倆租來的小坪數公寓，實在來不及晾乾衣物。客廳、臥房都橫懸著紅色塑膠繩，晾著又不知從哪裡挖出來洗淨的衣物。

城市的速度慢下來，少掉過往接送機場的長途載客，阿新爸爸的計程車還是每天出門。他的車上備有酒精與耳溫槍，前後座以透明壓克力板隔開，乘客付款可以刷卡，或像銀行櫃台一樣將車資放在小盤內，付款找零都不必直接碰觸。一切的保護措施，無非是讓客人安心上車，但自己仍是暴露在風險中。每天回到家，新爸都先在門口全身消毒過後，才敢進門。有時候，分不清誰隔離誰？誰比誰危險？

整個島嶼如臨大敵，解封時間一延再延。阿新在工業區找到臨時工作，下週就要送新媽回療養院了，她的返家夢遊已進入倒數計時，遂由新爸開著計程車，跨越整個台北市，完成新媽回返舊居的願望。

全家人共同出遊，簡直是前輩子的記憶了，像河床底深埋的石頭，也像河面漂浮的落葉。台北市的街道，很慷慨地展現了前所未有的交通順暢，像是特地為一家三口搭設的記憶景點，迎接他們不受打擾地從容巡禮。他們繞到阿新讀過的小學、中學，經過新媽工作的大學，轉一個彎來到新爸半夜常去吃消夜的麵店，還有鐵門下拉的小廟。他們隔著車窗，安靜地沿著記憶虛線走，計程車如山刀，一刀一刀拓出專屬於他們的城市地圖。

最後阿新陪媽媽在舊家前下了車，新爸剛接了一筆生意，趕去捷運站載客。按下三樓的電鈴，鐵門隨即打開。舊家自然是不能進去的，畢竟都賣出十年了，舊的空間記憶早被新的刮除，連路過二樓時適巧裡面的木門開敞，都不好意思透過鐵欄多看兩眼，彷彿看了都是冒犯了。

這不是適合探望朋友的時刻，但廖惜和遙遠熱烈地接待了老鄰居。

「阿婆，我來看你了。」

「進來進來，你能來太好了。」廖惜招呼大家坐下來，毫不避諱地仔細端詳新媽。

他們初識時，新媽才三十出頭，跟著孩子們喊她阿婆。如今，新媽都已經是廖惜當年的歲數了，口罩的覆蓋下，只看得到略顯浮腫的眼瞼，凝定的目光，冒出數根白髮的鬢角。廖惜爽快下了判斷：「你沒什麼變。胖一點好，氣色好，精神也好。」

「阿新媽媽去附近的宮廟看過了嗎？最近好像也不能拜拜了。」遙遠端上熱茶和減糖餅乾。

「社會都亂了，」新媽像透露天機似的，神祕地說：「大廟裡的神早就走光了，不必拜。」

道場不能開放，阿新用手機幫她和老朋友視訊了幾次，兩端的話語都零落、斷續，但她已經很開心了，像是獲得網路世界的入場券，每個字都說得中氣十足。新媽住院以來，正值手機快速進化時期，如今重返人世，最稀奇的無非是網路的無所不在。現在的手機甚至沒有鍵盤可以按，真讓人不放心啊，她學習使用指腹在光潔的機身上滑行，若非用力過度導致重複按鍵，就是遲疑輕彈造成訊息不明。她是桃花源歸來，一日已十載，學會上網像搭上特快車，超光速一舉追上時差。

警戒升級有如硬生生套上防護罩，隔離人與人的直接接觸，網路卻跨越時間與空間的限制，甚至不必省著用，全日開放吃到飽。新媽小心翼翼，有時怪罪每天早晨那顆藥害她記憶力變差，今天阿新才教會的指令，明天就忘了；有時與新爸視訊，一時忘記要說什麼才好，就要他拿著鏡頭掃描計程車內部，交代晚上早點回來，她要刷一下後座的踏墊，這麼髒客人一定會給負評。網路世界這麼新，她倉皇四顧，但願在疫情好轉之前，盡快學會不必依賴阿新的生存技能。

喝完茶、吃完餅乾，阿新戴上口罩出門探訪舊友。將近一年沒出陣，悶的又豈只是神明。

遙遠跟著阿新下樓，說：「你媽媽頭腦很清楚啊。」

「對啊，就怕我去上班後，她會出去亂跑，亂吃東西。」阿新作個苦臉，「下週要送她回療養院，她應該很不情願吧？可是繼續待在家裡，就要換我發瘋了。」

「照顧病人很辛苦，你實在很不簡單欸。」

「我媽比較辛苦啦。看她那麼努力學習上網，回療養院根本都用不上，實在很不忍心。」

「你已經很努力了。」遙遠說：「記得跟你爸說一聲，晚餐一起回來吃湯圓。」

「茼蒿季節還沒到，也可以吃到鹹湯圓喔？怎麼這麼好。」

「我用萵苣替代啦，阿婆說你從小就愛吃客家粄圓，特別交代的。不過今天換我煮，和阿婆沒得比，你吃了只准讚美喔。」

「那是一定要的啊。」阿新跨大腳步，連三級跳下樓，回頭揚聲說：「謝謝小阿姨。」

阿新開朗地揮手，離開時，又回頭細心將門反扣。遙遠似乎又看見小學生的阿新，總是彈簧般二階一跳快速衝下樓，拖拖拉拉走在最後面的小文最愛鬥嘴，嫌他跑太快不如滾下去更快，而年幼的大言想追上又不敢越級，體貼的阿新最後總是跑回去，牽著大言慢慢走下樓。

廖惜敞開落地窗，向新媽介紹陽台上豐富多樣的花草，種植就是要有耐心，季節會按時催熟，盛大回饋。島嶼已然有半年的旱象，各地輪流限水，但這些花草蔬果依然被照料得豐潤甜美。

「外面真的太危險了。」新媽看向陽台外熟悉又陌生的街景，有幾分膽怯地說。

「就是啊。」

「好久沒回來，我們出去走一走好嗎？」

「好。」

門外飽漲暑氣，遠方沉雲密布。氣象局宣布明日輕颱過境，帶來一絲久違的冷鋒，暴雨也許會來，稍解旱象，也許只帶來涼風，吹走悶氣。廖惜拿了兩把帶柄長傘，靛藍色的留在自己手上，棗紅色的交給新媽，兩個人各自戴上口罩，推門而出。

彷彿也才不久前，阿新、小文、大言打打鬧鬧走在前面，廖惜在後面跟著，當時她的腳力有勁，側背的布包裡有濕紙巾、水壺、毛巾，甚至還有一條野餐墊。玩耍路線很固定，朝向鄰近大學，在草坪上玩得滿頭大汗，進入學生餐廳喝氣泡可樂，新媽會趁空檔匆匆過來，幫他們叫一客炸雞排和薯條，用員工卡打九折付帳——那已然是外包工罕有的福利了。她刷卡時，總有幾分變身消費者的志得意滿，從餐盤溢出的番茄醬，也要忍住不要忙著擦拭桌面。

濕意若有似無，陽光仍是炙熱，廖惜和新媽撐起大傘，像頂著兩朵花，搖搖擺擺走在空無一人的街道上。

多數商家都拉下鐵門深鎖，倒是道路上圍起藩籬，下水道整修，破碎的柏油路重鋪，城市的千瘡百孔都趁警戒期間修補。有個修路工人靠在超商門外，快速喝完冰啤酒，又戴上口罩進門刷實名制的條碼，丟完空鋁罐，又苦著臉出門，找不到地方上廁所。

學校從學期中就全面改採線上教學，操場、校園都對外封閉，大門進出口嚴格管制。新媽領著廖惜繞道小路，她知道好多不為人知的捷徑，四面八方都通向校園，有時午休時間還來得及趕回家煮中餐。

封園了將近兩個月，校園還是十分乾淨，甚至更乾淨，因為沒有人丟下新的垃圾，而落葉殘枝還是有專人日日掃淨，草地也散發剛修剪過的青澀味。偶有洽公的、返校的人們路過，順口說：「啊真好，還是和本來一樣。」像封園就是保持真空一樣。那曾經是新媽，她隱身完成所有清潔任務，掃除所有破壞的殘骸與灰燼，讓每天的「本來」看起來一模一樣。

及胸的常綠灌木夾道生長，綻放鮮豔的扶桑花，黃的、紅的、粉的、紅白相間俱是豐饒。廖惜想，不知道陽台的小花盆養得了扶桑嗎？這是她童時鄉下人家前院埕必有的圍籬花，從春天可以一路開到深秋。

轉入圖書館，雞蛋花開滿樹梢，風一吹徐徐落下，像芭蕾舞者，旋轉著瓣瓣相疊的白裙子。廖惜想撿拾幾朵回家，但實在怕彎了腰就站不起身了。正猶豫不決間，新媽體貼詢問：

「阿婆，你要小便嗎？」

「要。」廖惜環顧四周大樓，「都沒開門，怎麼辦？」

「走，帶你去行政大樓。不過那裡的廁所比較舊。」

果然走近行政大樓，進進出出還是有職員分流上班。一名員工正推著公文車從大門出來，狐疑地盯視她們。不必等人開口詢問，廖惜以老婦特有的機敏，拉上新媽，搶在電門關上前，閃身踏進大樓。

才坐上馬桶，底褲的防漏護墊都已經半潮了。廖惜忍不住低聲抱怨，三級警戒出門，根本沒地方上廁所，倒像是專門懲罰老人。

新媽在洗手檯前等待。她伸手摸了摸木質的鏡框和大理石檯面，探看天花板和瓷磚的花色，像檢視家裡的新裝潢，氣定神閒對著廖惜的方向說：

「慢慢來，不要急。」

擠壓洗手泡沫，在感應水龍頭下搓揉雙手，洗淨後盯著明亮光潔的鏡子，新媽渾然沒注意到自己的頭髮亂了，轉過身背靠洗手檯，繼續說：

「幸好廁所換新的了。我以前掃過很多學院，學生的廁所都很新很漂亮，不知道為什麼行政大樓特別舊，茶水間的設備都很差，那個垢，很難洗乾淨。」

直到這個時候，新媽才真正回到熟悉的環境了。她的觀察有了焦點，回憶有了依附，對事物有了看法，可以自信地說出專業見解。她的眼神犀利，表情專注，在廁所裡走來走去，探勘清潔是否到位。

「還不錯嘛，整理得很好。」新媽自言自語，對自己點點頭。她走進廁所，滿意地坐上嶄新的馬桶，敲敲隔壁的門：「阿婆，我想慢慢尿，你等我一下。」

回程時，她們左彎右拐避開學校大門，從側邊的河堤離去。

蜻蜓以不規則的角度列隊滑行，牠們沿著河堤，穩定又急速地拍打雙翼，像傍晚團練的路跑者。溪水被沙石擠壓得腸枯思竭，並不流暢地蜿蜒而去，河道因乾旱過久，露出大片沙洲。白鷺鷥三三兩兩佇立，從濕土裡翻找小蟲，左顧右盼，風姿綽約。

靠近民宅的那一端，有個男人頭戴三角斗笠，肩扛鐵鋤，在河邊整地。他穿著白色的汗衣，卡其布褲角捲至膝蓋上方，裸露的雙腳全沾滿泥巴，身旁是及肩的割人茅草。

她們不約而同地停下來，盯著男人節奏緩慢的操勞，像是再也沒有更重要的事了。

「他要種什麼？缺水這麼久，土都硬掉了還能種什麼？」廖惜說。

「明天颱風要來，現在整地，不就一下子又流光了嗎？」新媽說。

男人的鋤頭敲上硬土，一次又一次，像打石頭似的。他不疾不徐，偶爾放下鋤子，拎起一旁的紅色塑膠桶，走到十公尺外的溪水旁，打了一桶水又走回荒地，沒幾秒水桶就空了，土還是渴的、乾裂的。他繼續鋤地，偶爾汲水，再鋤地。

她們相視而笑，真是個傻子啊。

氣候轉涼了，堤岸的路燈感應到天色微陰，一盞盞同步點燃，細小的飛蚊成群撲面，繞著光柱上下旋轉。

「等一下。」新媽說，手指向一隻被濕氣召喚出來的蝸牛，張著靈敏的觸角，正奮力蠕動全身重量，橫越堤道。

「慢一點，沒關係。」廖惜說。

這是日夜交替的魔幻時刻，在天色即將閉闔之前，她們停下腳步，擋在河堤口，不進也不退。她們安靜地注視著蝸牛爬行，以及蝸牛身後一串濕濡的黏液，每一個印子都是過往的瞬間，那些歪斜遲緩的瞬間，留下不連貫的殘痕，指認來路。

遠方積雲籠罩，新媽撐起紅色的傘，廖惜也跟著打開藍傘，河堤上像開出兩朵花，隨風搖曳。

一隻白鷺鷥展翅，其他白鷺鷥也跟著起飛，成群白鳥像雲絮一般，轉眼已掠過沙洲。

「我已經好了，可以出院了，可以做事賺錢了。」新媽說。

她們都知道這不是真的。路燈下的河堤，像過度曝光的鏡頭，光線隱去背景的細節，收攏一切雜質，只聚焦在她們的傘面，璀璨奪目。

廖惜用傘緣碰了一下新媽的傘，轉頭看著她：「等疫情過去，外面安全了，再出去工作。」

新媽點點頭，也用紅傘碰了藍傘一下。她揚起下巴，指向前方：「太陽下山了。」

「就是啊。」

「我那裡只有海，很久沒看到太陽下山，再看一下子。」

「好。」

厚雲帶鑲嵌在半空中，像凝滯的水紋，一波一波蜷曲聚攏，又被風慢慢吹散。她們撐著傘，遙望遠方，陽光穿透積雲的縫隙，鑲出美麗的金邊。

在暮色將至的河堤上，蝸牛背負全身家當，蠕動爬行到草叢邊。天空飄落一點一點雨絲，很快被風穿斜，也許暴雨就要來了。

後記

我的書寫動機，從來都是為了當下，但為了看懂此時此刻，必須探向來路。關於台灣少年工、五〇年代白色恐怖，感謝前行者留下大量口述、研究、影音文字等檔案資料，特別是銀鈴會的同人作品及相關研究。史料甚多，族繁不及備載，僅簡單說明直接引用的部分：余啟正獄友在額上貼郵票要將自己寄回家，典出《無悔——陳明忠回憶錄》（李娜整編，2014：144。台北：人間）；余啟正赴中參與抗戰，因風寒而受到農民炒棉被的善待，取自《故鄉的雲維崗》（張克輝著，2001：226。台北：聯經）；姜秋霞詩社所閱讀的〈我們是小麥〉，抄錄自《玉山學苑》校刊〈舊事重提漫談詩〉一文所提及的抗戰時期青年詩作（顧鍾峙著，1973：13-16。嘉義：玉山中學），那是整理父親遺作時意外所得，原始來源已不可考。

敘事無非是來自過往經驗、認識、聯想的揉搓編織，受惠也受限於時代與個人的碰撞。書寫過程中，跟著人物發展走向未知，當環境難以描繪，身體無以安置時，就得關機換氣，另行補課。補課無非是土方法：或是埋首史料堆中，每次重讀皆宛如初見，之前受冤屈與苦難牽動，如今看的是日常什物與互動細節；或是出門至現場探勘，想像今昔對照的空間氛圍，感謝張競中、吳盛全、陳順明、楊美花、林依潔、玉山深處東埔一鄰的老朋友們，在不同階段陪同找路；或是就教親友，張樹、張靜芬、王允亨、賴紀陵、李世德、吳俊宏、與已故的郭振純、高榮生，都是本書建構生活與勞動的重要依據。初稿完成於疫情籠罩之下，後經多次修改，感謝江一鯉、邵慧怡、游靜慷慨給予閱讀意見，十分受用。最終完稿因我的任性增刪，增加編務難度，特別要感謝印刻編輯宋敏菁的耐心協力，經她手寫校訂的列印稿都十分乾淨美麗，令人放心。

「餘地」多半畸零，崎嶇難立，甚且不得容身，不過是免於僵化罷了。僅以本書獻給我的婆婆葉英賢、媽媽郭金絲、姑姑夏徐蘭，暴雨來時，她們總是搖搖晃晃撐住傘，跋涉前行。

文學叢書 678

餘地

作者	顧玉玲
總編輯	初安民
責任編輯	宋敏菁
美術編輯	陳淑美
校對	潘貞仁　顧玉玲　宋敏菁
發行人	張書銘
出版	**INK** 印刻文學生活雜誌出版股份有限公司 新北市中和區建一路249號8樓 電話：02-22281626 傳真：02-22281598 e-mail：ink.book@msa.hinet.net
網址	舒讀網www.inksudu.com.tw
法律顧問	巨鼎博達法律事務所 施竣中律師
總代理	成陽出版股份有限公司 電話：03-3589000（代表號） 傳真：03-3556521
郵政劃撥	19785090 印刻文學生活雜誌出版股份有限公司
印刷	海王印刷事業股份有限公司
港澳總經銷	泛華發行代理有限公司
地址	香港新界將軍澳工業邨駿昌街7號2樓
電話	852-2798-2220
傳真	852-2796-5471
網址	www.gccd.com.hk
出版日期	2022年 4 月　初版
ISBN	978-986-387-548-2
定價	420元

國家圖書館出版品預行編目(CIP)資料

餘地／顧玉玲 著.
--初版. --新北市中和區：INK印刻文學，2022. 04
面； 14.8×21公分. --（文學叢書；678）
ISBN 978-986-387-548-2 (平裝)

863.57　　111002175

舒讀網